光文社文庫

ガール・ミーツ・ガール

誉《ほん》田《だ》哲也

光 文 社

目次

序章

初めて会ったとき、夏美《なつみ》は目黒の、ライブハウスのステージに立っていた。

まだリハーサル中で、もちろん普段着で。照明も本番とは違うただの蛍光灯の下だったが、それでも、祐司《ゆうじ》には分かった。

夏美はそのとき、すでにスターの風格を備えていた。確かな輝きをその身にまとっていた。ほんの少し笑うだけで、辺《あた》りに金粉が舞い散るようだった。華奢《きゃしゃ》な腕をひと振りすると、そこに尾を引く小さな銀河が見えるようだった。

いま思えば、あれは恋の始まりによく似ていた。

祐司は即刻、夏美にアプローチした。芸能事務所「フェイス・プロモーション」の社員として、僕のマネージメントで、芸能活動をしてみませんかと迫った。

最初は、きっぱり断られた。だが粘りに粘り、もろもろ紆余曲折《うよきょくせつ》はあったものの、めでたく一ヶ月後には夏美本人も、事務所側も納得する形で契約を結ぶことができた。

そう。現在の夏美と祐司は、アーティストとマネージャーという関係で結ばれている。芸能活動においては夫婦といってもいい。むろん夏美が主人で、祐司が女房。だが、多くの先人がいうように、恋愛と結婚は、まったくの別物であった。

「おーい、夏美ィーッ」

芸能活動とは即《すなわ》ち仕事であり、それに従事する人間にとっては単なる日常であり、生活そのものなのだ。

「おい、起きろ、夏美ッ」

東京都豊島区要町三丁目。二階建てアパートの二階、二〇六号室。どんなにドアを叩いても蹴っても、夏美は起きてこない。むろんチャイムも携帯も鳴らしたが、無視され続けている。

「……かすかに、イビキは聞こえるんですけどね」

冷たいドアに耳をつけた真緒《まお》が、眉《まゆ》をひそめる。彼女は夏美がバンドでギターを弾いていた頃からの付き人で、現在はサブマネージャーという名目でフェイスプロに雇われている(時給制)、十七歳の高校生だ。

夏美は、祐司がいってダメなことでも、真緒がいうと素直に聞くことがある。さらに同性ということで、祐司にできないことでも、真緒にならできる場合がある。

今の状況がまさに、それだ。

「しょうがない。真緒ちゃん、頼むよ」

「はい」

祐司が合鍵を挿し、ドアを開ける。夏美の匂いのする、暖かな空気が漏《も》れ出てくる。真緒はその隙間《すきま》にするりと入り込み、奥へと進んでいった。すぐに、引きつった怒声が聞こえた。

「夏美さん、なにやってんですかッ」

だが応《こた》えはない。「宮原《みやはら》さァーん」と真緒が呼ぶので、祐司は安心してドアを開けた。かろうじて今朝は、服は着ているようだ。

夏美は風呂で寝てしまうこともあるし、全裸で玄関に倒れていることもある。タレントもマネージャーも、慣れてくると互いを異性とは意識しなくなるものらしいが、祐司と夏美はまだそこまでの関係ではない。さらに夏美は、

「なに勝手に入ってきてんだオラッ」

と、いきなり飛び蹴りを喰らわすタイプなので、真緒のような存在は、祐司にとってはとにかくありがたい。

「……入るよ」

ドアを閉めて玄関に上がり、ユニットバスとミニキッチンの間を進む。真緒が正面のカーテンを開けると、床に直接座っている、赤いタータンチェックの背中が目に入った。胡坐《あぐら》をかき、うな垂れたまま意識を失っているようだった。切腹をして事切《ことき》れたふうに見えなくもない。だが、夏美の腹から生えているのは刀の柄《つか》ではなく、ギターのネックだ。どうやら、

練習しているうちに眠ってしまったらしい。傍《かたわ》らにはヘッドホンアンプとデジタルオーディオプレイヤーが転がっている。

「んもォ、ジュニアがヨダレでべちょべちょ……」

ギブソンのレスポール・ジュニア、Wカッタウェイモデル、チェリーレッド。通称、ジュニア。自ら「魂のマシンガン」と呼ぶ、夏美の愛器である。ボディに頬《ほお》を載せる恰好《かっこう》で寝ているので、ちょうどその下辺りがてらてらと濡れている。

「……とりあえず、倒そうか」

祐司が夏美の肩に手を添えると、真緒は正面から、ジュニアのネックとボディを支えた。

「はい、いいですよ」

ゆっくり傾ける。途中で、頭がカクンとこっちに倒れる。祐司はそれを腿《もも》で支え、そのまま床に横たえた。幸いストラップは掛けていなかったので、ジュニアはそのまま取り上げることができた。

依然、夏美はイビキをかいて眠っている。

滑《なめ》らかな丸みを帯びた頬、額。半開きの薄い唇は、なぜ濡れているのかさえ気にしなければ、それなりにセクシーだ。

「夏美さァーん、起きてくださーい」

真緒が肩を揺する。ストレートロングの髪が、わさわさと床に散らばる。踏んで壊してもいけないので、祐司はヘッドホンアンプやそれに繋《つな》がっているコードをまとめて片づけた。

「仕方ない。真緒ちゃん、あれやって」

多少荒っぽくはなるが、確実に夏美を目覚めさせる手っ取り早い方法がある。若干《じゃっかん》の危険を伴うため、できることなら避けたかったが、もう、そうもいっていられない。

「分かりました」

真緒は早速《さっそく》、左手で夏美の鼻をつまみ、右掌《てのひら》で口を塞《ふさ》いだ。

イビキが止まり、ほんの数秒、室内に静寂が訪れる。

五秒、経《た》っただろうか。

「……ンムッ」

夏美の最大のチャームポイント、レモン形の目がバチッと開き、四肢が滅茶苦茶に空《くう》を掻《か》く。

手を離し、笑い転げる真緒。慌《あわ》てて飛び起き、追い詰められた獣のように、四つん這《ば》いで辺りの状況を探る夏美。

どうやら自分は、寝坊をしてしまったらしい。それで祐司が鍵を開け、真緒が入ってきたらしい。揺すっても起きなかったので、また鼻と口を塞がれたらしい——。そこまで悟ったか、夏美は祐司と真緒を順番に睨《にら》みつけた。

「……あんたら、マジであたしが、窒息死したら、警察に、なんていうつもりなの……」

髪はクシャクシャに乱れている。顔はむろんスッピンだ。くたびれたタータンチェックのパジャマも、決して素敵な衣装とはいいがたい。だがそれでも、祐司は夏美のことを、チャーミングだと思えた。こんな恰好でも、ギターを弾かせればそれなりに様になるだろうことが想像できた。

おそらくどんな状態だろうと、夏美は魅力的なのだ。いや、そう確信できたからこそ、祐司は夏美にアプローチしたのだ。

そして、それは正解だった。この契約は間違っていなかったと、祐司は今も、胸を張っていうことができる。

夏美がシャワーを浴び、着替えを終えるまで、祐司は外で待っていることにした。

「はい、熱いですからねぇ」

途中、真緒がココアを淹《い》れて持ってきてくれた。

「ああ、ありがとう」

十一月二十日、日曜日。曇っているので、今日は昼過ぎになってもまだかなり冷える。

静かな住宅街を見渡しながら、祐司は濃い湯気の立つマグカップに息を吹きかけた。

「ほんっと、夏美さんって、こうですよね」

真緒は前しか見えないように、両手で目の左右を囲った。

「だね……じきに二十歳なんだから、もうちょっと周りを見て、行動してほしいよね」

「あ。それいうと、まだ半年あるわよって、怒鳴られますよ」

確かに。夏美の誕生日は五月二十四日。ぴったり半年ある。

「しかし、ギター弾きながら寝ちゃうって、どういう神経してんだろうな。あり得ないでしょう、普通」

「なんか、イングベイ……なんとかってのギターソロを、弾きたかったらしいですよ。四小節コピーできたとこまでしか、記憶がないみたいですけど」

それならば、正確には「イングヴェイ・J・マルムスティーン」だ。八〇年代に一世を風靡《ふう び》したスウェーデン出身の「超絶早弾きギタリスト」で、クラシックに強い影響を受けたフレージングには独特の美しさがあった——ように記憶しているが、最近はどうしているのだろう。そっち系は疎《うと》いのでよく分からない。

「……へえ。夏美でも、イングヴェイを弾こうとか思うんだ」

「なんなんですか？　イングヴェイって」

「チョー早弾きギタリストだよ」

「むつかしいんですか？」

「うん、難しいよ。少なくとも僕の知り合いで、あれをコピーできた奴は一人もいなかったね」

祐司も三年前までは音楽をやっていた。夏美と違って、まったく人気のないアマチュアバンドのベーシストだったが。

「夏美さんでもむつかしいですか」

「うーん……」

夏美は三歳からピアノ、五歳からバイオリンを習っていた。

「もしかしたら、夏美なら弾けるのかもしれないけど……でもそれ以前に、ジャンルが全然違うんだ。イングヴェイはヨーロピアン・ヘヴィメタルだから。夏美みたいな、ポップで元気な感じのロックとは、かなりイメージ的に隔《へだ》たりがあるかな」

そのとき、ドアの向こうでガチャリと音がした。夏美がシャワーを終えて出てきたらしい。

「じゃ私、ちょっと支度、手伝ってきます」

「うん。お願い」

そこからまた、服をそろえたり、髪を乾かしたりで二十五分ほど待たされた。ココアも飲み終わってしまい、タバコを吸わない祐司には長く退屈な時間だった。

「お待たっせ」

よう、と顔を出した夏美はえらく上機嫌だった。先に出て、出迎える恰好になった真緒は苦笑いを浮かべている。

今日の夏美は、緑のニットキャップに黒のレザーブルゾンというスタイルだった。色落ちしたジーンズは「これが穿《は》ける体形を維持するのがあたしのプライド」といっていたタイトなやつだ。尻の辺りをひと撫《な》でして、納得したように頷《うなず》く。

「よし、バッチリだ。みんな……ついといで」

威勢よく「カモォン」と手を振り、外廊下を歩き始める。祐司がガックリとうな垂れたことになど気づきもしない。

「夏美さん、戸締りしてないです」

「お……やべやべ」

慌てて振り返り、ようやく祐司に目を向ける。

「ちょっと宮原サン。あんたボケーッとしてないで、マネージャーなら黙って、ちゃちゃっとカギ閉めるくらいの気遣いがあってしかるべきなんじゃないの？」

自分の失敗を棚に上げて他人に責任を転嫁するのは、夏美が最も得意とするところだ。

「ゴメンね。あんまり甘やかすなって、カジさんにいわれてるんだ」

フェイスプロの専務取締役、梶尾恒晴《かじおつねはる》。年は祐司の五つ上。今年三十四になる梶尾も、以前はバンドマンだった。そんな縁がもとで、祐司はフェイスプロに誘われた。

「ちぇ……あのオッサン、油断ならないな」

「この東京で戸締りをしない君は、ちょっと油断しすぎなんだと思うけど」

フンッ、と階段の方に踵《きびす》を返す。おさげに結《ゆ》った髪が、鞭《むち》のようにしなってその肩に当たる。

芝居だと分かっていても、夏美に機嫌を損《そこ》ねた振りをされると、祐司は切なくなる。だがそれが、一方ではやけに心地好《ここちよ》くもあった。この切ない気持ちは、つまり夏美の魅力の裏返しなのであり、やがて夏美を求めるであろうファンの心理と、ぴったり重なる心情であろうと思えるのだ。そんなふうに考えると、この切なさも容易に悦《よろこ》びへと変わっていく——。

祐司はそんな自分を、マネージャーとして天賦《てんぷ》の才能がある、とまでは思わないまでも、まあまあ向いているのではないか、くらいには、思えるようになっていた。

最寄《もよ》りの千川《せんかわ》駅から有楽町線に乗り、池袋駅でＪＲに乗り換えて代々木駅までいく。吊り革につかまった夏美たちは今、「最近食べた美味《おい》しいもの話」で盛り上がっている。

「チョー美味しいんですって。なんか、ハンバーグとも、ステーキとも違う食感で。まあ、だからステーキハンバーグなんですけど」

「だって、ハンバーグステーキって、普通にいうじゃん」

「反対です。ステーキハンバーグです」

「っていうか怒んないでよ」

「今度いきましょ。夏美さん、絶対好きですから」

祐司はこういうとき、少し距離をおいて二人を眺めるようにしている。

夏美も真緒も痩《や》せ型で、背は若干真緒の方が低いが、おおむね百六十センチくらいだから、二人とも決して目立つ方ではない。顔は、強《し》いて区別していうならば、夏美の方がやや美人系で、真緒が可愛い系だろうか。

そんな二人がキャッキャと楽しそうに喋《しゃべ》っていると、周りの男性たちは、どうしても一度は目を向けざるを得なくなるようだった。今も大学生ふうの若者がちらりと見て、言葉を失っていた。隣の友達が何か話しかけているのだが、まったく耳に入っていない様子だ。

もちろん、中には可愛い系の真緒に目を留める男性もいる。だが多くは、やはり夏美を見て、生唾を飲んで固まる。数秒して我に返り、慌てて視線を逸《そ》らす。そんな感じだった。

なんなのだろう、これは。

顔だけでいうなら、もっと綺麗な娘は芸能界に掃《は》いて捨てるほどいる。フェイスプロ内部に限定しても、一番の売れっ子、有田《ありた》ひとみや、三番手といっていいだろうか、清水彩音《しみずあやね》なんかは、明らかに夏美より美形である。

だが、祐司が夏美より、ひとみや彩音に魅力を感じられるかというと、その答えは「否《いな》」だ。むろん夏美はそれなりに美形だし、スタイルも決して悪い方ではない。だがそれが、一番の魅力というわけでは決してない。

夏美の魅力の核になっているのは、やはりその、ポジティブなイメージ、パッとその場を明るくするような雰囲気に尽きるのではないかと思う。その理由はとさらに訊《き》かれると、祐司も上手《うま》く説明はできないが。

「……ねえってば。宮原サンはその、石野《いしの》ってプロデューサーに、会ったことあんの」

いつのまにか夏美が隣にきていた。周囲の男性たちの、祐司に対する視線がにわかに厳しくなる。

「ああ、俺も、会ったことはないんだ。今日が初めて」

「切れ者、なんでしょ？」

「うーん……って、カジさんはいってたけどね」

夏美はフェイスプロ初の音楽系アーティストで、そのデビューに関しては、梶尾もいろいろと策を巡らせている。フリーの音楽プロデューサーだった石野克己《かつみ》を、フェイスプロの専属として迎えたのもその一環だ。

今日はその石野を交えて、夏美のデビュー曲をどういう方向性で作るかを話し合う予定になっていた。

それに寝坊というのは、非常にマズいのだが――。

今はただ、石野が寛容な人物であることを祈るのみである。

第1章

君と海を見ていたら　涙もいつか　乾いてた
明けない夜なんてない　止まない雨がないように

そんなふうに　ぼんやりいって　なぐさめてるの？
それとももっと　泣かせたいの？

ずっと　そばにいたのに　気づかないフリをしてた
もっと素直に　ありがとうっていえたら
きっと少し　大人になれるの……かも

胸の奥が痛むのは　しばらくは仕方ないよね
それでも歩き出さなきゃ　向かうべき場所がある限り

これは決して　終わりじゃなくて　始まりなのと
言い聞かせてる　自分自身に

いつか　連れていくから　世界が見渡せる場所に
だって普通に　ありがとうっていうより
きっと少し　素敵なことだと……思うの

1

レザジャケの下に長袖カットソー一枚、ってのは失敗だった。

「真緒……あたし、なんか寒い」

「だからもっと、ちゃんとニットか何か着ましょうっていったじゃないですか」

「だって、レザジャケの下は、すぐカットソーにしたかったんだもん」

「そういうのは、もっと暖かい日にチャレンジしてください。風邪ひいちゃったらバカみたいでしょ」

代々木駅から、千駄ヶ谷《せんだがや》五丁目のフェイスプロ事務所までは、歩いて七分くらい。あたしは先をスタスタいく宮原の後ろについた。百八十センチあるこいつの背中はそれなりに大きくて、いい風避《よ》けになる。

「宮原サン。いま真緒が、あたしのこと、バカっていった」

「……小学生じゃないんだから、そういうこと、いちいち俺に、いいつけないでくれるかな」

本人は意識してっかどうかしんないけど、こいつ、あたしと話すときは「俺」が多くて、真緒と話すときは「僕」が多い。それって、真緒の方が丁寧に扱われてるってこと？　それともあたしに「男」をアピールしてるってことなのかしら。どっちにしたって、統一感がないってのはダメね。魂が揺らいでる証拠だね。

「真緒。あいつ、あたしのこと小学生っていった」

「だから、いいつけるのやめなさいって、いわれたばかりでしょ」

ねえ。今日なんか、みんなあたしに当たりがキツくない？

そんなこんなしてるうちに着きました。一階だけ外壁が大理石の、けっこう重厚な雰囲気の「第二飯干《いいぼし》ビル」。その五階にフェイスプロはあります。ちなみに重厚なのは一階だけで、上の方はもっと、なんかデコボコした軽石みたいになってます。

おっと、いきなり宮原ダッシュ。閉まりかけたエレベーターのドアを見事こじ開けました。ナイススライディング。

「あ……こんにちは」

と思ったら宮原、急に長い体を折り曲げます。中に誰か乗ってたらしい。ああ、松浪《まつなみ》組のアンちゃんか。松浪組ってのは、二階から四階まで使ってる土建屋さんね。もちろん、平たくいったらヤクザです。

「こんにちはァ」

あたしたちも元気にご挨拶。黙って五階を押してくれたりして、けっこういい人が多いんだけどな。彼は三階で降りました。

五階でドアが開くと、そこはちっちゃなエレベーターホールになってて、すぐ壁があって、その向こうが事務所です。五階は全部フェイスプロ。三十坪っていってたかな。っつか、ひと坪って何平方メートルだ？

「うい、おはようっす」

あたしが敬礼しながら顔を出すと、

「あっ……夏美ちゃん」

すぐそこにいた春恵《はるえ》さんが、慌てたみたいに「シッ」と唇に指を立てる。谷口春恵さんは、中沢壱子《なかざわいちこ》ちゃんを担当してる、やっぱりマネージャーさんです。壱子ちゃんは——今日はきてないみたいね。

「ごめん、遅くなった」

宮原が、自分の机にカバンを置きながら春恵さんに手を合わせる。

「石野さん、だいぶ前に着いてるわよ」

「うん、だよね……で、どう。実際、どんな感じの人？」

「ちょっと、気難しい感じはする。さっきコーヒー持ってってたけど、怒ってはいないみたい。専務と話してる」

四十分か、と宮原が呟《つぶや》く。あたしを責めはしないけど、なんか横顔が、マズいなぁ、みたいになってる。

「……ゴメンよ、寝坊して」

　別にね、あたしだって、全然悪いと思ってないわけじゃないんだよ。でもさ、いくら謝ったって、時間が戻せるわけじゃないじゃない？　だったら明るく前向きに、今後のことを考えましょうってのがあたしのスタンスなんだけど。ダメ？

　とりあえず入ろうってことで、宮原を先頭に会議室へと向かった。会議室ったって、フロアの一画をパーティションで区切った部屋が二つあるだけなんだけどね。八畳と四畳半。今日は八畳の第一会議室です。

「すみませーん、遅くなりました」

　専務の梶尾さんと、たぶん石野ってプロデューサーであろう男が、奥の窓を背にして座ってます。

　あたしたちは、なんかちょっと小さくなりながら、テーブルをはさんで壁側に並んで座った。するといきなり、

「まあ、時間に関しては以後注意してください。レコーディングに入ったら時間との戦いですんで。プロとしてやっていくならそこら辺、胆《きも》に銘じておいてください」

　彼は一気にいって、それで終わりかってーとそうではなく、

「まず自己紹介させていただきます。このたび、フェイスプロの専属プロデューサーという

ことで、音楽制作全般を任せていただくことになりました、石野克己です。四十歳です。過去には……まあ、興味がおありでしたら雑誌でも読んでください。『スタジオ&レコーディング・マガジン』にコラムも連載してますから。歌もの、バンド、ジャンルはなんでもやります。鍵盤《けんばん》とプログラミングも、まあ自分でやりますね」

でもって、はいどーぞって感じでこっちに手を出す。ちょっとどうなの、このノリは。

「……あー、あの、柏木《かしわぎ》、夏美です。十九歳です。……えっと、ギターとぉ、作曲とぉ」

「デモテープをいただいて聴いてますんで、その辺はけっこうです。承知してます」

あんだ？　あんたが自己紹介しろって手ぇ出すからいってやったんだろが。テーブルひっくり返すぞコノヤロウ。と、微妙にあたしがキレそうになっているのを察知したか、宮原がさらりと割って入る。

「初めまして。夏美を担当しております、宮原です。よろしくお願いします。……彼女、平《ひら》泉《いずみ》真緒さんは、夏美のバンド時代からの付き人で、現在はアルバイトですが、私のサブということでやってもらっています」

真緒も、よろしくお願いしますと頭を下げる。ああ、なんか「自称、世界で一番の夏美ファン」ってキャッチコピーも、過去のものって感じで感慨深い。ファンから追っかけ、付き人を経てサブマネージャーに。大出世じゃん、真緒。

梶尾さんは、黙ってうんうん頷いてるだけ。今のところ、このミーティングでどういう立ち位置をとろうとしてるのかは不明。

ご丁寧にも、石野Pは頭を下げ返してきた。

「こちらこそ、よろしくお願いします。……ええ、はい。では早速、デモテープを聴かせていただきました感想を、申し上げましょうか」

う。なんか、すげーヤな感じ。思いっきしダメ出し喰らいそうな予感がする。個人的には「Thanks!」も「メモリーズ」も名曲だと思ってんだけど、でも、そうは思わない人間も世の中には確実にいるわけであって。その一人がこの石野Pであるという可能性も、また否定できないのであり——。

あー。しかもなに。この、意味不明な沈黙は。

やだ。なんかちょっと、お腹《なか》痛くなってきた。

「……いいですね。二曲とも」

へ？　あ、いい。二曲とも。あらそう。

ふう。ああ、なんか知らんけど助かった。っていうか、だったらさっさとそういってよ。緊張してお腹痛くなったの、バカみたいじゃんか。

「ああ……ありがとう、ございます」

あたし、急に笑顔で頭下げたりしちゃって。宮原も、よかったね、みたいにこっち見て。あたしも、うん、なんて素直に頷いたりしちゃって。

しかし、そんなホンワカな空気なんぞまったく意に介さず、石野Pは実に淡々と、それこそ五分間ニュースのアナウンサーみたいに先を続けた。

「もう少し具体的にお話しします。まず楽曲ですが、プロに求められる水準は充分にクリアしていると思います。詞も、今お会いして、あなたのイメージに合っていると感じました。その二点は、特にいじる必要はないと思います。次にアレンジですが、両方とも、多少不要なパートがありますね。尺はこの際、短ければ短いほどいいわけですから、歌以外のパートで無理に引っぱる必要はありません」

「尺」ってのは単純に「長さ」って意味ね。つまり曲の長さ。っていうか、曲って短ければ短いほどいいの？

「まあそれは、音録《おとど》りをすませてからでも充分に切れますんで、今日この場で結論を出さなければならない問題ではないです」

いやいや、あんたが問題にしたんでしょうが。

「なるほど……」

うーん。ちょっと、決めつけちゃっていいですか。

あたし、この人嫌いです。

「各パートについても申し上げておきましょう。まずギターですが、さすがに、上手いですね。音も、いい具合にハジケてる。どうやって録ったんですか？　シミュレーターのライン録りという感じには聴こえないんですが」

そこは褒《ほ》めるんだ。ムカつく奴だけど、ちょっと嬉しい。

「それは、あの……自前のアンプが、知り合いのスタジオに置いてあるんで、ギターはそこで」

あたし、フェイスと契約する前は、池袋の「スカイ」ってレンタルスタジオで受付のバイトやってたのね。で、そのよしみで今もアンプを倉庫に置かせてもらってて、それを使って、そのスタジオで、ギターは録ったわけ。なんせ、けっこうでかいマーシャルだから、アパートなんかじゃ絶対に鳴らせないの。

「なるほど、そうですか。実際のレコーディングではプロのギターテックがつくので、もっといい音が出せますよ。柏木さんはギタリストなわけですから、その辺はこだわってやってみてください。

では次……歌ですが、まあこれも、これといって大きな問題はないでしょう。多少ピッチが甘いくらいは、誰にだってあることですし。逆に最高のテイクを録ろうと粘るより、ささっと演《や》って、あとでデータで修正した方が早いですしね」

どうも気に喰わないな、こいつ。でも、何が気に喰わないんだろう。喋り方だろうか。それとももっと、別の何かなんだろか。

隣を見ると、宮原もなんか、複雑な表情をしてた。真緒は緊張っていうか、固まって下向いちゃってる。

「それ以外の打ち込みの部分に関してですが、ＭＩＤＩデータは、むろんバックアップをとってありますよね？」

あたしのデモテープは、ドラムとベースとキーボードを、「ＭＩＤＩ（Musical Instrument Digital Interface）」っていう規格の自動演奏プログラムで作ってあるのね。「打ち込み」ってのは、そういうプログラムに演奏させることの総称。っつか俗称か。石野Ｐはそのプログラムを、ちゃんとあたしが保存してあるかって訊いてるわけ。

「そりゃもちろん、ありますけど」

石野Ｐ、ごく事務的に頷きます。

「けっこうです。では、実際の制作日数は、さほどかからないですね。そのデータに私が手を加えますから、柏木さんは後日、とりあえず同じ尺でギターと歌を録れるよう準備しておいてください」

ムム。ちょっと待ってくださいよ。

「あの、ドラムとか……その、つまり、リズム隊の録りは？」

リズム隊ってのは、ドラムとベースのコンビのこと。むろん、生きた人間が演奏することを前提にしています。あたしは。

すると、あろうことか石野Ｐは、手帳をめくりながらさらりといってのけた。

「いえ、録りませんよ、そんなものは。打ち込みのドラムとベースを私がデータでいじって、それでいきますよ。普通に」

「ハァ？」

あんた今「そんなもの」っていった？　っていうか「普通」って何よ。分かった。あたし分かったよ。こいつの何が気に喰わないのか。まだ上手く説明はできないけど、でもあたしには分かった。あたしはたぶん、こいつの持ってる音楽観そのものが嫌いなんだ。

あたしは勇ましく立ち上がった。

「ちょっと。リズム隊を録らないってどういうことよ」

「録らないというのは、録音をしないという……」

「んがッ」

ごちん、とテーブルにパンチを落とす。ちと痛かった。でも大丈夫。

「違うだろがッ」

梶尾さんが、ちょっとギョッとした顔であたしを見上げる。

宮原、アワアワすんじゃないよ。黙って聞いてな。

真緒、泣いちゃダメだかんね。

「そんなこたァいわれなくたって分かってるわよ。リズム隊をナマで録らないってのは一体どういう神経でいってんだって訊いてんのよあたしは。あんたそもそも、どこにつけた耳であたしのデモ聴いたの。背中？　足の裏？　ねえ、普通って何よ。普通に耳が顔の横についてんだったら、あたしの曲がロックだってことくらい分かるでしょうが。ロックっつったら、バンドでナマで一発録りするに決まっててんでしょうが。それをなに、打ち込みいじって、そのままいきますよ普通に？　フザケんなっつーの。ロックの普通は一発録り、そこは絶対に譲れないのッ」

ふぅ、すっきりした。けっこう、キマったな。

おや？　石野P、不敵な笑みを浮かべております。さっきまでと、なんだか雰囲気が違います。

四十歳にしてはちょっと童顔っつーか若い感じで、恰好もラフで、でも言葉遣いがカクカクしてっから、あたし的には休日の守銭奴《しゅせんど》弁護士みたいなキャラって定義しようかと思ってたんだけど、そういう笑い方されっと、下の松浪組とお友達ですか？　みたいに解釈は変わってくるかも。

「……かまいませんよ、一発録りでも。ちなみにそれは、誰と誰でやるつもりですか」

ぼそっといって、石野Pは手元の手帳に目を落とした。

今あんた、なんつった？

「はい？」

「だから、リズム隊は、誰と誰で一発録りするのかと、訊いてるんです。私は」

困った。そうくるとは思わなかった。

「誰とって、それはまだ……決めてないけど」

「じゃあ、誰に叩かせてもいいんですか。誰に弾かせてもいいんですか。ナマで一発で演ってくれる人間なら、どこの馬の骨でもかまわないわけですか」

「ちょっと、そんなこといってないでしょうが」

マジムカつくな、あんた。

「でもそういうことでしょう。私が打ち込みでイケるというと、それはダメだ、ナマで一発だと主張する。では誰で一発録りをするんだと訊いても、それは考えていないという。そんな、馬鹿な話がありますか？

参考までにいっておきますが、スタジオミュージシャンを呼んで、はいこういう曲ですから叩いてください、弾いてくださいといったところで、こっちに具体的なビジョンがなければ、彼らはごくごくベーシックなプレイをするだけですよ。ナマでプロのリズム隊がプレイしたら、何かしら化学反応的なマジックが起こるだろうなんて期待してるんじゃないでしょうね。だとしたら、それは甚《はなは》だ認識が甘いといわざるを得ない。ましてや、誰と誰にプレイさせるかすら決めていないんじゃ、そもそも曲の仕上がりがイメージできてないのと同じです。

しかし、私にはできている。あなたのプログラムを雛形《ひながた》にして私が手を加え、あなたのギターをかぶせて、唄ってもらう。打ち込みの仕上がりだって、ギターの出音だってきっちりイメージできている。むろん、ギターテックを誰にするかだって考えてありますし、スケジュールも押さえてある。もともと楽曲はいいんだし、なかなかの作品に仕上がると確信しています。しかしあなたは、その私のアイディアを根底から否定して、メンバーも決まってない一発録りに賭けたいという。これは一体、なんのための会議なんですかね」

こ、コノヤロウ――。

「まあまあ、石野さん……この娘《こ》も、まだちょっと分かってないところあるんで。その辺で、お手柔らかに」

梶尾さん。分かってないって、なによそれ――。

「夏美、まあ座れ。……お前にはまだいってなかったが、実はこの曲はな、一日も早く仕上げなきゃならん状況にあるんだよ。それも考慮した上でな、石野さんはレコーディングのプランを、立ててくれてるんだ」

基本的にあたし梶尾さんのこと、ノリがよくて決断が早くて、背はちょっと低いけど顔はまあまあで、つまりけっこう、イイ男の部類に入ると思ってたんだけど、でも今日は、なんか違う。好きじゃないよ――。

「早く仕上げなきゃならないって、何か、あったんですか」

宮原はいいながら、あたしの手を引っ張って、座るよう促《うなが》した。

「おう。実はよ、オメエも知ってんだろ。ほら、広告代理店の、白広堂《はくこうどう》の藤巻《ふじまき》。ちょっと前に奴と、六本木のクラブでばったり会ってよ。でそんとき、最近いい娘いないの、みたいなこと訊くからさ、ちょっと今までとは毛色違うけど、いるよ、バンド系の娘が、っていったんだよ。そしたら、いいねバンド系、これからくるから、いやもうきてるからって、えらいノってきたんだよ。

そんで次の日に、早速資料送ったんだよ。このデモと写真だのなんだの。そしたらさっき、奴から電話があってよ。来週アタマに撮影できるんなら、夏美でやりたいっていってきたんだよ。なんでも、もともと予定してた娘が事務所と揉《も》めちゃったとかなんとかで、別の娘を探してたんだけど、クライアントが納得する娘が見つからなくて、もう話グダグダになってたんだってよ。そこに俺が夏美の資料を送ったら、連中もクライアントも一発オッケーで、すぐ撮影に入ってくれってことなんだよ」

宮原が「ちなみに、その依頼の内容は」とはさむ。

「CMだよ、テレビCM。旭《あさひ》ビバレッジの『アミノスウェット』っていう、清涼飲料水のCMだよ。この『Thanks!』をバックに流してよ、夏美自身が出演してよ、うーん、美味しい！　みたいにやるんだよ。どうだ、スゲーだろ」

パチーン、って頭ん中で風船が割れた気がして、いつのまにか、あたしは会議室を飛び出していた。

「あッ」

「夏美ッ」

後ろで宮原と真緒の声がして、外にいた春恵さんとか他の人も「どうしたの」みたいな目であたしを見てて、でもあたしは立ち止まることができなくて、エレベーターを待つなんて絶対にイヤだったから、非常階段の扉を開けて、上るか下りるかはちょっと迷ったけど、九階の上の屋上までいっちゃったら、なんか勢いでダイブしちゃいそうだったから、とりあえず下にいくことにした。

初めて、事務所が五階って不便だなって思った。

2

祐司は中腰の状態で迷っていた。夏美を追うべきか、ここに留《とど》まるべきか。だが結局、自分がこのミーティングを放り出すわけにはいかないという結論に至った。

「真緒ちゃん、お願い」

「はい」

ドアロで振り返り、真緒は短く一礼して会議室を出ていった。

さて。夏美のマネージャーとして、自分はこの状況をどう整理すべきだろう。

「祐司……まあ、座れよ」

梶尾が「参ったな」という表情を見せたので、祐司は夏美の倒した椅子を直してから座った。おそらく梶尾も、決して石野のプランを全面的にいいと思っているわけではないのだ。だが初仕事でいきなり、無下に彼のプランを却下するわけにもいかない。先の表情はそういう意味ではないのか。

だとすると逆に、梶尾がそういうスタンスであるならば、話し合いの余地もまだあるということだ。

祐司は一つ、深呼吸をしてから切り出した。

「あの……少し、私の意見を申し上げても、よろしいでしょうか」

石野は落ち着いた態度で「どうぞ」と頷いた。

「ありがとうございます。……その、今お伺《うかが》いしましたプランも、個人的には、分かります。石野さんの手掛けられた作品もいくつか拝聴しておりますので、打ち込みをベースにしたロックギターのアンサンブルも刺激的だろうと、思います」

梶尾が「そうそう、ビリー・アイドルの『ウィプラッシュ・スマイル』なんか、よかったよな」とはさんだが、石野の抱《いだ》くイメージとは違うのか、彼は苦笑いを浮かべるに留まった。

「……ですが、やはり、夏美の頭にあるのは、バンドサウンドなんです。このデモは、あくまでも楽曲を示すためのものであって、決してその……完成形のイメージを伝えるものではなかったと、私は思うんです」

「そんなことは私だって分かってますよ」

石野は眉をひそめ、祐司を正面から見据えた。

「宮原さん。あなただって今お聞きになったでしょう。この楽曲には、すでにタイアップまでついているんです。個人のこだわりでダラダラ作れる状況ではないんですよ」

くいっ、と顔を梶尾に向ける。

「専務。完パケはともかく、タイムコードの決定したラフミックスは、いつまでに上げればよろしいですか」

「完パケ」というのは「完全パッケージ」の略で、この場合はマスタリングを終えた「音源の完成形」を意味している。対して「ラフミックス」というのは、とりあえずステレオ2チャンネルで聴ける状態に仕上げたものを指す。

「そうね……先方はすぐにでも撮影っていってたけど、そりゃいくらなんでも無理だから、来週アタマにって線で折り合いをつけてある。撮影に完パケは必要ないから、でもまあ、今週中……遅くとも日曜の昼までに、ラフは欲しいかな」

石野が祐司に向き直る。

「つまり、音録りに使える時間は金曜日いっぱいということになるわけです。よって逆算すると、木、金は歌録り、火、水がギター録り。私は明後日《あさって》の朝までにドラム、ベース、シンセのプログラミングを上げなければいけないわけです。私のプランでさえこのような過密スケジュールになるというのに、それをですよ、今からドラマーとベーシストを探してスタジオにぶち込んで、生演奏ならではのマジックを期待して一発録りに挑むなんて、無謀にもほどがあると思いませんか」

しかし――。

音楽以外のスケジュールに押されて制作過程を簡素化する。誰かがいいというから、それで良しとする。祐司は夏美に、そういう妥協はさせたくなかった。夏美には、プロになることによって初めて得られる、理想的な音楽制作環境を与えてやりたかった。

それが、しょっぱなから、こんなことになるなんて――。

祐司はあることを思い出していた。この夏まで夏美が在籍していたロックバンド、「ペルソナ・パラノイア」のドラマー、畑中出《はたなかいづる》の言葉だ。

「俺はね、あの娘には、真っ直ぐ育ってほしいの。真っ直ぐ、天辺《てっぺん》を目指してほしいのよ。だからね、あの娘の周りから、音楽以外のことはできるだけ排除してやりたいって思ってんの。そう思ってやってきたの、ずっと。

もう分かるよね。売るために、グラビアだの営業だの、おかしな連中に尻尾《しっぽ》振らせるような真似、俺は夏美にはさせたくねえんだよ。……もしあんたが、あんたの会社が、そこらの使い捨てタレントみたいに夏美を扱うんだったら、俺は黙ってねえからな。半端な考えで、夏美の時間を無駄に使うなよ。夏美の一秒は、あんたの一年でも、俺の十年でも、あがなえねえんだからな」

畑中は祐司と同じ二十九歳。バンド内では夏美の後見人のような存在だった。はっきり口に出したわけではないが、あのとき祐司は心の中で、彼の期待に背《そむ》くようなことだけはすまいと、自らに誓った。

そう。ここで自分が引いたら、一体誰が夏美を、夏美の音楽を守るというのだ——。

祐司は奥歯をぐっと嚙《か》み締め、今一度、石野の目を見つめた。

「確かに、時間的制約は、厳しいと思います。ですが、試す機会もいただけないのでは、夏美も、納得できないと思うんです。ですから、明日……明日いっぱい、ナマでリズム録りをする方向で、動いてみるわけにはいかないでしょうか。そのベーシックな部分さえクリアすれば、たとえ時間が押したとしても、夏美は納得して、残りの部分を仕上げられると思うんです」

石野も、一層厳しい視線を返してくる。

「それがダメだった場合を考えたら、私は別個にプログラミングを仕上げておく必要がある。しかしそれでは、とてもレコーディングに立ち会う暇なんてないんですよ」

「でも、これは夏美の曲です。夏美の意見が、まったく反映されないなんて……」

彼はゆっくり、かぶりを振って遮《さえぎ》った。

「この楽曲はすでに彼女一人のものではない。フェイスプロと、メーカーとなるキングダムレコードの共同原盤である以上……専務、バジェット（予算）は、なん対なんでしたっけ」

梶尾は「七・三でうちが多い」と答えた。

「つまり七割はこちら側で、三割はメーカーのもの、というのが正しい。フェイスが出資する七割のうちの、いくらかは私のものでもあるわけだし、いくらかは宮原さん、あなたのものでもあるんです。決して、柏木夏美個人のものではない」

石野がひと呼吸置く。梶尾は小指で耳をほじっている。

「……いいですか。これはもう、ビジネスなんです。先ほどあなたは、このデモは楽曲の出来を示すためのものであって、完成形のイメージを伝えるためのものではないと仰《おつしや》いましたね。私だって、箸にも棒にもかからないものだったら、まったく別の線で完成形を考えます。だがこれはそうじゃない。これはこれで、ある一つの完成形を明確に示している。ある意味、バンドで一発録りをするより調和のとれた作品が期待できる。柏木夏美のソロという意味では、その方が理想的ですらある。そうなったら、それをアーティストが当初から意図していたかどうかなんて、もうどうでもいいことなんじゃないですかね。ここをゼロ地点として、いける方向にいけばいいんじゃないですかね」

手帳を閉じ、その上にペンを置く。

「それから、完成形完成形といいますがね、はっきりいって、音楽に完成形なんて状態はないんですよ。あるのは一曲という単位です。たとえば一度、でき上がったと誰もが思う状態のオケがあったとしましょう。でもそこから試しにベースを抜いて聴いてみた。それが案外よかった。むしろ抜いた方がいいんじゃないかという意見が高まってくる。そうなったら、もうどっちの完成度が高いかなんて話じゃなくなってくるんですよ。その一曲を、どれだけの人が認めるか。成否はもう、そこにしかあり得ないんです」

チッ、という梶尾の舌打ちが、石野の言葉に句点を打った。

「……しょうがねえ。ちっと待っとけや」

梶尾はそれだけ言い置いて、会議室を出ていった。祐司は石野と、妙に冷え冷えとした沈黙の中に取り残されてしまった。

石野は、手帳の脇に置いていたタバコに手を伸ばした。セブンスターだ。一本銜《くわ》え、少々値の張りそうなガスライターで火を点《つ》け、ゆっくりとひと口吐き出す。

「……宮原さんも、以前はバンドを、やってらしたそうですね」

思い過ごしかもしれないが、その言葉には、少し馬鹿にしたような響きが感じられた。

「はい。大して客も呼べないバンドで、ベースを弾いてました」

「梶尾専務も、一緒だった」

「ええ。専務の方が、先に見切りをつけましたが……僕は、三年ほど前まで、やってました」

ちなみに梶尾はボーカルだった。歌は決して上手くなかったが、思いきりのいいパフォーマンスには定評があった。当時よく出演した目黒ロックステーションの店長は「ジョニー・ロットンが矢沢永吉《やざわえいきち》のモノマネをしている」と評したが、あれはかなり的を射た表現だったと、祐司は今も思っている。

四、五分して、

「……おう。待たせたな」

しかめ面《つら》をした梶尾が戻ってきた。もとの席に座り、さして長くもない足を、わざわざ振り回すようにして組む。

「どうしたんですか」

石野に、うん、と意味ありげに頷いてみせる。そして目を閉じ、まるで考えごとでもするかのように小さく唸《うな》る。だが、何をどうしようか、どういうべきか、そんなことはすでに梶尾の中では決まっているのだ。長い付き合いの祐司には分かる。今はただ、そのタイミングを計るための芝居をしているだけだ。

「……石野さんさぁ」

ぱちりと目を開け、彼の肩に手をやる。

「音楽なんざ、気分次第で、どうにでも聴こえるもんだよな。つまり逆にいやぁ、気分がノらねえオケ聴きながら、夏美にいい歌が唄えるかってーと、その可能性は低いといわざるを得ない。あの娘は、見ての通り気分屋だからね。ノらなかったら、下手《へた》したらプイッてどっかいっちまう可能性だってあるわけよ。それが、はっきりいって一番困る。だからさ、石野さん……明日いっぱい、リズム録りに時間作ってよ」

途端《とたん》、石野は無表情になり、肩に乗った梶尾の手を、まるで汚いものでも見るような目で一瞥《いちべつ》した。

「ですから……録るといっても、誰と誰で録るんですか」

梶尾は右頬だけを吊り上げる、得意の笑みを浮かべてみせた。交渉事の最後に浮かべる、凄《すご》みのある独特の笑みだ。

「ドラマーはいま押さえた。池上《いけがみ》〝ゴンタ〟淳一《じゅんいち》だ」

祐司は一瞬、言葉を失った。池上〝ゴンタ〟淳一といえば、日本を代表するスタジオ系ドラマーだ。音楽学校に多数のセミナーを持ち、ジャズ、ポップス、ヘヴィ・メタル、なんでも叩く、まさにトップ・オブ・トップの一人だ。目立った活動では去年、イギリスの大物バンド「ピュア・ブルー」の全米ツアーに参加したというのが記憶に新しい。

これには、石野も驚いたようだった。

「ゴンタさんなんて呼んだら、バジェットの大半を喰われますよ」

「その心配はしなくていい。俺が持つから。ギャラの交渉も済んでる」

だが祐司には、ギャラよりもっと気になることがあった。

「あの……じゃあベースは、どうするんですか」

梶尾は再び、あの笑みを浮かべた。

「そこだよな。ゴンタは確かに、プレイの質もギャラも高い。でもそこで、ゴンタのプレイを無駄にしないように、同格のベーシストを連れてきちまったら、そりゃいくら俺だって腹が痛む。だから呼ぶのはゴンタだけだ。ベースは呼ばねえ」

さらに右頬を吊り上げる。

「呼ばない、って……」

「どういうことですか、専務」

芝居がかった沈黙を、祐司たちは固唾《かたず》を呑んでやり過ごした。

「……ベースは、自給自足だ。内輪で済ませる」

自分で、自分の表情が強張《こわば》っていくのが、祐司には分かった。おそらく顔色も、尋常ではなくなっていることだろう。

自給自足――。

石野は、基本的にはキーボーディストである。梶尾は、ほとんど何も楽器は弾けない。フエイスプロで他に何か弾ける人間といえば、趣味でギターを弾く男性マネージャーが一人いるにはいるが、まともにベースが弾ける人間となると、それはどう考えても、祐司しかいない。

つまり、自給自足ということは——そういうこと、なのだろうか。

3

とぼとぼと階段を下りて一階に着いたら、真緒がいた。エレベーターで先回りされたみたいだった。

真緒は、なんもいわないであたしの手をとった。丸顔だから、なんとなくぽちゃっとしたイメージがあるけど、真緒って実は、あたしなんかよりずっと華奢。指なんてほら、小枝みたいに細くて頼りない。

あたしも、なんていっていいのか分かんないから、手を繋いだまま、とりあえずビルから出た。風は、相変わらず冷たかった。でも真緒の手は、温かかった。

何が起こったのか、自分でもよく分からなかった。

自分で思い描いていたものが、実は全然そんなふうにはならないんだって分かって、しかもそれを、自分ではどうすることもできなくて、でもあいつの前で泣いちゃったら嫌だから、怒った顔して会議室を飛び出した。まあ、そういうことになるんだと思う。

ああ——。冷たい風に当たったら、こんなんじゃなんも解決しないんだって、ようやく分かった気がした。そりゃそうだよな。あの石野ってのがプロデューサーで、いわばレコーデイングの現場責任者なんだから、あいつが納得しなけりゃ、ちっとも話は前になんて進まない。

でもさ、あたしさ、あいつ、なんか嫌いなんだ。

「ねえ、真緒……」

つんつんって指を引っぱると、真緒は、お正月の黒豆みたいな目を向けて、優しく「はい？」って訊いてくれた。

「……嫌いな奴と、わざわざ一緒に、音楽作る必要なんて、あるのかな……」

困ったみたいに、真緒はキュッと眉をひそめた。

「嫌いですか、石野さん」

あたしは、うんって頷いた。

「そうですか。私もああいう感じ、あんまり、得意ではないですけど……」

けど、なに？

「でも、いますよ、ああいう人。私もほら、いくつかバイトやってたじゃないですか」

うん。マックとか本屋さんとか、近所のスーパーのレジとか。真緒ん家ってけっこう金持ちなのに、そういうのに頼らないでがんばってバイトしたりするとこ、あたし、すっごい偉いなって思う。

「で、スーパーのマネージャーが、ちょっとああいう感じの人だったんですよ。なんていうんだろう……ガガガッていって、この通りやってくんなきゃ困るんですよ、みたいなノリの人。私はレジ打ちだけだからどうってことなかったけど、品物並べたりもする人は、けっこう嫌ってましたね」

そう、だったんだ。

「でも、結果的にそのスーパー、そのマネージャーがきてから、飛躍的に売り上げが回復したんです。フランチャイズっていうんですか、地元の人がオーナーなんですけど、泣いて喜んでました。……そのね、マネージャーって女の人なんですけど。二十代後半くらいの。でも私、実は、その人がロッカールームで泣いてるとこ、見ちゃったんですよ……たぶん、自分のお母さんくらいの年の、パートのオバさん、三人くらいまとめてドヤしつけた、そのあとで……」

真緒は「あっ」っていって、空《あ》いてる手を「違う違う」みたいに振ってみせた。

「別に、石野さんがそうだっていってるんじゃないですよ。ちょっと思い出したから、いっただけで……でも、他人に嫌だなって思われるようなことを、我慢してやってる人も、まあ、いるっていうか。だから……って、どうでもいいですよね、こんなこと」

そう、かもね。そういうことも、あるのかもね。

優しいね。真緒って。

よく考えたら今日、あたしは起きてから何も食べてないんだってことに気づいた。最初は代々木駅の方に向かってたんだけど、やっぱモスバーガーが食べたくなって、千駄ヶ谷駅の方に引き返した。あそこのモスは真ん前が東京体育館だから、なんか空が広くて好きなんだ。

「モスチーズとオニポテ。ココア。……それから、きんぴらライスバーガー」

あ、ライスバーガーは多かったかな。どうだろ。

「えっとじゃあ、私は……チキンバーガーと、オニポテ。カフェラテで」

今日はあたしが奢《おご》るっていったら、真緒、すっごい驚いてた。ちょっと、それはないんじゃない？　確かにトータルでいったら、あたしが真緒に奢られた方が多いかもしんないけど、でもそんなに驚かれたら、かえって恥ずかしいっつーの。

「いただきまーす」

「うい。がっつりやってくんな」

やっぱり、食べるって大事だね。気持ちが落ち着くし、焦《あせ》らなくなる。ちゃんと順序立てて考えられるようになる。

あたしがオニオンリングに、モスチーズから漏れたソースをつけて食べてたら、真緒もやりたそうだったから、はいって向けてあげた。真緒は、ニコッて笑ってポテトを突っ込んできた。

「……でもさ、音楽なんて、絶対にこっちがいいとか、いえるもんじゃないじゃない？」

「そう、ですよね……」

「ってことはさ、石野Pがいってる方向性と、あたしが一発録りしたいっていってるのと、どっちがベターかなんて、両方やってみなきゃ分かんないわけよ。少なくとも現状では。でしょう？」

「ええ……まあ」

うん。なんかノッてきたぞ。

「分かりやすく映画に喩《たと》えるとだよ、石野Pがやろうとしてるのは、ピクサーの『ファインディング・ニモ』みたいなもんで、あたしの理想は、かなり古いやつだけど、リュック・ベッソンの『グラン・ブルー』みたいな感じになるわけ。両方とも海中の映像がウリなのは同じだけど、片やCGアニメ、片や命張って撮ったリアルな映像でしょ。CGだって真面目にやったら大変なのは分かってるけど、だからって普通にカメラ回して撮るつもりだった人間に、いきなりCGでいくからよろしくっていったら、そりゃねーだろってキレられんの当たり前でしょう」

なんか、食べるってエネルギーを補給する行為だから、怒りみたいな感情も、同時に湧き上がってきちゃう。困ったことに。

「……それはそうですけど、でも両方やる時間も、お金もないってのが、現実なわけじゃないですか」

真緒。あんた、おっそろしく冷静に切り返すね。

「まあ、そりゃそうなんだけど……でも、ズルイっつったらズルイんだよ、あいつは。だって石野Pのいうことは、なんだかんだあたしが作ったデモに乗っかろうって話じゃん？　対してあたしは、それとは違う、一発録りって方向性を打ち出してるわけでしょ。要は手元に、具体性のない話なわけよ。それをさ、メンバー決まってないんじゃイメージできてないのと同じだろうってさ、そんな言い方ひどいと思わない？　だいたい、一週間で仕上げなきゃいけないなんて、あたし聞いてないし。今日の時点で、ベースとドラムを具体的に誰にするか考えてなかったのって、そんなに怠惰《たいだ》なことなの？　あたしってそんなにグータラなわけ？」

何を思ったのか、真緒はクスッと笑った。

「なによ。……あ、あんたあたしのこと、グータラだと思ってんのね」

「いえ、別に、そういうんじゃ」

「寝坊女がなにいってんの、とか思ったんでしょ」

「ああ……それはちょっと、思ったかもですね」

ちぇ。やっぱそうなんじゃんか。

「でも、CMが決まったなんてのはさっき聞いたんだから、それは寝坊とは関係ないでしょ？　違う？」

「ええ……もちろん、そうです」

「つまりあいつは、あたしのデモを下敷きにして、それでこの仕事をやっつけちまおうっていう安い考えの奴なんだよ。でしょう?」

しかし意外なことに、また真緒は、うーんって考え込んでしまった。どうも今日は、全面的にあたしの味方をしようってスタンスじゃないらしい。

「でもですね……」

真緒は、カフェラテをひと口含んでから続けた。

「……夏美さんのあのデモ、ほんと私も、カッコいいと思うんですよ。『Thanks!』なんて、切ない感じのメロディと、アップテンポの、めちゃ疾走感あるアレンジが絶妙の絡みを持ってるし、『メモリーズ』は、なんていうんですか、ああいうのって。なんか、聴いたことあるスタイルなんですけど」

バレたか。

「典型的な、モータウンのリズムなのね。あれは」

モータウンってのは、デトロイトだったか、ソウルミュージックを得意としたレーベルのこと。有名なのは「ダッダッダーッ、ンダッダッダーッ」ってリズム。「メモリーズ」はまさにそれなの。まんまっていわれたらそれまでだけど、でももうパクッたとかそういう次元じゃない、一般的なリズムになってるから、問題はまったくなし。

「はあ、モータウン……そうなんだ……ああ、だからその、両方とも、あれはあれで、完成して聴こえちゃうんですよ、私なんかには。だから、石野さんが、あの線でいこうっていうの、別に手抜きとか、意地悪でいってるんじゃなくて、あのデモに惚《ほ》れちゃってるとこ、あるんじゃないかなって、思うんですよね……私は」

ちょっと待ってよ。

「じゃなに、あたしがフルアレンジのデモじゃなくて、フォークギターでジャカジャカやっただけのにしとけば、こんなことにはならなかったたってこと？」

「いえ、そういうんじゃ、ないですけど……」

真緒は、すごい、悲しそうな顔をした。

ちょっと、ひやっとした。自分で自分に。

「ごめん。真緒に怒ったたって、しょうがないよね」

ふるるってかぶりを振って、落ち着こうとするみたいに、真緒は小さく息を吐いた。

「たぶん、たぶんですよ……夏美さんは、適当にやったつもりでも、他人は、それをすごい好きになっちゃったり、感動しちゃうってこと、あると思うんですよ。この詞だって……『Thanks!』って、私と海にいったときのことが、モチーフになってるんでしたよね」

そう。そうなの。

前にあたしがいたバンド、ペルソナ・パラノイアのボーカルだった薫《かおる》は、今年の九月の初めに自殺してしまった。薫は、あたしが世界で一番リスペクトしたボーカリストだったし、そもそも、あたしがペルソナでギター弾いてたのって、薫のためってとこあったから、そのときはすごいショックで、マジで音楽やめちゃおうかってくらい落ち込んだ。

でも、そのときはまだマネージャーじゃなかったけど、あの宮原とか、もちろん真緒とか、なんかそういう、周りの人たちのお陰で、あたしは立ち直ることができた。よく出てたライブハウスで「城戸《きど》薫追悼《ついとう》特別公演」なんてのも、やらせてもらったし。

そんな、一連の騒動にひと区切りついたのが九月の終わりで、それで、なんか急に海が見たくなって、十月の初めに、真緒を誘って九十九里までいった。

ちょっと、涙も出たりしちゃったけど、でも、真緒が「大丈夫ですよ、夏美さんは」みたいに慰めてくれたから、ああ、あたしは大丈夫なんだって思って。で安心して、また泣いちゃったりした。

まあ、そんな出来事を、あの詞は表現してるんだよね。だから、ちょっと真緒のイメージと、宮原のそれが、ごっちゃになってるとこはあるんだけど。

「……あの詞って、夏美さんが、初めて書いた詞じゃないですか」

そう。あたしはそもそもギタリストだから、作曲はしてたけど、作詞はそれまでやったことなかった。

「うん。だからちょっと、自信ないんだけど」

そんなことないです、っていって、真緒はずいぶん暗くなった、東京体育館の上空に目をやった。なんでだろって思ったら、ちょっとその目には、涙が滲《にじ》んでた。

「つまり……私にとってもあれは、初めて読む、夏美さんの詞だったわけで……その中に自分が出てくるって、実は私にとって、すごい、感動的なことなんですね。それで……まだ専務とか、宮原さんとかと曲決めしてるときに、夏美さん、あたしは『Thanks!』でやりたいって、いったじゃないですか……あの瞬間、私、密《ひそ》かに、泣きそうになってて……ああ、夏美さんが、この曲でデビューするなんて、なんて素敵なんだろうって、思ってたんですよ……」

あーもォ、真緒。こんなとこで泣かないでよ。

「私、すごい想像しちゃって……『Thanks!』のCDができて、ラジオとかで流れて、ビデオとかも作って、テレビで流れて……で、そのたびに、私の出てくる歌詞が、日本中に響くんだって、私、ずっとそう思ってて……だから」

真緒は急に、テーブルに両手をついて、土下座するみたいに頭を下げた。

「ちょっと、なに」

「お願いします」

やめなよ、ほら、みんな見てるって。

「……夏美さんに、謝ってくださいとは、いいません。代わりに私が、石野さんに謝ります。

なんであたしが謝んなきゃなんないのよ、とか一瞬思ったけど、まあ、会議中にキレてバックレるってのは、大人のすることじゃないよな、と瞬時に納得。

「ってか、なんで真緒が謝るの」

「夏美さん、他人に頭下げたり、お礼いったりするの、めちゃめちゃ苦手じゃないですか」

おーおー。痛いとこ突いてくれるじゃないの。あまりにもその通りなんで返す言葉もないわ。

「だから、私が石野さんに、謝ります。土下座だってなんだって、私、夏美さんのためならできますから」

いや、別に土下座までしなくても。

「それでもし、石野さんが許してくれたら……さっき中断した話を、もう一度してみてくれますか」

ああ、そうくるか。

「せっかくここまできたのに、もし『Thanks!』がボツになったら、とか考えると、私……たとえばこの騒ぎで、プロデューサーが、石野さんじゃない人に交代したりしたら、その人はもしかしたら、『Thanks!』を気に入ってくれないかもしれないじゃないですか。私にとっては、それはちょっと、つらすぎるっていうか……だから、ほんと勝手なお願いなんですけど、デビュー曲は『Thanks!』ってことで、それをちゃんと、レコーディングするって方向で、みんなともう一度、話し合ってくれませんか」

げェー、マジかよ、ってまだ渋る気持ちがあるあたしって、わがまま？　大人気ない？

「お願いします」

千駄ヶ谷モスの前は、今まさに、いい雰囲気に暮れているのでした。

若干重たい気分を引きずりつつも、あたしたちは「第二飯干ビル」まで戻ってきた。

玄関前に、宮原が立ってた。ガス灯を模した出入り口の電灯が、彼の長い影を地面に落としていた。代々木方面から帰ってくると思ってたんでしょう。ずっとこっちに背を向けて、で、なんかの拍子にこっち向いて、それであたしと真緒に気づいたみたいだった。すぐには、何もいわなかった。あたしが真ん前にいくまで、宮原は黙って、あたしたちを見ていた。

怒ってんだろうな、とか思ったら、なにいっていいのかよく分かんなくなっちゃって。もじもじしてたら、ふいになんか落ちてきて。うわなんだ、って避けたんだけど、よく見たら、宮原が頭を下げたんだった。

「夏美、すまない」

あたし、なんかびっくりしちゃって。

「なによ……いきなり」

思いっきり頭下げてるんで、顔は見えないんだけど、えらいマジな雰囲気だけは、ひりひり伝わってきた。

「俺が、君を守らなくちゃいけないのに……君の音楽とか、権利を守らなくちゃいけないのに、なんか、石野さんにいわれっぱなしになっちゃって、守ってあげられなくて……ごめん。なんかほんと、俺、自分で情けなくて……」

あー、そう、そうね。そういう見方も、あるっちゃあ、あるわよね。

まあ、あんま気にすんなよ、くらいいって肩叩いてやろうかと思ったのに、宮原は急にガバッと体を起こした。危うく後ろ頭突きを喰らうところだった。挙句《あげく》、その顔に浮かんでいるのはどうしようもなく中途半端な笑み。今度はなんだ。

「……でも夏美、カジさんが、セッショーアンを出してくれたんだ」

セッショーアン？　なんじゃそりゃ。

「だから、ナマでリズム録り、できることになったんだ」

がびーん。知らないうちに、事は丸く収まっていたらしい。じゃあなに、あたしはもう少し我慢して、黙ってあそこに座ってりゃよかったってこと？

「……へえ。あ、そうなんだ」

でも、ちょっと待てよ。その、けっこう嬉しいお知らせのわりに、宮原の表情が冴えないのはなぜ？　まあ、冴えないのはいつものことなんだけど、今この瞬間は、また一段とイケてない気がするのよ。

「……ねえ。あんたあたしに、なんか隠してることあるでしょう」

図星《ずぼし》か。宮原はギクッとして目を逸らした。

ほんと分かりやすいな、お前。

4

祐司はこれまで、まさか自分が再び人前でベースを弾く日がくるなんて、考えてみたこともなかった。しかも相方《あいかた》は、あの池上〝ゴンタ〟淳一。さらにその演奏は録音され、ＣＭで流れ、後日、夏美のデビュー曲として華々しくリリースされることになる。

あり得ない——。

祐司は激しくかぶりを振った。

「……カジさん、無理ですよ。そんな、今さら僕なんて……勘弁してください」

すると梶尾はぽかんと口を開け、「は？」と聞き返した。

「だから、僕がゴンタさんとなんて、とてもじゃないけど無理ですって。だって、僕はデビューすらできなかった、ただのアマチュアバンドマンですよ。それにもう、かれこれ三年も、まともに弾いてないし……」

見る見るうちに、梶尾の顔が崩壊していく。やがて、

「……ぶひっ」

決壊。爆笑。梶尾は腹を抱えて足をバタつかせ、さらに石野の肩を抱いて「聞いた？　ね、バカでしょ、こいつ」と祐司を指差した。ひとしきり笑い終えると、今度は祐司の頭を思いきり叩く。

「なに自惚《うぬぼ》れてんだバカッ。誰がオメーみてぇな素人にゴンタの相手なんかさせっかよ。オメェが使えねえことくらい、この俺が一番よく知ってら。……夏美だよ、夏美。あいつに弾かせるんだ。だったら誰も文句ねえだろうが」

なんと。自給自足ベーシストの正体は、夏美本人だった。

「あ、ああ……なるほど」

確かに、夏美なら池上ゴンタの相手を務めることも可能だろう。だがそれを、夏美が喜んで受けるか、嫌がるかは別問題のように思えた。夏美が望んでいるのは、あくまでもバンドで「いっせーの」でプレイする「一発録り」である。ギターもベースも自分で弾く「マルチプレイ・レコーディング」ではない。

「でもそんなの、夏美が、納得するでしょうか」

祐司にはかなり難しいように思われたが、梶尾はむしろ「大丈夫だろ」と楽観を決め込ん

だ。

「ほら、夏美の好きなプリンス。あれはデビュー当初、すべての楽器を自分でプレイしてレコーディングしたって話だろう。当然ギターもベースも、自分で弾いてたわけだよ」

石野も張り合うようにアイディアを出す。

「あれは、そう、八七年だったかな……サミー・ヘイガーが、映画『オーバー・ザ・トップ』の主題歌をやったとき、あのエディ・ヴァン・ヘイレンがベースを弾きましたよね。当時サミーは、ヴァン・ヘイレンにボーカリストとして参加してたから、いわば友情出演みたいな形でしたが」

幸い、エディ・ヴァン・ヘイレンは夏美が世界で三番目に好きなギタリストだ。なるほど。そういう話を絡めながら切り出せば、上手くいくかもしれない。

今一度頭の中で、夏美にする説明の順番を組み立てる。

まず、梶尾が折衝案を出し、それでリズム隊をナマで録ることができるようになったと伝える。ドラマーはなんと、あの池上〝ゴンタ〟淳一だ。どうだすごいだろう。わァーすごーい。夏美は真緒と、手を取り合って喜ぶ。その興奮に乗じて、「で、ベースなんだけどね」と、軽い感じで切り出す——。

だが、実際に話してみると、どこで段取りを間違えたのか、先に夏美にいわれてしまった。

「……ねえ。あんたあたしに、なんか隠してることあるでしょう」

そうじゃないよ、今からいおうと思ってたんだよ、と思ったが遅かった。

「え、あ……あの、その」

しどろもどろになってしまうと、途端に状況は不利になった。

夏美は思いきり眉をひそめ、祐司を睨みつけた。真緒は隣で、心配そうに成り行きを見守っている。

「……なんか怪しいな。そもそも、バジェットも日数も限られた今回のレコーディングで、あれだけ石野Pが打ち込みオケを推してるってのに、ちょっとあたしがいなくなっただけで、なんでそこまで話が逆転するのさ。あんた、あたしになに隠してんの。あの石野Pは、少なくともリズム録りに関してはメンバーが決定しなきゃ首を縦には振らないはずよ。誰なの？ドラムは誰で、ベースは誰なの」

非常に、空気が悪い。そこまで悪い知らせではないはずなのに、まるでこれから最悪の事態を報告しなければならないような雰囲気になっている。

この時間帯、第二飯干ビルの前はさほど人通りが多いわけではない。だが、ゼロというわけでもない。日曜出勤だったのか、ブリーフケースを提げたスーツ姿の男が、祐司をちろりと見て通り過ぎていく。十代の女の子二人に、路上で詰問《きつもん》されて肩をすぼめる男は、彼の目に、どんなふうに映っただろう。さぞや情けない、使えない男に見えていたのではないか。

しかし、黙っていても埒《らち》が明かない。

祐司は心を決め、まずいいやすい方から口に出した。

「……ドラムは、あの、池上……」

「えっ？　もしかしてゴンタさん？」

祐司が頷くと、夏美は拳《こぶし》を突き上げてジャンプし、着地と同時に空手家のようなガッツポーズをしてから「うっしゃ」と唸った。だが、そんな上機嫌はほんの一瞬だった。

「……いや待てよ。ドラムがゴンタさんなら、あんたなにも、そこまで気まずい顔する必要ないでしょう。なんなの宮原サン。あんたあたしに、一体何を隠してんの」

だから、君のそういう、射抜くような目つきとか、威圧的な口調とかがね、僕を、非常に萎縮《いしゅく》させるんだよ、といってしまえたら、どんなに楽だろう。

「あ、いや、別に……」

「いいづらいことは、他にあるってわけだ」

祐司はまた少し、自分の顔が情けなく歪《ゆが》んだことを自覚した。この悪循環は、一体何をもってすれば断ち切れるのだろう。

「もしかして、ベースがとんでもないド素人だとか」

「いや」

「じゃあ……あ、まさかジンじゃないでしょうね」

ジンというのは、夏美や畑中、自殺した薫と一緒にペルソナ・パラノイアでプレイしていたベーシスト、木村"ジン"仁志のことだ。彼は、技術的には夏美と同格、ひょっとしたら上をいくほどのプレイヤーだったが、色情狂的傾向があり、人間的に扱いづらいという難点があった。

「ああ、それもけっこう、いいかもしんないね」

「ってことは、ジンでもないってわけね」

「うん……そう、ジンくんでは、ない」

「ちょっと、あんたさっきから、なに勿体《もったい》ぶってんの」

別に、勿体ぶっているわけでは——。

「さっさといいなさいよ」

仕方なく、祐司は正面から、夏美を指した。

「……なに」

怪訝《けげん》な目で、祐司の顔と人差し指を見比べる。

「だから、ベーシスト……」

「あたしが、なんなの」

「だから、君」

「だからァ、あたしがなんなんだって訊いてんのよ」

マズい。ぶたれる。

「……だから、君が……ベーシスト」

「へ？」

「だから……君が、ベースを弾いて、ゴンタさんと、リズム録りをすることに、なったんだよ……」

夏美は一瞬表情をなくしたが、すぐに大きく目を見開くと、

「うわっ」

それだけいって、代々木駅方面に走っていってしまった。

祐司と真緒は呆気《あっけ》にとられ、止めることも追うこともできず、ただ路上に、立ち尽くすほかなかった。


翌朝八時四十分。祐司がアパートの前に着いたとき、夏美はすでに身支度を整えてドアの前に出ていた。

祐司を見つけると、白い息を吐きながら階段を下りてくる。途中で小さく手まで振ってみせる。間近にくると、かなり張りきっていることがその表情から窺《うかが》えた。

「おはようございます。さ、いきませう、いきませう」

珍しく自分から挨拶をし、うふふ、と不気味な笑みを漏らす。肩には長く平べったいナイロンのバッグ。ベースのソフトケースを担いでいる。

「夏美……ベース、持ってたんだ」

「うん。薫の形見分けでもらったの」

薫はボーカリストだったが、確かに楽器はひとそろい持っていた。

「昨日の夜、新しい弦に替えて練習もしといた。けっこうイケるかも。あたし、ベース上手いかも」

上機嫌の夏美に意見するような真似はできるだけ控えたかったが、やはり、伝えるべきことというのはある。あとで「なんで早くいってくんなかったのッ」と怒鳴られるより、やはり事前にいっておいた方が、ダメージは少なく済むはずだ。

「あ……でも、石野さんが、竿《さお》はこっちで用意する、みたいに、いってたけどな……」

業界人は、ギターやベースを「竿」と称する。

「あっそう。ま、それだったら両方試してさ、いい方を使えばいいじゃない。あたしだって、何がなんでもこれでっていうわけじゃないんだし」

なんと。祐司は「形見分け」という言葉を聞いた瞬間に、「死んでもあたしはこれで録るわよ」と主張されるのを覚悟したのだが。

物分かりのいい夏美。それはそれで不気味だ。

駅に向かう道中では、軽やかにスキップまでしてみせる。

「あれじゃん、プリンスだってデビューアルバムは全部自分でプレイしたんだし、ほら、なんだっけあれ、サミーとエディがさぁ、ほら、あったでしょう。ねえ、宮原サン、知ってんでしょう」

「ああ、うん。知ってる知ってる……」

ちなみに平日昼間の仕事なので、今日は夏美と二人だけ。真緒は不参加である。ということはつまり、夏美の行動を見張る人間が一人少ないわけで、それに関しては若干の不安もあったが、この日はベースを担いでいるということもあり、なんとかはぐれずに六本木「ウェイヴ・スタジオ」まで連れてくることができた。

「うぃーっ、おはよーっす」

スタッフが初対面だろうとなんだろうと、そんなことはおかまいなし。夏美は受付を素通りしてロビーの応接スペースへ。

「うい、よろしくっす」

石野を見つけて早速敬礼。この上機嫌には、彼もいささか面喰らっていた。

「ああ、よろしく……一応、スタッフを紹介しておくよ」

メーカーであるキングダムレコードからは、ディレクターの牧原《まきはら》。ウェイヴ・スタジオからはエンジニアの宇田川《うだがわ》、アシスタントの堀江《ほりえ》。外注でギターテックの近藤《こんどう》。それに石野を加えた計五人が、今日のレコーディングスタッフということだった。祐司に役はないが、むろんいわれれば、使いっ走りでもなんでもするつもりでいる。

レンタル楽器店の車が着き、ちょうどドラムの搬入が終わった十一時頃、池上〝ゴンタ〟淳一は若いローディーを伴って現われた。ローディーとは、平たくいえば楽器面の世話をする付き人だ。

「おっす……」

がっちりとした体躯《たいく》、短い金髪、くたくたの革ジャンの下はオレンジ色のアロハシャツ。メディアを通して見る彼は常に黒いサングラスをかけているが、今日もまったく同じ形のものを着けている。あれは、レコーディングが始まってもそのままなのだろうか。

「おはようございます、ゴンタさん」

何度か一緒に仕事をしたことがあるのだろう。石野と池上は軽く握手を交わした。

「あれだって、グラビア業界の風雲児が、音楽制作にも手を出すんだって？　参ったねこりゃ……」

石野の隣には、ニヤニヤしながらベースを抱えている夏美がいる。借り物の、フェンダー・ジャズベースだ。

「なんだお前。いつから女の子のバイト使うようになったんだ」

「いえ、違うんですよ。この娘のシングルを、叩いてもらうんです。ゴンタさんに」

むろん目は見えないが、それでも訝《いぶか》るように眉がひそめられたのは分かった。

「ほう。リズム録りから立ち会おうってのか。熱心なお嬢ちゃんだな」

からかうように、太い指の並んだ右手を差し出す。すると夏美は、平手打ちするほどの勢いでそれを握り、ぎゅっと力をこめた。

「よろしく、柏木夏美です。でも立ち会いじゃなくて、あたしが弾くんです」

目付きが、異様なまでに挑発的だった。ほとんど喧嘩腰《けんかごし》といってもいい。だが、池上もそんなことに動じるタマではないようだった。夏美の握力を確かめるように、適度な力で握り返している。

「つまり、アイドルユニットの、ベース担当ってわけか」

「いいえ。本業はギターです」

「じゃ、なんでベース抱えてんの」

あまり事情を正直にいうのは失礼に当たるよな、などと考えているうちに、夏美はとんでもないことを口走った。

「あたし、ゴンタさんに、ちょっと犯されてみよっかな、と思って」

正直、ぞっとした。何をいうんだ君は、謝りなさい。そんな言葉が喉元《のどもと》まで出かかったが、池上は特に気を悪くしたふうもなく、かえって愉快《ゆかい》そうに手を離し、軽く夏美の肩を叩いた。

「面白いお嬢ちゃんだ」

石野に一瞥をくれる。

「……早速、曲を聴かしてくれや。昨日の今日で、音も譜面ももらってねえんだ」

「はい、用意できてます」

異様な緊張感がロビーを支配し、全員が吸い込まれるように、スタジオのコントロールルームへと入っていった。

祐司は、まだ何も始まっていないというのに、とてつもない疲労感に襲われていた。

池上は譜面を見ながら「Thanks!」と「メモリーズ」を聴き終え、すぐにレコーディングブースへと入っていった。

コントロールルームの防音窓から見渡せる、二十畳ほどの部屋がメインブースだ。ドラムセットは部屋の右側に組まれている。

ドラムを録音する場合は、ハイハット、スネア、バスドラム、タムタム、フロアタム、シンバルなど、打楽器一つに一本ずつ、さらに「アンビエント」と呼ばれる全体の響きを録るのに二本、合計十本以上のマイクを立てるのが普通だ。そんなセットの中に池上が座り、ローディーやスタジオのアシスタントと、楽器やマイクの位置を細かく調節していく。

ドラムの反対側にはアップライトのピアノがあり、その前にはベースを提げた夏美が立っている。こっちはライン録りといって、ベース本体と「ダイレクトボックス」と呼ばれるインピーダンス変換器を繋いで、それを直接コントロールルームに送るだけだから、セッティングはほんの数秒で終わっている。

正面の壁にはドアが三つあり、隣接する形で設けられたサブブースに入れるようになっている。サブは主にギターやボーカル録りに使うものなので、今日は空《から》っぽである。

祐司は邪魔にならないよう、コントロールルームの端っこに立って見ていた。

「一から順番に、オケ、クリック、ドラム返し、ベース返しです。いいですか」

ディレクターの牧原が、「キューボックス」と呼ばれるモニタリング用ミキサーの、どこのチャンネルに何が流れているかを説明する。プレイヤーはキューボックスによって、ヘッドホンから流れてくる音のバランスを、自分の好きなように調節できるというわけだ。

《用意いいぞー》

池上がスティックを振る。夏美も敬礼して「ＯＫ」と示している。

牧原に代わり、石野がトークバックのマイクをとった。

「じゃあ『Thanks!』を軽く、流しますから」

《おい、ちょっと待てよ》

池上がタムタムの枠、リムを叩いて手を振る。

《石野。お前、なんか注文はねえのかよ。これはアレだろ、お前が芸能プロ専属になっての、初仕事なわけだろう。そういう仕事でお前は、俺にどう叩いてほしいんだよ。……ただあれか、俺はいつも通り、デモとそっくりに叩きゃそれでいいのか。これもいつもの、お前のくッだらねえやっつけ仕事の一つなのかよ》

石野は、苦笑いしながらかぶりを振った。
「そういうことは、その娘に訊いてください。どうしてもナマでリズム録りたいっていったの、その娘なんですから」
照れたように、夏美が頭を掻く。
《……へえ。そうなの》
《はい。そうなんです、実は》
《じゃあ、お嬢ちゃん。……君は俺に、どうしてほしいの》
だからぁ、といいながら、夏美は不敵な笑みを浮かべた。
《さっき、犯されてみたいって、いったばっかじゃないですか》
サングラスをしていても、池上が急に真顔になったのは、よく分かった。
《……ほう。つまり、本気で姦《や》っちまっていい、ってわけかい》
《はい。滅茶苦茶にしてください》
《嫁にいけなくなるぜ》
《だいじょぶです。よろしくお願いします》
そうかい、と池上はセットに座り、スティックでこっちを指した。
《回せ、石野。遊びじゃねえぞ。一発でキメっからな》
「分かりました」

石野がキューを出す。エンジニアがレコーディングボタンを押す。カッカッカッカッ、とクリック音が二小節分鳴り、いきなり八分音符一つ、フライングして池上が叩き出す。俗に「喰う」といわれる入り方だ。それだけで、イントロが格段にアグレッシブになる。

なるほど――。

要するに夏美は、こういう攻撃的な演奏をさせるために、言葉で池上を挑発していたわけか。曲のイメージやコンセプトを語るのではなく、ただ「自分を犯してくれ」ということによって、自らが欲するプレイの質を表現したのか。

大きな音符の小節が八つ、それが過ぎると8ビートの、スピーディな展開になる。池上は所々でアクセントをずらし、曲に新たな解釈を与えていった。だが、さすがはベテランだ。夏美のプレイとも、コントロールルームが流しているオケとも干渉しない、見事なリズムアレンジである。

《君と海を見ていたら……》

夏美のデモ歌が流れ始める。池上は、歌の部分は避け、ギターやベースの邪魔はせず、だがそれ以外の空いている部分は、すべて俺によこせといわんばかりのプレイをしてみせた。

すごい――。

曲を解釈する能力もそうだが、それをすぐに現実のものとする池上の技術に、祐司は感服した。やはり、プロは違う。正確で、早くて、かつ頭脳的だ。祐司はあまりスタジオ・ミュージシャンに憧れを抱いたことはなかったが、今この瞬間は、TOTOやボズ・スキャッグスを最高だといっていた友人の気持ちが分かった気がした。

だが、それにも増してすごいのは夏美だ。

自分の専門ではないベースで、彼女は今、世界的に有名なスタジオ・ドラマーと互角にプレイしているのである。演奏を通して自分の要求を伝え、池上がそれに応えると、さらにそれを押し返すようなプレイで対応する。「犯してくれ」と夏美はいったが、決して漫然と身を委《ゆだ》ねているわけではない。抵抗し、隙あらば自らも攻撃し、あわよくばこっちが犯してやろうくらいの勢いを見せる。

祐司は、二人が目で交わす会話の内容まで、分かるような気がした。

――俺がこうしたら、お嬢ちゃんはどうすんだ。

――それだったら、こう……いや、こうだ。

――けっこうヤンチャするね。

――へへ。参ったか。

――そんなオテンバには、お仕置きだ。

――あ、それヤバい。それがアリなら、あたしはこう。

――やるじゃねえか。楽しませてくれるね……。

サビの繰り返しに入る。
《きっと少し、大人になれるの》
切ない結びのメロディを、いっそう激しいプレイで盛り上げる。
《きっと少し、大人になれるの……かも》
フェイドアウトの分まで長めにプレイし終わると、池上は弾《はじ》かれたように立ち上がった。
《おい石野、もう一回だ。今のはナシだ。次でキメる》
夏美も同じ思いだったのか、笑いながら、もう一回と人差し指を立てる。
はっきりいって祐司には、今のテイクのどこが悪かったのか、まるで分からなかった。だが、二人が「Thanks!」に対して、ある共通の到達点を見出《みいだ》したのであろうことは、察することができた。
夏美。お前って、一体——。
これは、ものすごい曲になる。そんな予感に、祐司は震えた。

5

もうほんと、十二月末の忙しさってハンパなかった。

二十日のミーティングでキレたのを皮切りに、翌日にはいきなり、あのゴンタさんとレコ

ーディング。まさに急転直下。挙句に、

「お嬢ちゃん、ほんと無茶やるね。でもそんなベース、よそじゃ通用しないからよした方がいいよ」

なんてお言葉までいただいてしまった。

はっはっは。分かってますって。あたしのベースがマナー違反だってことくらい。でも、今回は急遽《きゅうきょ》弾くことになっちゃったってのもあったし、相手がゴンタさんだから、無駄に張りきっちゃった部分もあった。だからしょうがないの。むろんゴンタさんだって、分かってていってるんだとは思うけど。

「今度はギターで……な。お嬢ちゃん」

「はい。ぜひ」

そんな感じで握手して別れた。ゴンタさんってやっぱすごいベテランで、あたしが生まれる前からプロだったはずなんだけど、年はまだ四十三歳なんだって。石野Pと三つしか違わないんじゃん。意外。

その翌日からはギター録り。まずはギターテックの近藤さんと音作り。みんな彼のこと「コンちゃん」って呼ぶんで、あたしもそうすることにした。

「夏美ちゃん、このジュニア、すごくいいね。掘り出し物だと思うよ。色もほとんど褪《あ》せてないし、コンディションも最高だ。なんたってネックが強い。これは長持ちするよ。よく見つけたね、こんないいの」

　ジュニアを褒められるのは嬉しいんだけど、なんかコンちゃんの触り方って、ちょっとヤラしい。黙って見てると、だんだんムズムズ、あたしが変な気分になってくる。

でしょ、っていって、あたしはジュニアを取り返した。

「じゃあ、録りもこれでやっていい？」

「ああ、もちろんいいと思うよ。ねえ、石野さん。いいっすよね」

　はい、オッケー出ました。あたしと一緒に、ジュニアもデビューです。ま、そうでなきゃ困るんだけどね。だってあたしたち、一心同体なんだもの。

　コンちゃんもやっぱすごいプロで、あたしが希望をいうと、じゃあアンプはマーシャルよりピーヴィがいいね、とか、そのエフェクターは繋ぐ順番変えた方が音のヌケがよくなるよとか、ぴぴぴって答えてくれる。そんでもってジュニアも、

「石野さん、一時間ください。急いでメンテしますから。それだけで、格段にノイズ減りますから」

　緊急オペでバラバラにされちゃった。回路という回路をはずし、糸巻きもブリッジも抜かれ、見るも無残なお姿に。あ、ピックガードに隠れていたその白い結晶は、もしかしてあたしの、ヨダレ――。

「さすがコンちゃん。めちゃめちゃヌケるようになったよ」

エンジニアの宇田川氏も新生ジュニアを絶賛。アンプも音も決まって、あたしは「魂のマシンガン」を、スタジオの壁がぶち抜けるまで乱射した。

《おお……》

リハで一回通して弾いたら、みんな「どビックリ」って感じだった。でも実は、あたしも驚いてた。だって、たった一時間のメンテナンスで、ジュニアがここまで鳴るようになるなんて思ってなかったから。

あたしはこの子を見つけたとき、それこそぴぴっときて、絶対この子はあたしに弾かれたがってるって確信して、バイト先の店長に借金してソッコー買ったんだけど、そんときも、楽器が鳴ってるっていうより、あたしの体まで鳴ってるみたいな、アンプで鳴らしたら店まで鳴っちゃうんじゃないか、ってくらいのフィット感があった。

でも今は、はっきしいってそれ以上。

マシンガンが、レーザービームになっちゃったっていうか。今までは、撃ったところだけに穴が開いてって、ぐるっと一周すると、ぼろぼろって壁が崩れる感じだったんだけど、今は「ちゅどーん」って一発撃つだけで、見渡す限り地平線になっちゃうみたいな。マジヤバいよこれ。ほとんど核兵器じゃん。

《オッケー。今のちょっと聴いてみよう》

お陰でレコーディングは順調そのもの。でも、だからって時間が余ったりはしない。だってアイディアなんて、あとからあとから出てくるものでしょう？　こだわり始めたら、時間なんていくらあったって足りやしない。結局、まあこの辺にしとくかって感じで切り上げるしかなかった。

で、木曜、金曜は歌録り。

あたしさ、なんか歌もけっこう上手いみたい。もしかしたら、小学校の高学年から中学の初め頃にちょこっと受けた、声楽のレッスンが役に立ってるのかも。声がよくヌケてるって、ディレクターの牧原さんに褒められちった。声質もちょっとハスキーで、倍音がたっぷり含まれてて色っぽいって。へへ。照れるぜ。

まあ、そんなわけで歌録りも特に問題なく終了。あたしは金曜日で上がり。土曜のミックスは石野Pと宇田川氏に任せた。ミックスってのは、それぞれ録音した楽器のバランスを調節して、ステレオで聴けるようにする作業のこと。正式には「ミックス・ダウン」っていいます。

でその、ミックス・ダウンを二人に任せて、あたしは何をやってたかって？　そりゃ、寝てたに決まってんでしょう。爆睡《ばくすい》してましたよ。丸一日。

ギター弾いたり歌唄ったりするのって、とにかくエネルギーを消費する行為なのね。人間力を搾り出す作業っていうか。だからこそ、あたしはよく「魂の」って言い方をするんだけど。

でも勘違いしちゃいけないのは、それと「感情表現」ってのは別物だってこと。悲しい気持ちを伝えようとして、目を閉じて詞の場面を思い浮かべるなんてのは最低。政治的なメッセージがある曲を演奏するのに、いちいち怒ったりするのはおバカのすること。

たとえば、詞の表現している感情が「哀」だから、声でもそれを表現したい、とする。でもそこで必要とされるのって、結局は技術でしかない。決して「哀」に共感することじゃない。

「哀」をリスナーに感じさせるメロディセンス、それをきっちり伝える歌唱力。音程も正確じゃなきゃいけないし、声色、つまりトーンもベストなものじゃなきゃいけない。ここはこの音で、このトーンで唄うから切ないんだよ、ってのが必ずある。それを毎回狙ってできる確かな技術が、楽曲の表現には必要とされる。

だから、頭は常に冷静でなきゃならない。感情で「感情表現」ができるほど音楽は甘くない。特に生のパフォーマンスには、とんでもない集中力と根気が必要とされる。だから「魂の強さ」が必要になってくるわけ。

で、日曜日。

この日はさすがに起きて出かけました。楽器屋にいって、目をつけてた録音機材を試して回った。なんか、実際のスタジオレコーディングを体験したら、やっぱ自分でもああいう環境を手に入れたいな、って思うようになって。いくらくらいかかるかな、こんなもん買っても、アパートには置けないしな、とか考えてたら、フェイスの会議室を占拠してスタジオにしちゃえばいいんじゃん、って思いついた。おお、とってもナイスなアイディアです。

でも実際に購入したのは二万ちょっとの、掌サイズのポータブル・デジタル・レコーダーでした。

根が、貧乏性なんだろうな。


そして月曜日。あたしは昼の十二時くらいに渋谷の撮影スタジオに入った。

「初めましてェ、白広堂の藤巻ですゥ」

調子のいいこのオッサンが、梶尾さんとキャバクラで意気投合して、今回の仕事を振ってきた人、ってわけね。

「柏木夏美です。よろしくお願いします」

そしたら、二十人くらいがいっぺんに「よろしくお願いします」って、笑顔で大合唱。なんかあたし、にわかに人気者気分。

「いやー、夏美ちゃん、写真より全然可愛いなぁ。っていうか、どっちかっつーと美形なんじゃない。おっどろいちゃったよォ」

藤巻さん、あんたいい人だね。

「ですよねぇ。ほんとスタイルもいいし。うん、いい画《え》撮れそうだ。いいよ、いいッ、夏美ちゃん」

藤巻さんの隣にいるこの人が、制作会社のディレクターの天野《あまの》さん。他にも、クライアントの旭ビバレッジの人とかにご挨拶。

「夏美ちゃん、肌もすっごく綺麗。ファンデの乗りがいいもの。目元も、もとの形が整ってるから、ラインが無理なく描けるわ」

メイクの斉藤《さいとう》さん。あんたもいい人。これ今、あたしのイチ押しポッキーなんですけど、食べます？

「じゃあ、夏美さんの準備でき次第、カメリハ入ります」

なんかいいな、こういうの。やっぱさ、女の子って褒められてナンボってとこあるじゃん。いつもじゃなくていいけど、たまにはいいよね、お姫さま気分ってのも。

そもそもうちの事務所って、タレント班の基本路線が「ロリ顔・巨乳」でしょ。音楽班のあたしは別物ってことになってるんだけど、でもどっかで、「夏美、胸ちっちぇー」とか思われてんだろなって、あたし自身、気にしてるとこあるんだよね。

ちっちぇー、ならまだいいよ。梶尾さんこの前、電話であたしのこと「胸はショボイですけど」っていったんだよ。信じらんないっしょ。ショボイだよ、ショボイ。八十二センチありゃ、たいがいの男は文句いわねえっつの。梶尾さんだけだよ。「九十三センチ以下は胸じゃない」とか平気でいうの。マジで気をつけた方がいいよ。あんた、絶対にいつか刺されるから。貧乳のキャバ嬢に。

撮影は、変に明るい緑の幕の前で行われた。しかし、趣味の悪い色だね、まったく。あたしはそこで、ジュニアを掻き鳴らしながら「Thanks!」のサビを口パクして、指示通り回ったり、ジャンプしたり、スタッフが投げるペットボトルを片手でキャッチしたりした。

あたし、このときふいに妙な違和感を覚えちゃって。なんだろなって、ずっと考えてたんだけど、よく分かんないうちに、それは消えていってしまった。

で、それが終わったら、なぜか廊下に出て撮影。廊下のように見えるセット、ではなくて、本物の廊下で撮ります。

「夏美ちゃん、ぐーっと上まで傾けて、飲み干す感じで」

ぐーっと。こうですか。

「それやりすぎ。そこまでしなくていいから」

これくらい、かな。

「それじゃ傾けてるだけじゃない。飲むのよ。ちゃんと飲んで」

飲んでるよ。ゴクゴク、ほれゴクゴク。

「いやいや、そこまでマジ飲みしなくていいから」

あー、なんか急に難しくなってきたな。

「……ちょっと、休憩入れようか」

ディレクターの天野さん。にわかに困り顔。

ごめんよ。なんたって、お芝居は中学の学芸会以来だからね。そんときは魔女役だったから、けっこう性に合ってて上手くできたんだけど。

「夏美ちゃん。もっと自然でいいから。自然に、普通にこれ飲んで、うーん美味しい、ニコッ、みたいにしてくれれば、それでいいんだから。このCMって、君の笑顔が売りなんだからさ」

そんなこといわれてもさ、もう少し傾けろとか、あんまり飲むなとか、いろいろごちゃごちゃいわれてっと、笑えなくなってくんだよな。そういった意味じゃ、女優さんてすごいよな。あーしろこーしろいわれて、その通りできるんだから。

「……あ、おはようございます、おはようございます、よろしくお願いします」

そんなところに、学校を終えた真緒が入ってきた。藤巻氏に挨拶して、宮原とちょっと喋って、そんですぐあたしんとこにきてくれた。宮原に「アミノスウェット」をもらったらしく、真緒はあたしの前で開けて、ひと口飲んだ。

「……ん、これ、けっこう美味しい」

いってから、あッ、って口押さえて、

「けっこうなんていったら、怒られちゃいますね」

真緒は笑った。あたしも、ちょっと一緒になって笑った。そしたらなんか、急に肩の力が抜けたみたいになって、そのあとは、けっこう撮影もスムーズに進んだ。やっぱ真緒の存在って、あたしには重要みたい。

「はい、オッケーッ。お疲れさァーん」

「お疲れさまでしたァ」

ふい。はいはい、お疲れさまでした。

いやマジで、ちょっと演奏するのとは、違う神経使いましたよ。

今日はもう、ぐったりです。


打ち上げやりましょうって話も出たんだけど、あたしたちは事務所に帰って、ビデオクリップ制作の打ち合わせもしなくちゃいけなかったから、後日改めてってことにした。

結局、いつものメンバーっつーか、宮原と真緒と三人でファミレスに入った。でも今日はちょっと奮発してステーキです。「フォルクス」渋谷公園通店にお邪魔しています。

「私、これにします。ヤングステーキのガーリックペッパー」

遠慮したのか、真緒はわりと安めのセットを指差した。でもそれ、よく見ると肉の質感っていうか、表面の感じがサーロインよりテカテカしてて、けっこう美味しそう。「ヤング」の名は伊達《だて》じゃない。

「あたしもそれにする」

「じゃあ、僕も同じの」

おい宮原、あんたは他のにしなよ。もう「ヤング」じゃないんだから。っていうか「ヤングステーキ」ってネーミングは今どきどうよ。

「いただきまぁす……」

みんなでサラダをもしゃもしゃ食べ始めたら、急に宮原が心配そうに、あたしの顔を覗《のぞ》き込んできた。どうやらあたしは、無意識のうちに溜め息でもついていたらしい。

「大丈夫？」

「あ、うん……ちょっと、ああいうの慣れないから、疲れちゃったかも」

すると宮原は、眉をひそめて、苦しげにうつむいた。

「ごめんな、夏美……」

「え、なにが」

「好きじゃないんだろ、ああいう仕事」

あたし、なんでそんなこといわれるのか分かんなくて、黙っちゃったんだけど、もしかしたらそれで、宮原に、図星とか思わせちゃったかもしんない。

「……俺、畑中さんに、いわれたことあるんだ。夏美には、音楽だけに集中できる環境を、作ってやってくれって」

へえ。ハタヤン、宮原にそんなこといったんだ。全然知らなかった。

「でも俺、そんなこと、ちっとも実現できてなくて。挙句にCMだの、今日だってこれから、ビデオクリップの打ち合わせだろ……レコーディングだって結局、夏美の好きなようにはやらせてあげられなかったし。なんか俺、何やってんだろうなって、自分でも……」

ふーん。けっこう、いろいろ心配してくれてんだ。

「いや、別に今日のは、あたしが慣れてなかったから、ちょっと疲れちゃっただけで、次は、もっと上手くやるよ。……ひとみさんとか、壱子ちゃんみたいには、無理かもしんないけど」

お肉とごはんが運ばれてきた。ほっほっほ。美味しそうっすね。真緒。ナイスチョイス。

「じゃあ、嫌じゃ、なかったの？」

いただきます。ほら、冷めるから、あんたも食べな。

「……うん。思ったより楽しかったくらいだよ。なに、そんな嫌そうな顔、あたししてたの」

宮原は黙った。どうやらそうだったらしい。

「マジで？　いつよ。いつあたし嫌そうな顔したの」

「んん……」

常々思ってはいるんだけど、宮原ってほんと、性格真面目なんだよね。すぐ真に受けるっていうか。あたしが「いつ」って訊いたら、それがほんとにいつだったか考えちゃうんだもんね。子供の頃、なにかっつーと「何時何分何十秒だよ」とかいうバカな男子がいたけど、あれで黙っちゃうタイプだったんだろうな、宮原少年は。っていうか食べなよ。

「……『Thanks!』が、流れ始めたとき、かな」

うわ。真面目に考えて、しかも答え出してるよ。

あ、でも待てよ。それってもしかしたら、あたしが、あの妙な違和感を覚えた瞬間のことかも。それが無意識のうちに、顔に出ちゃってたとか。宮原、意外に鋭い観察眼を持っていることが判明。

「うん、そう……ちょっとそのとき、確かに嫌な顔したかも。でもそれは、撮影が嫌だとかいうんじゃなくて、なんか瞬間的に、ヤだなって思って、でも結局、何が嫌だったのか、自分でも分かんなくなっちゃったんだよね」

「……『Thanks!』が流れ始めた瞬間、ですか」

うん。だからまだ、真緒はきてなかったとき、ってことだよね。

考えるネタができたからか、みんな黙って、真面目に食べ始めた。

なぜあたしは、撮影中に嫌な顔をしたのか。

でもそれは、実に単純なことだった。

「あ、分かったッ」

ちょっと、声デカかったかしら。宮原と真緒だけじゃなくて、周りの客までこっち向いちやった。まあみんな、気にすんな。

「分かったよ。あたし、何が嫌だったのか。まさに『Thanks!』だよ。あれが気に喰わなかったんだよあたし」

真緒が「ええー」という顔をする。でもほんとなんだから仕方ないじゃん。

「ほら、あたしミックスに立ち会ってないから、今日初めてあれを聴いたわけでしょ。なんかあれ、やっぱよくないよ。あれってバンドの音じゃないもん。まるっきりソロアーティストの音だもん。上手くまとまりすぎてるっつーか。

そんでもって、あたしは今日も一人で撮影に入って、一人でくるくる回ってたわけでしょ。まさにそれって、ソロアーティストの佇《たたず》まいなのよ。その異様なまでの一致が、あたしには気持ち悪かったんだよ。座りが悪かったっつーか。

あたしが元来求めてるスタンスってさ、やっぱソロじゃないんだよ。バンドなんだよ。何人かいてさ、ぶつかり合いながら、磨き合いながら、音楽を作っていきたいんだよ。ゴンタさんと共演して、すっかり有頂天になってたから、あたし全然気づかなかった。危うく誤魔《ごま》化《か》されるところだった」

おおー、キテますキテます。なんか腹の底から、湧き上がってきてますよ。

「よし、決めた。あたしバンド作る。あたし、自分のバンドを作るよ。そしたらもう、石野Pに言い込められたりしないし、あんな嘘くせーオケで唄わなくてすむじゃん」

立ち上がると、宮原と真緒は、あんぐりと口を開けたままあたしを見上げた。周りの客もこっちを見てるけど、そんなことは今どうだっていい。

「バンド作るぞ、エイ、エイ、オーッ」

ほら、あんたたちも。

エイ、エイ、オー、ってほら、エイエイ――。

んもォ、ちゃんとやってよ。

あたしのノリに合わせてって、いつもいってんでしょうが。

第2章

どんなに大切な時間でさえ　少しも間違えず流れていく

いつも歩いてた　道を振り返る
そこに君がいないこと　いま思い出したら

時が戻らないことなど　ずっと前に分かってたはずなのに
あの頃　呼んでたあだ名を　呟いただけで涙あふれて

懐《なつ》かしさはいつも背中合わせ　戻らないことへの悲しみまで

いつも連れてくる　心痛いけど
そこに残るぬくもりは　掛け替えのないもの

時が戻らないことなど　ずっと前に分かってたはずなのに
あの店 窓際の席で待ってたら また会える そんな気がして

1

祐司たちは、夜七時半に事務所に戻った。遅くなるといけないので、真緒は先に帰した。

「制作会社の人だっているんだから、バンドの話は、打ち合わせが終わってからにしてよ」

「はいはい」

「絶対だからね」

「分かってるよ。しつこいよ、宮原サン」

若干の不安はあったが、とりあえず第一会議室へ。

今日は遅刻というわけではなかったが、プロモーションビデオの制作を担当する「ヴィジュアル・マックス社」の河野和義《こうのかずよし》ディレクターと、キングダムレコードの牧原ディレクター、同じくキングダムレコード広報担当の磯崎奈々子《いそざきななこ》、それと梶尾が、すでに席についていた。

石野はミックス・ダウン作業中のため、今日は欠席となっている。

祐司が河野と名刺交換をするのを待ち、梶尾は切り出した。

「じゃあまず、おおまかなコンセプトから。河野さん、お願いします」

「はい」

河野が簡単な絵コンテを祐司たちに配る。

「メインはブルーバックで、夏美さんには立った感じで、唄っていただくことになります。アップと膝上のカットが……」

彼の持ってきた案は、夏美の周りをパステル調のクレイアニメが動き回るという、パッと見、いかにも女性ソロアーティストのデビュー曲といった感じの、よくいえば嫌味のない、悪くいえばインパクトのないアイディアだった。

それとなく隣を窺う。夏美は、三白眼で天井を見上げている。自分なりにビデオの完成図をイメージしているようだが、ピクリと、その頰が引きつる。マズいな、気に入ってないな、と祐司が思った瞬間には、もう口が開いていた。

「あの、申し訳ないんすけど、そういうの、ついさっきやってきたばっかかなんですよ」

梶尾が、眉を段違いにして夏美を睨む。

「夏美、話をよく聞けよ。こっちはクレイアニメだぞ。あっちの企画とは全然違うだろう。あのな、クレイアニメってのは、色とりどりの粘土が、こう、生きてるみたいに勝手に動き出して……」

「ピーガブの『Big Time』みたいなのでしょ。それくらいあたしだって知ってるよ」

「Big Time」はピーター・ガブリエルの大ヒット曲で、そのプロモーションビデオはクレイアニメを使った映像の代表格ともいえる作品だ。

チッ、と舌打ちする梶尾を無視し、夏美は続けた。

「河野さん。これって要するに、緑のカーテンの前で、あたしが一人芝居をするってパターンですよね？」

彼は「ええ、まあ」と頷いた。

「その、あたしが一人で、っていう時点で、ちょっともう、違う気がするんですよ。っていうかぶっちゃけ、あたしはもっとバンドっぽくやりたいっていうか」

バカ、それは――。

だが祐司が止めるより先に、梶尾が割って入った。

「ハァ？　なにいってんだ。お前はソロでデビューするんだから、一人芝居で全然間違ってねえじゃねえか」

「カジさんこそ、あたしの話、最後まで聞いてよ」

「おい」

祐司はたしなめようとしたが、逆に「宮原サンは黙ってて」と押し戻されてしまった。

「これはね、いま石野P……ンン、石野サンがやってる、ミックスにも関わってくる話だし、今後のあたしの音楽性を左右する問題でもあるから、この際はっきりさせておきたいんだけど、あたしはね、本当はバンドでやりたいの。これからはレコーディングも、もちろんライブも、固定メンバーのバンド形態でやっていきたいの」

「ハァ？」

梶尾の声が裏返る。

「だから夏美、その話は……」

割り込んだ途端、射るような視線が飛んでくる。

「同じ話なんだよ、宮原サン。そりゃね、あたしがやってるのがクラブノリのヒップホップだったり、テクノで飾ったポップスだったりするんなら、これでもいいと思う。それとか、もっとコテコテのアイドル系とか。でも、そうじゃないんだよ、あたしの音楽は。それくらい分かるでしょ」

河野に向き直る。

「ごめんなさい、河野さん。でも聞いてください。あの、あたしのやってるのは、あくまでもロックなんです。この『Thanks!』は、ドラムが池上ゴンタさん、ベースとギターはあたしだけど、でも、つまりそういう、生身の人間が体使って生み出した音楽なんですよ。融通《ゆうづう》利《き》かねえなって、思われるかもしんないですけど、でも音楽性が求める表現形態って、あたしはあると思うんです。

たとえば……そう、モーツァルトの交響曲。あれ、バイオリンの他が全部シンセの打ち込みだったら、聴きたいと思います？　指揮者とバイオリニストの二人だけで、他は誰もいないのに音は鳴ってる……そんなコンサート、誰も聴きにいきたいと思わないでしょ。それと一緒ですよ。あたしは音楽性に合った編成を、映像でも示しておきたいんです。それはこれからの……」

「またそんなよぉ」

いつのまにかタバコを銜えていた梶尾が、ふうと吹きながら夏美を指す。

「……じゃあそれを誰と誰にするんだって、ついこの前、石野ちゃんと揉めたばっかだろうが。それになんだよ、今後の音楽性を左右るって。そんなこたァ今どうでもいいだろうが。お前はプロモ一本撮んのに、そんなとこから固めなきゃできないのか？　ソロってのは、特にデビュー曲ってのはな、むしろその〝一人〟をアピールするためにあるようなもんなんだよ。あの宇多田《うただ》ヒカルだって、デビュー曲は一人掛けのソファに座って唄った。椎名林檎《しいなりんご》は、たった一人で広場に倒れてた」

「カジさん。林檎の『幸福論』の後半は、バンドでの演奏シーンだよ」

確かに。夏美のいう通り、あのプロモビデオの後半にはバンドでの演奏シーンがある。

梶尾も「しまった」と思ったのだろう。咳払いで無理やり話の流れを変える。

「……まあとにかく、河野さんだってそんな話聞いてないんだから、いきなりいわれたって迷惑なんだよ」

河野は「いえ私は、まだ打ち合わせですし」と恐縮してみせた。

夏美も神妙な顔をし、頷くように頭を下げる。

「うん、だから……そう、今回はいい。ビデオは、今回は、はっきりいって、恰好だけつけてくれれば誰でもいい。とにかくあたしの音楽は、生身の人間が演《や》ってるんだって姿勢さえ……」

そのとき、夏美の腰にぶら下がっているシザーバッグから、ジミ・ヘンドリックスの「紫の煙」のメロディが流れ出した。先週くらいから、夏美の着メロはこれになっている。

「……出ろよ」

梶尾がタバコを潰《つぶ》しながら顎《あご》で促す。夏美は河野に、小さく会釈《えしやく》をしてから携帯を開いた。

「ん、公衆電話だ……」

怪訝な顔で耳に当てる。

「もしもぉーし」

この会議室は若干電波の入りが悪い。夏美は耳と口を囲いながら、二、三歩室内を移動していく。

「もしもし、もしもォーし」

いや、それとも相手が無言なのか。

「もしも……あ」

ムッとした表情でディスプレイを睨む。

「どうした」

訊いた祐司に、そのままの顔を向ける。

「ああ、だけいって切れちゃった」

「公衆電話だったの？」

「うん。……まったく、今どき誰だよ」

男か女かを梶尾が訊くと、男だったと夏美は答えた。

「気をつけろよ。ストーカーとか、そういうのかもしんねえからな。特にこれからは、そういう危険が増えてくるんだし……ま、それはさて置き」

梶尾は隣に向き直った。

「河野さん。大変申し訳ないんですが、この件はペンディングってことで、とりあえず持ち帰ってもらえますか。焦ってこの場で決め事しても、いいものはできないでしょう。……こっちもコンセプトを早急にまとめますんで、河野さんも、お手数ですが被写体がバンド形態になる可能性も考慮して、方向性をちょっと、練《ね》ってみてもらえますか」

彼は「分かりました」とファイルを閉じ、夏美に笑顔を向けた。

その週末、ヴィジュアル・マックス社が新たに提示してきたコンセプトはこうだった。

一応、プロのドラマーとベーシストをブッキングしてバックに配し、まず三人で演奏するシーンを撮影する。そして後日、近未来的なコンサートホールの風景をCGで作成し、背景に差し込む。

最初にブルーバックで撮影して、あとから別の絵を合成するという手法はCMと同じだが、バンド形態であるということと、好きに動き回れるということで、夏美もその案にはかなり前向きな姿勢を示した。

撮影は、ステージの高さや引きの映像の距離感を考慮して、新宿区内のホールを借りて行う。

「よろしくお願いしまーす」

夏美はスタッフとも、バックのメンバーとも機嫌よく挨拶を交わした。ディレクターの河野は、打ち合わせ段階の夏美しか知らないせいか、敬礼付きの挨拶をもらい、かなり面喰らった様子だ。

本当に演奏をするわけではないので、立ち位置などはわりと簡単に決まっていった。

「はい、それでは本番いきまーす」

だがカメラが回り、スピーカーから音が流れ始めると、夏美は本当のライブと変わらない全開パフォーマンスを展開し始めた。愛器ジュニアを掻き鳴らし、振り回し、とにかく「Thanks!」を熱唱する。声は録っていないから「ロパク」でいいのに、髪を振り乱し、マイクを握り締め、本番さながらに唄い続ける。

そしてギターソロ。手元がアップになっても大丈夫なのが、夏美の強みだ。いや、むしろそこが売りなのだ。二台のカメラが繰り返し繰り返し、夏美のソロパートをアップで追っていく。

力強いチョーキング。銀色に輝く弦の上を、細い指が縦横無尽に駆け抜ける。バックの音ともぴったり合っている。当たり前だ。本人がレコーディングしたのだから——。男ならともかく、女性のしかもソロで、ここまでロック色を明確に打ち出すアーティストはここ数年いなかった。

このジャンルは、あたしが背負っていく。そんな意気込みすら、夏美のパフォーマンスには感じとれた。

何度見ても溜め息が出る。やはり祐司は、ステージで演奏する夏美を見るのが好きだった。背景がただの緑でも、メンバーが偽者でも、夏美だけは、やはり輝いて見えた。夏美が唄い、夏美が弾く。それを大きな会場で、大観衆に見せつける。何やら祐司は、自分の夢だけが一歩先んじて実現してしまったような、そんな錯覚に陥《おちい》っていた。

できることならば、これを真緒にも見せてあげたかった——。

会場使用費を安く上げるため、今日の撮影は昼過ぎまでに終わらせる予定になっている。平日なので、真緒はどうやっても間に合わない。まあ、本人は「完成版を楽しみにするってのも、ありですよね」と、前向きにいって笑ってはいたが。

「はァーい、オッケーでェーす」

予定されていたカットをすべて撮り終え、撮影は無事終了した。

スタッフ全員に挨拶をすませ、夏美は楽屋に入っていった。祐司は舞台袖のテーブルで、夏美の使った灰皿やコップを片づけていた。

すると、すぐそこら辺から、また「紫の煙」が聴こえてきた。見回すと、夏美の座っていた椅子の隣にシザーバッグが置きっ放しになっている。取り上げると、案《あん》の定《じょう》その中から聴こえてくる。

祐司は急いで楽屋に持っていった。

「入っていいか夏美ッ」

「ああ、いーよー」

ドアを開けると、夏美はドレッサーの前でメイクを落としている最中だった。目の周りが真っ黒になっている。

「電話デンワ」

「えー、いま無理ぃ」

パッと手を広げる。確かに、クレンジングと溶けた化粧で手も顔もベトベトになっている。

「誰からか見てよ」

携帯を開いて見る。

「あ……公衆電話からだ」

夏美が、目をつぶったまま怪訝な顔をする。祐司もこの前の、会議の途中にかかってきて切れた、あの一件を思い出した。

「……宮原サン、ちょっと出てみて」

「え、俺が？」

「ストーカーだったら、ガツンと怒鳴りつけてやって」

「そんな……」

ストーカーが「ストーカーです」と名乗るはずがないだろうとは思ったが、それでなくとも、他人の携帯にかかってきた電話に出るというのは、あまり気が進まないものだ。

祐司はしばし、どう出るべきか考えてしまった。万が一、本当にストーカーだった場合を考えたら、「柏木」とか「夏美」とかいう名前は出さない方が賢明だろう。

とりあえず、ボタンを押して耳に当てる。

「もしもし」

『……ああ』

わりと年配の、だがちょっと上ずった感じの、男性の声だ。

「あ、すみません。本人はちょっと手が離せないもので、代わりに私が、ご用件を承りますが」

数秒、間があった。

『……失礼ですが、夏美の、マネージャーさんとか、そういう方で、いらっしゃいますか』

夏美、という呼び方に、祐司はただならぬ親しみを感じとった。

「はい。宮原と、申します……あの、失礼ですが」

『ああ、申し遅れました。私、夏美の……父です』

「えっ」

全身の肌が、音を立てて粟立《あわだ》つようだった。

夏美の父、って、あの――。

「……あ、えと、あの」

だが、またもや突然、電話は切れてしまった。

「……誰から？」

まだパンダ状態の夏美が、目をつぶったままこっちを向く。すぐには上手い答えが思いつかず、祐司は曖昧《あいまい》に口籠《くちごも》るしかなかった。

かつて一度だけ、夏美は自分の両親について語ったことがある。母親は中学一年のときに癌で亡くなり、父親はその直前、バブル崩壊の煽《あお》りを喰らって会社を失い、母親の死後、失踪《しっそう》してしまった。そのまま現在も行方不明。かれこれもう六、七年、音信不通になっているのではなかったか。

嫌な予感がした。

デビューが決まった途端、夏美に連絡をしてくる時点でもう、目的は見えているように思えた。いや、夏美はまだシングルを一枚録音し、CMの撮影をしただけだから、一般的にはまだ何も露出していないに等しい。すると、この時期に連絡してきたのは単なる偶然か。いや、失踪しているわりには、実はけっこう芸能情報通で、どこかで娘のデビューを聞き及んだのかも。いや、そんな情報など、まだどこのメディアにも出てはいないはず。いやいや、もともと夏美は、インディーズではかなりの有名人だったのだから——。

「ねえ、誰だったのよ」

夏美が目元を、ごしごしとクレンジングシートでこすっている。

もうすぐあの目が開く。そのとき自分は、なんと答えるべきなのだろう。

2

急いで目を開けたら、なんかすごい沁《し》みてきて痛かった。

「……なんだ、いるんじゃん。なに黙ってんのよ。どっかいっちゃったのかと思ったよ」

それでも、まだ宮原は黙っていた。もちろん顔はいつもの通り情けないんだけど、もうこのときはそれもマックスっていうか、あたしもこんなことはいいたくないんだけど、なんか、粗相しちゃった子供みたいな、にっちもさっちもいかない感じだった。

「誰だったのって、あたしは訊いてるんだけど」

聞こえてはいるらしい。ちゃんとこっち向くから。でもなんていっていいのかが分からない。そんな感じ。

「怒らないから、いってごらん」

うん、って素直に頷くなよ。叱られた小学生かよ。

「なんなのよ、宮原サン」

「……あの、あの」

「うん、なぁに？　誰から、かかってきたの？」

「……お父さん」

はい？　あの、茨城で自転車屋をやってらっしゃるという？

「なんであんたのお父さんが、あたしの携帯にかけてくんの」

それにはかぶりを振る。あら、違うの。

「もぉ、じゃなんなのよ」

宮原は、ビクッとして携帯をこっちに差し出した。

「……君の、お父さんだよ」

は？　あたしの――？

なんか、そのひと言が意外すぎて、突如あたしの脳みそは活動停止っていうか、どぼんってプールに沈んだみたいになった。鏡の上に掛かってる時計の音も、外で撤収作業をしてるスタッフの声も、もう全部、いっぺんに聞こえなくなっちゃって。その代わり、鼓動だけは、心臓が頭の中に移動してきたんじゃないかってくらい、大きく響いてて——。

「……あたしの、ってそれ、つまり、柏木……春彦《はるひこ》?」

「あ、ごめん、名前は、聞いてない……」

急に腹が立った。

「なんで訊かなかったのッ」

「ごめん……でも、急に、切れちゃったから」

あたしは宮原の手から携帯をひったくった。もう、手がベトベトとかいってらんない。

「てか、公衆電話じゃかけ直せないじゃん」

「あ、いや……でも、それは、俺のせいじゃ……」

ああ、そう、よね。確かに、それはあんたのせいじゃない。

なんか、全然、実感湧かない話だった。そりゃそうよ。だって、あたしが出たんじゃないんだから。

なに、あたしは、どうすればいいの。笑い飛ばすべきなの。怒るの。泣くの。この動揺を的確に表現するために、あたしは一体、何をどうするべきなの?

事務所に帰ったら、なんかアミノスウェットのCMの完成品が届いたとかで、けっこう人もいて、みんなそれを観て盛り上がってた。

「ま、初仕事にしちゃあ、上出来だな」

梶尾さん。もうちょっと、マシな褒め方ないの。

「夏美ちゃんのコレ、やっぱコレがいいよね」

春恵さんがさっそくモノマネ。飛び去っていくボトルに敬礼したとこね。ああ、上手いです上手いです。

「……うん。いいじゃない、夏美」

「ああ、ありがと……」

でも、あたしと宮原の間にだけは、なんかちょっと、いつもと違う空気が流れていた。たまたま壱子ちゃんとひとみさんもいて、一緒に観てくれて、いっぱい褒めてくれてたんだけど、なんかあたしは、それへのリアクションも上手くとれなかった。

五回くらい連続で観て、おめでとう、よかったね、って感じでお開きになった。

我に返った感じの宮原がデッキからDVDを取り出し、せっせとチャンネルを戻す。すると、いきなり画面に、夕方バラエティの芸能ニュースが映った。

「お、ちょっとそれ観せろ」

梶尾さんが宮原を押し退《の》ける。おいおい、あたしの初仕事より、そっちの方に興味ありかい。

なんだろって思って観たら、それはあの、島崎《しまざき》ルイに関する報道だった。島崎ルイってのは、あれよ、三年くらい前にデビューした、けっこう美人だと世間ではいわれている、シンガーソングライターですよ。

《ルイさんはデビュー以来、ずっと恋人の秋吉《あきよし》ケンジさんプロデュースのもと、音楽活動をしてきたわけですが、ここにきて破局したとの噂が、まことしやかに囁《ささや》かれています》

はあ、そうなんですか。それはお気の毒ですね。

でも、宮原なんかはもう、画面に釘づけって感じだった。イヤだねえ。なんでこうも、男ってのはルイが好きなんかね。

はっきりいっとくけど、あたしは嫌いだね。初めて聴いた曲が特によくなかった。めっちゃ女の子っぽいイメージなのに、自分を「僕」とかいっちゃうセンスに、まず鳥肌。それにルイって、確かナマでは唄えないんだよね。なんかそういう、作られたお人形的なイメージも、あたし的にはかなりNG。

《秋吉さんは、所属事務所の取締役でもあるので、今後の動向が気になるところです》

まったく気になりませんな。ってかあたし、はっきしいってそれどころじゃないんで。破産して失踪した父親から電話かかってきたらしくて、密かにパニクってるんです。ええ。誰にもいえませんけども。

あたしの横で、梶尾さんと春恵さんがひそひそ話を始める。

「あれ、そういえば、ルイのお母さんって」

「おお……香川《かがわ》よう子だ。昭和中期に活躍した、銀幕スターな」

「以前は確か、ここの所属だったたんですよね」

「そう。独立するまでは、うちのオヤジが面倒見てた……ま、大昔の話だがな」

オヤジってのは、梶尾専務のお父さんの梶尾隆昌《たかまさ》社長のことね。天気がいい日はずっとゴルフしてる人ね。まあ、世の中にはいろんな父親がいるもんです。

「どうです？　専務。せっかく音楽班も立ち上げたことだし、ルイ獲得に動いてみては」

春恵さん。それ、冗談にしても笑えないよ。

「……はは。まあ、それもいいかもしんねーな」

ちぇ。なにそのリアクション。なんかあたし、急に、ここにいたくなくなってきたよ。

「宮原サン。あたし、もう帰ってもいいかな。今日はもう、なんもないんでしょ？」

「ああ、うん……じゃあ、送るよ」

あたしは、んーんってかぶりを振った。早く一人になりたい。そういう意思は、充分に伝わったと思う。

「じゃ、お先に失礼します」

ひと通りみんなに挨拶して、あたしは事務所を出た。

飯干ビルを出て、あたしは近くにある小学校の方に歩いた。人がいなそうな場所って考えたら、そういうことになった。

いってみたら、校庭開放っていうんですか、けっこう体のでっかい、あれでも六年生くらいなのかな、十人くらいの男の子がサッカーやってて。でもその他には誰もいなかった。校舎の天辺にある時計は、四時半を回ったところだ。

携帯を取り出してみる。パパは、どうしてこの番号を知っていたんだろう。っていうか「パパ」でいいのか？　あたしもうすぐ二十歳なんだけど。あんたが失踪したときの、十三歳のままじゃないんですけど。

じゃなに、「お父さん」？　そんなふうに呼んだことなかったから、ちっとも実感湧かないや。っていうか、今ってどんな感じになってんだろう。

昔はけっこう、お洒落《しゃれ》でカッコいい系のパパだった。背はそんなに高くないけど、細身で、髪も、いつもちょい長めで。確か、アルマーニのスーツが好きなんじゃなかったっけ。不動産で手広くやってたから、マジですっごいお金持ちだった。ふらっとあたしたち連れて北海道までいって、ちょこっとお寿司食べて帰ってくるみたいな。そんで、よく笑う人だった。あっはっはっはって。

でも、バブルの何年かあとに会社潰しちゃったのと、恋女房が癌で死んじゃったのが、やっぱショックだったんだろうな。あたし一人置き去りにして、失踪しちゃった。

そりゃ、当時はショックだったけど、今はもう別に恨んでなんてない。引き取ってくれた練馬の叔父さん、パパの弟だけど、柏木弘忠《ひろただ》さんはいい人だったたし、叔母さんも、二人の従兄《いとこ》も優しくしてくれたしね。

その後あたしは、池袋のレンタルスタジオでバイトしながら自活するようになり、今に至っている。ちなみにパパは柏木家の長男で、叔父さんが次男。二人兄弟。そっち系の祖父母は福岡に住んでたんだけど、あたしが小さい頃に土砂災害で亡くなってしまった。たぶん、三、四回しか会ったことなかったと思う。さらにいうと、母方の祖父母は島根にてご存命のはずですが、ママたちの結婚が駆け落ち同然だったため、チョー疎遠《そえん》になっております。そっちは一度も会ったことなし。

なんだ。よく考えたら、パパが電話してくるなんて、叔父さんに番号聞いたからに決まってんじゃんか。

よし。久しぶりにかけてみっか。

「……もしもし、ああ、叔母ちゃん？　あたし、夏美」

『あら、夏美ちゃん、あら、あらあらあら』

「ごめんね、あんま連絡しなくて」

『そうよォ、もう。……あ、でも、忙しいんでしょう？　弘之《ひろゆき》が、パソコンでなんだか、夏美ちゃんが凄いことになってるって、騒いでたけど。でも、あたしらには、何がなんだか……』

そこまでいって、急に叔母さんは我に返ったみたいに、ひと呼吸置いた。

『……あ、あの、叔父さんに、代わるわね』

その様子で、ああ、やっぱパパから連絡があって、あたしの番号を教えたんだなって、分かった気がした。

叔父さんは自宅の隣で中古自動車屋さんをやっていて、だから電話は、内線使ってそのまま回してもらえる。

『あーもしもし、夏美ちゃん？』

「うん、ご無沙汰《ぶさた》してます。ごめんね、仕事中だったっしょ」

叔父さんは、どうせ暇だからと、ちょっと寂しそうにいった。

『……あれだろ、兄貴のこと、だろ？』

「うん、そう。やっぱ、そっちに電話あったんだ」

深い溜め息。しかもちょっと震え気味。

『……ああ。二週間くらい前に、急に、かかってきてな。……なんだ今さらって、いってやったよ。夏美ちゃんが、あのあとどんな思いしたのか、あんた分かってんのかって、どやしつけてやった。そしたら……分かってる、って。それで俺、とにかく電話して謝れって、携帯の番号を教えたんだよ……でも、うっかり教えちゃってから、あっ、て思ってさ。実は今、夏美ちゃんはデビュー控えてる、大事な時期なんだって……でもそれも、いってから、あっ、て……ごめんな、叔父さん、お喋りで』

あたしは、かぶりを振りながら、いいのっていった。

「こっちにも二回、公衆電話からかかってきた。でも、すぐ切れちゃって。……あっち、携帯とか、持ってないのかな」

『持ってないだろう。あの様子じゃ』

「あの様子って？」

叔父さんは、ちょっと口籠った。

『……そんなことは、兄貴のことは、いいからさ。夏美ちゃんは、今の、自分の仕事をがんばりなよ』

「なに、ちょっと」

『兄貴から電話かかってきて、もしなんか頼まれても、絶対引き受けたりしちゃ、ダメだからね』

「なによそれ、どういうことよ」

あたしは、半分以上ちゃんと分かってて、でも全然分かんない振りをしていた。そういうふうに、まだ自分の親のことを、思いたくなかったっていうか。

『だから……金の絡むことを、頼まれても、絶対に、乗っちゃダメだって、ことだよ』

でも、現実はやっぱり、そういうことなわけで——。

「なんか、叔父さん、いわれたの」

叔父さん、黙っちゃった。それで逆に、そうなんだって、あたしには分かった。

んー、それだけじゃない。たぶん叔父さんは、過去にパパにお金を貸してるんだ。事業資金だとか、儲《もう》けて倍にするとか、なんかそういうふうにいわれて。でもきっと、ずっとパパは返してない。

「いくら、貸してるの」

『いや……』

「叔父さん、あの人に、いくら騙《だま》されてんの」

『夏美ちゃん……自分の親のことを、そんなふうにいうもんじゃないよ』

「でも、そうなんでしょ。いくら……」

『違うよ』

少し強くいって、叔父さんは遮った。

『……俺は、貸してない。大丈夫だ。だから夏美ちゃんも、情に流されて、貸したりしちゃダメだからね。分かった？』

なんか、悔しくて涙が出そうだった。

たぶんそれ、あたしには、いえないような額なんだ。

従兄の弘之さん、あたしは〝ヒロ兄ちゃん〟って呼んでんだけど、彼は、経済的なことが理由で大学進学を断念している。もしその原因が、あの親父《おやじ》にあるんだとしたら、あたしそれ、とてもじゃないけど、許せない——。

それと、そういうことに、今まで気づかなかった、自分自身も。


でも、その後は何日経っても、公衆電話からはかかってこなかった。ときどき心配した宮原が、どうなったって訊いてきたけど、それについては素直に、かかってこないって答えた。ただ、叔父さんに電話したことは黙ってた。あたし自身が父親と話をしていない以上、グダグダいってもしょうがないと思ったから。

まあ、こんなときは仕事をするに限るよ。そう、お仕事お仕事。

その翌週、十二月十二日の月曜日から、アミノスウェットのCMはオンエアされ始めた。

そしたらなんか嬉しいことに、けっこう旭ビバレッジの方に「あの娘は誰」とか、広告代理店に「あの曲はなに」みたいな問い合わせが殺到したらしい。

でも、そんな話が出るたびに、梶尾さんは電話口で「まだ発売日は未定なんですよ」とお断りを入れた。そのせいだかなんだか知らないけど、プロモビデオを撮り終わってからのあたしは、とっても暇になっていた。なんだよ、せっかくやる気になってんのに。

「ねえ、発売日未定って、なんでなの」

宮原は、困った顔で首を傾《かし》げるだけだった。

「っていうか、今のあたしのこの状態って、なんなの」

「うーん。待機、ってことなのかな……」

「じゃあ、あたしは次に何をするの。アルバム作るの？」

「いや、どうだろう。まだ、アルバムは早いんじゃ……」

一応、キングダムレコードとの契約は、シングル五枚、アルバム二枚ってことになってる。

「もぉ、なんなのよ。はっきりしなよ」

「よっし決まったァ」

急に、梶尾さんが自分のデスクで立ち上がった。なんか、手に持ってる紙をこっちにヒラヒラさせている。

「夏美ィ、お前のデビューシングルの発売日は、来年二月の、二十四日になったからな」

「ええっ？」

あたしは宮原と目を見合わせ、途中の机に座ってる人を押し退けて専務デスクに向かった。

「ちょっと、なんでまた、二ヶ月も先なの……」

「ん？　いや、まだジャケ写とか、いろいろあるだろ」

「ジャケット撮影なんてやろうと思えばすぐできるでしょうが。だってもうすぐ、プロモビデオもでき上がるんだよ？」

ってか宮原、こういうことはあんたがいいなよ。

「PVってのは、プロモーションをするためのものであって、商品そのものではない。少なくとも現状ではな」

「何よそれ」

梶尾さんは、後ろにある日程用ホワイトボードの備考欄に「夏美／デビュー／2／24」と書き込んだ。

「……幸いなことに、CMのオンエア開始以来、なかなかいいリアクションが、各方面で見られている。それはそのまま、非常にいいチャンスが到来する兆候だと、解釈していい。こういう場合、柏木夏美とは何者なのか、あのCM以外に何ができるのか、あの曲は他ではどこで聴けるのか、そういうことを、できる限り秘密にして、引っ張って引っ張って、それからドカンと、デビューシングルを売り出し、一気にチャートを駆け上がる……というのが、最も望ましい」

ちょっと待ってよ。

「ねえ、じゃあそれまでの間、あたしは何をしてたらいいの」

「曲とか、作ってればいいじゃないか」

「もう曲なら、アルバム三枚分くらい書き溜めてあるよ」

「そうか。じゃ、ゆっくり充電でもしとけ」

「じょ、冗談じゃないわよ……」

ただでさえ暇だと、父親からの電話待ってるみたいに携帯見ちゃうのに、ここ数日、なんもすることなしで、それをなに、さらに二ヶ月も続けろっての？　そんなんやってられっかっつーの。

そのときふと、あの会議以来立ち消えになっていた話が、あたしの脳裏に蘇《よみがえ》ってきた。

「……だったら、これからの二ヶ月、あたしがバンド作るのに動いてみたっていいわけだよね。でしょ？」

梶尾さんは、なんか歯でも痛くなったみたいな、イヤそーな顔をした。

「ああ……それは、また今度相談しよう」

「なんでよ。いいよって、いってくれれば済む話じゃんか」

「いや、そうもいかないんだなこれが。まあ、また今度な」

「どうしてよ」

「すまんな、これからちょっと、客がくるんだ……」

またかよ。なんでバンドの話になると、いっつもあと回しなんだよ。

「もういい。あたしもう、自分の好きにやらせてもらう」

くるっと振り返って、あたしは出入り口の方に向かった。エレベーターの前までいって、下ボタンを押す。

意外にも、ドアはすぐに開いた。でも、その中には——。

3

祐司は夏美を追うより、梶尾に抗議することを優先した。

「……カジさん、そんな、ふた月も先だなんて」

「んあ？　祐司ィ、オメェがいうなよ。これはビジネスなんだよ」

ここまでくると、夏美でなくとも「ビジネス」という言葉にアレルギー反応を覚えるようになる。

「だったら、ふた月遊ばせとくくらいだったら、夏美にバンド作るの、許可してやってくださいよ」

梶尾はグリグリと耳をほじった。

「それとこれとは、別問題だろうが……」

「なんでですか」

面倒臭そうな顔で椅子に腰掛ける。

「じゃあまあ、バックバンドのオーディションを、するとする。ガールズバンドなら、まだ分かる。こっちとしても扱いやすい。ルックスさえよければ、あとで別の使い道も見えてくるからな。でもそうじゃねえんだろ？　あいつが望んでるのは。……実力重視でもなんでもいいけどよ、ヒゲ面のムッサいの、何人も連れてこられてみろ。そんなのオメェ、ウチじゃ面倒見きれ……」

ふいに梶尾が語尾を濁《にご》らせた。視線は、事務所入り口の方を向いている。

倣《なら》って目を向け、祐司は、思わず息を呑んだ。

まず目に入ってきたのは、濃紺のスーツの男二人に守られるようにして立っている、シルバーグレーのスーツの男だ。トレードマークとでもいうべき、豊かな白髪と黒いサングラス。そう、誰が見てもひと目で分かる。あれは、世界的に有名な映画監督、島崎潤一《じゆんいち》、その人だ。

ということはその後ろ、あの艶《あで》やかな和装の女性は、監督夫人であり、今なお現役の女優でもある、香川よう子ということか。藍色をベースにした、白い大きな花柄の着物を、見事に着こなしている。

さらに、その後ろには、長身の、長い黒髪の女性――。

ボア付きの、茶色いバックスキンジャケット。それとコーディネイトしたようなタイトスカート、ロングブーツ。大きな丸いサングラスをかけてはいるが、見紛《みまが》うことなどあろうはずがない。

島崎、ルイ——。

「ああー、どうもどうも、お待ちしておりました」

立ち上がった梶尾が、素《す》っ頓狂《とんきょう》なほど高い声をあげて出入り口に向かう。揉み手をしながら近づき、やがて島崎監督と握手を交わす。

「お会いできて光栄です。さ、どうぞ。奥で、社長がお待ちしております」

だが祐司の目は、ルイ一人に釘付けになっていた。彼女は祐司にとって、極めて、特別な存在なのだ。

三年ほど前、祐司はルイの音楽に出会い、愛し、涙し、そして、挫折した——。

十七歳でデビューしたルイは、その頃すでに高い評価を得ていた。ソウルフルな歌声。バラエティに富んだ楽曲。さらにほとんどの楽器を自ら弾くという、とんでもない才能の持ち主だった。エキゾチックな顔立ちに長身というルックスも手伝い、ルイはたちまち国民的アーティストの地位を築いていった。

すでに二十六歳になっていた祐司にとって、彼女の存在そのものがショッキングだった。もはや自分が作るべき音楽など一つもありはしない。潔《いさぎよ》く表舞台は諦め、もう自分は裏方に回った方がいい。そう決心して、祐司はフェイスプロに入社した。

その、人生の転機ともいうべき存在が今、机の島一つを隔てた向こう側を、ゆっくりと歩いていく——。

しかしなぜ、島崎一家が総出で、フェイスプロに?

梶尾に促され、奥へと進んでいくその様は、さながら大名行列のようだった。見れば香川よう子の隣にも、マネージャーらしき女性がついている。だが、どう数えても全部で六名。ルイのお供らしき人物は、どこにもいない。

これは、ひょっとして——。

梶尾がノックし、ドアを開けて六人を中へといざなう。最後に梶尾自身が入り、社長室のドアは閉まった。

「……やっぱりね」

谷口春恵は、背伸びをして奥を覗いていた。

「春恵さん。やっぱりって、どういうこと」

振り返り、彼女は初めて祐司の存在を意識したように「ああ」と漏らした。

「ほらこの前、ここでルイの破局のニュース観たでしょ。あのときの専務、妙に興味津々《しんしん》だったじゃない」

確かに興味ありげではあったが、妙というほどだったろうか。

「うーん……でも普通、誰でも、興味あるんじゃないかな、島崎ルイのニュースだったら」

「そうかな。専務って、ルイになんて興味持ってたかな。私は、そうは思わないけど」

そう。祐司はルイ似の女の子をスカウトしてきて、よく梶尾に「フザケるな」と怒鳴られていた。あまり好みのタイプでないというのは、事実だろう。

「……祐司くん、よく考えてごらん。夏美ちゃんは確かに逸材だと思う。彼女のデビューに専務が乗り気になったのも、その才能に惚れ込んだからってのは、嘘じゃないと思う。でもだからって、そこそこ業界では名の通ってた石野さんを、フェイスの専属に迎えるなんて、ちょっとやりすぎだと思わない？」

確かに、それは祐司も思ったことがある。

「でも、それはこれから、彩音ちゃんとか、他の子も歌手デビューさせたりするからでしょう？　そのために、石野さん？　まだ足りなくない？」

「そのために、そのために……」

なるほど——。

「私は、専務はかなり以前から、ルイと秋吉ケンジが終わりそうだって情報をつかんでたんだと思うよ。そうなったらルイは、恋人もプロデューサーも、事務所もいっぺんに失うことになる。……まあ、恋人を世話してやるわけにはいかないかもしれないけど、事務所とプロデューサーなら、用意できる。そこまで見越して、専務は石野さんを引っ張ったんじゃないかな。……んーん、ルイとの話がほとんどできてるから、石野さんを連れてきたのかも」

じゃあ、夏美の立場は——。

「この前テレビを観てたのだって、情報を得たかったたっていうより、自分の思った通りに事が進んでるかどうか、メディアが自分の描いた絵の通りに動いてるかどうか、そういうことを確認したかったんじゃないかなって、思うの。私は」

「じゃあ、ルイの移籍は、決まったも同然ってこと？」

春恵はニヤリとしながら首を傾げた。

「お母さんが、香川よう子でしょ。そしたら、今の事務所を辞めて、次どこの世話になろうかって相談したとして、ウチって話が出ても不思議はないと思うよ。香川よう子がいた頃と違って、今フェイスっていえば、かなりイケイケのイメージだしね。こっちからアプローチしたのか、向こうからかは分からないけど、どっちにしても、充分ある話だと思う」

ルイが、このフェイスプロに、移籍――？

などと、ぼんやり考えていたら、

「うわっ」

急に、目の前に見慣れた頭が出現した。夏美だった。

「……なーにうろたえてんのよ」

こっちを一瞥し、スタスタと祐司の机に向かっていく。

「いや、あの、てっきり、出てったと、思ってたもんだから……いつ、戻ってきたの」

「今よ。財布も携帯も忘れたことに気づいたの」

お気に入りのわりにはよく置き忘れるシザーバッグを肩に掛け、また出ていくのかと思いきや、くるりと夏美は社長室の方に向き直った。

「ねえ、さっきのなに。ヤクザ？」

「へ？」

「いま入ってった、ご一行様」

「いや、あれは、島崎一家だよ」

それもかえってヤクザっぽく聞こえるか。

「先頭にいたのが、あの有名な、映画監督の島崎潤一」

「監督……ああ、あの『戦場のハッピーニューイヤー』の」

「そうそう。で、その後ろにいたのが、奥さんの香川よう子と……島崎、ルイ」

ぽかっ、と口を開け、夏美は馬鹿にしたように頬を歪めた。

「ああ、そういえばルイって、母親だけじゃなくて、父親もそれ系の、二世タレントだったよね。すっかり忘れてたわ」

だが、すぐにその表情が曇る。

「……ってか、今の行列に、ルイなんていたっけ」

「いたよ。一番後ろに」

「え？　だって一番後ろのって、こーんなデッカい女だったよ」

背伸びをして手を伸ばす。優に二メートルを越えている。

「ちょっと、声大きいって……いや、彼女は百七十三センチだから、そこまで大きくはないでしょ」

「おや、やけに詳し……ああッ」

夏美はビュッと、至近距離から祐司を指差した。

「宮原サン、あんたそういえば、確かルイのファンだったじゃんッ」

「ちょっと、シッ」

慌てて口元に指を立てたが、遅かった。

見回すと、夏美の大声に、事務所内の全員が眉をひそめていた。いや、祐司の「ちょっと」が大きかったのか。

すぐに社長室のドアも開く。

「……おーい、もうちょっと静かにしろよォ」

戸口に顔を出した梶尾が睨みを利かす。

すると、その横にひょいと、ルイも並んで顔を出した。辺りを窺う視線は、一瞬、祐司たちのいるところで止まったように見えたが、すぐに、彼女は室内に向き直った。

「ちょっと、すみません」

軽く会釈し、社長室から出てくる。

そして今度は、間違いなくこっちに向かって歩いてくる。まさか、「こーんなデッカい女」という夏美のひと言が、聞こえてしまったのか。

マズい――。

身じろぎすら禁じられたような沈黙が、事務所内に充満していく。夏美ですらその異様な空気を察し、動きを止め、成り行きを見守っている。

徐々に、ルイが近づいてくる。すでにサングラスをはずしているため、表情は分かる。怒っている感じは、特にないようだが。

彼女は夏美の後ろ、声の届くところまできて、立ち止まった。

「あの、すみません……柏木夏美さん、ですよね？」

夏美は、かすかに眉をひそめて祐司を見た。だが、祐司にも何がなんだか分からない。首を傾げてみせると、夏美は仕方ないといったふうに振り返った。

「そうですけど……何か」

ルイは無表情のまま、何やら「透視」でもするような目つきで夏美を見た。

「あの……突然ですみません。私、今度コンサートをやるんですけど、そのバンドで、もしよかったら、あなたに、ギターを弾いてもらえないかなって、思って……」

ルイ、コンサート、バンドで、夏美に、ギター？

ルイと夏美の、コラボレーション――。

祐司にとっては、ほとんど絨毯《じゅうたん》爆撃にも等しい、仰天発言の連続だった。それでいて頭の中にはもう、同じステージに立つ二人の姿がきっちりと描かれている。スローバラードを、切々と唄いあげるルイ。その隣で、アコースティックギターを爪弾く夏美――。

だが、現実の夏美は、何やら訝るような目つきでルイを見ていた。

「……あの、初対面の相手には、まず自分から名乗るもんだと思うんですけど。島崎ルイさん」

ルイはハッと息を呑み、わずかに目を伏せた。

「あ、ごめんなさい……お気を悪くされたのなら、謝ります」

「いえ別に」

夏美は、やんわりとルイに背を向けた。

「っていうか、はっきりいって、そっちの音楽にあたしのギターははまらないと思うよ。せっかくだけど、遠慮さしてもらいますわ」

だがルイも負けじと、夏美の横に回り込む。

「あの、でもこのコンサートは、CDとDVDになって、映像の方は、父が監督する予定になってて……」

そこで、祐司もハッとなった。今の夏美に、父親絡みの話題を振るのは、得策ではない。

案の定、夏美は表情に不快感を強めた。

「あっそう……でもどっちにしろ、あたしには乗れそうにない話だわ。申し訳ないけど、聞かなかったことにさしてもらいます。……じゃ」

立ち尽くす社員たちの間を縫い、夏美は出入り口の方に進んでいった。

祐司はどうしていいか分からず、とりあえず、ルイに頭を下げた。

「……すみません。あの私、柏木夏美を担当しております、宮原と、申します。……あの、夏美が、大変、失礼なことを申し上げました。この件につきましては」

「いいんです」

その笑顔は、祐司にも馴染《なじ》みのあるものだった。プロモーションビデオで見せるような「アーティスト、島崎ルイ」の顔、といったらいいだろうか。

「お気になさらないでください。……失礼します」

祐司は頭を下げながら、ルイの後ろ姿を見送った。

しかし。気にするなといわれても、それは土台、無理というものだ。

4

なんでよりによって、あの島崎ルイがうちの事務所にきて、しかもあたしに声かけてくるのよ。あんなんだったら、「今デカい女っていったの誰よ」って、喧嘩売られた方がマシだったわ。

いや、それはそれでマズいか。あたし、けっこう喧嘩弱いし。あいつ、予想をはるかに越えて背ぇ高かったし。あれだな、テレビの歌番組とかに出ないから、縮尺がよく分かんなかったんだな。

っていうか、なんであたしがルイの後ろでギター弾かなきゃなんないのよ。でもってDVDの映像はパパが監督？　なによそれ。そんなん、ちっともありがたかないっつーの。

ま、そんなことでイライラするのもアホらしい。気分直しに一服しよう、と思ってシザーバッグに手を突っ込んだら、

「うひッ」

突如、携帯が震えながら鳴り始めた。

それは、よく考えたらとっても普通のことなんだけど、ここ数日のあたしは、ジミヘンの「パープル・ヘイズ」が鳴るたびに、異様にドキドキするようになってしまったというか、ディスプレイを見るのが怖いというか――。

でもまあ、宮原とか、真緒って可能性もあるわけだし。

あたしは恐る恐る、携帯をバッグから取り出してみた。

二つ折りのそれを、パッカと開いてみると、

「……ぐっ」

こ、こ、公衆電話じゃないっすか。

慌てて辺りを見回す。あたし、ちょっと挙動不審かも。もう代々木駅の近くまできてたんで、周りにはいっぱい人がいるんです。別にいたっていいんだけど、でもなんか、ちょっとやっぱ、込み入った話をするには適さないじゃないですか。

すぐそこの角を曲がって、ちょっと住宅街みたいになってるところで、あたしは通話ボタンを押した。

「もも、も……もしもし」

そしたら、それはまさに、信じられないくらい、

『あっはっは、夏美ぃ、久しぶりだなァ』

リアルにパパだった。なんかしんないけど笑ってる。っていうか笑うか普通。こういうときに。

『元気かァ』

ちょっと、いきなりなによ。そんな、だってあんた六年前、十三歳だったあたしを、放り出して逃げたんだよ？　それを、久しぶりに電話してきて、いきなり「元気か」はないでしょって。他にいうべきことはいくらだってあるはずだし、それ以前に、もっと相応《ふさわ》しいノリってもんがあるでしょうが。

まあ、

「う、うん……元気だよ」

って、答えちゃうあたしも、どうかと思うけど。

『はは、夏美は、いつも元気だったもんなァ』

なにいってんのよ。あたしだっていろいろ大変だったんだから。でも、健気《けなげ》に生きてきたの。がんばってきたの。それ、なんも知らないくせに、ほっといても元気みたいに、いわないでほしいわ。

「……げ、元気に、決まってんじゃん」

ダメだ。全然ダメ。あたし、思ってること、五パーセントもいえてない。

『そうかァ、そりゃよかった。父さん、安心したよ』

ああ、「父さん」なんだ。前は自分でも「パパ」っていってたのに。それよっか、そんな簡単に安心すんなよ。

「う、うん……変な心配、しないでいいよ」

あーあ、なにいっちゃってんだかな、あたしも。

『あの、そう、そういえば……あれだって？　夏美、歌手に、なるんだって？』

「んん……ちょっと違うけど、でもまあ、そんなとこ」

ぷーって鳴ったけど、すぐにカチャンって聞こえた。げっ、なにもしかして、これって十円玉トーク？　携帯はともかく、テレカくらい持ってないの？

『父さんも、応援してるから』

「ああ、ありがと……」

『じゃあ』

うわ、撤収はやっ。

「ちょ、ちょっと待って」

『ん、なんだ』

「今、どこにいるの」

やや、間が空く。

『……今は、表参道』

表参道って、ほとんど原宿じゃん。それって代々木の隣じゃん。めっちゃ近くじゃん。

「今、たまたまいるだけ？　それとも、表参道に住んでるの？」

『住んでる、の……うん』

ええ？　あんな繁華街に、十円玉で電話してくるような奴が住めるわけないじゃん。

『日当たりの、いい部屋でね。眺めもいいんだ』

んもー、ぜったいウソ。あり得ません。でも、そうもいえない。

「そ、そうなんだ……」

またぷーって鳴って、カチャン。ヤバい。もう喋れる時間、そんなにないのかも。

「あの、じゃあたし、今からいくよ」

『え……いや、いいよ、こなくて』

「なんでよ。会おうよ、久しぶりなんだから」

『いや、こっち、せまいから』

「なにいってんの。畳一帖あれば喋るくらいできるっしょ」

『しかも、散らかってるし』

やっぱ、表参道住まいはウソだな。指摘はしないけど。

「じゃあ、外でいいから、会おうよ。親子なんだから」

『いや、私は、実はけっこう忙しいんだ』

「実の娘と会えないほど忙しいって、なにやってんのよ」

『それは、まあ……いろいろと』

あー、イライラする。

「そのいろいろを、話そうっていってるのよ。会おうよ……」

なんかあたし、自分で自分が、分からなくなってきた。

あたしって、もしいきなり父親が死んだって聞かされても、へえあっそう、で済ませられる人だと思ってた。線香くらいはあげてもいいけど、葬式は出せないわよ、みたいな。けど、現実は違った。

「あたしたち、二人しかいない、親子なんだよ……」

色んな思いがあふれてきて、それが全部、びっくりするほど、会いたいって気持ちに集約されていく。

叔母さんの作る煮物って、すごくキレイで美味しくて、でもママの肉ジャガも、いつも煮崩れてはいたけど、あれはあれで美味しかったな、とか思い出して泣いちゃったことも。パパが残してってたアルファロメオ、頭の悪そうな大学生が買って、ブォーッて乗っててっちゃったことも。ヒロ兄ちゃんの大学進学が難しいってなって、だったらあたしが高校辞めるから、お兄ちゃんを大学にいかせてあげてって叔父さんに頼んだことも。もう全部、一切合財ひっくるめて、あたしは、パパに会いたいと思った。

「……ねえ、会おう?」

またぷーって鳴ったら、向こうはずいぶん慌てた感じになった。うっそ、もう十円玉ないの?

『分かった。じゃあ、明日にしよう。明日、六本木ヒルズの、グランドハイアットのロビーで……』

ツーツーツー。って、明日の何時だよ、おい。

もう、ものすっごい貧乏である可能性しか考えられないわけ。

だって、ちょっとでもお金があれば、もう一回電話してくるくらいできるはずでしょ？あと十円あれば、明日の何時かくらいは決められるわけでしょう。

でも、それをしてこない。そこに、想像を絶するビンボーさんっぷりが表れていると考えられるわけ。

あと十円がないって、それどういう状況よ。それでなんで、六本木ヒルズなの。もう完全にとち狂ってるとしか思えないよ。まあ、そもそもが十三歳の娘を放置して、行方くらますような男だからね。思考なんて破綻《はたん》してて当たり前なのかもしんないけど。

それ考えたら、今のあたしって立派だと思うわ。あの当時のあたしがエンコーに走って、爛《ただ》れた生活を送るようになる可能性だって、決してなくはなかったわけよ。そこをですよ、まあ、学校の勉強はともかく、地道に音楽を続けてきてですね、今やＣＤデビューを目前に――。

ああ、今そんなことはどうだっていいんだった。問題はあの親父が、嘘かほんとか知らないけど、表参道から六本木まで、どうやってくるのかってことなのよ。なんたって、推定所持金が十円以下だからね。タクシー、バス、電車はあり得ないわけ。つまり歩きしかないの。まあ、駅にしたって一つか二つだから、大したことないっちゃないんだけど、でも、その距離を歩けるくらいに健康ってことは、逆にいえると思うのね。

うん。それはそれで、喜ばしいことです。

で、あたしも真面目だよな。十時には着いちゃったよ。六本木ヒルズのホテル、グランドハイアット。あっちが何時にくるかはしんないけど、まあ、十時にきてれば文句ないでしょう。

しかし、つくづく謎だよ。なんでこんなとこ指定したんだろ。こんなこといいたかないけど、どう考えても、推定所持金十円以下の貧乏人が入ってこられる場所じゃないよ。

壁という壁がすべて美しい木目調になっておりまして、広いんだかせまいんだか、いやすっごい広いとは思うんだけど、パッと見、あたしには構造もよく分からないくらい、チョー高級仕様のロビーなわけ。すぐそこに、ひらひらと女優さんでも下りてきたらよろしいような、優雅なカーブを描く階段がありまして、しかもそのステップは、一つ一つが照明になっております。

「オーイ、夏美ィーッ」

えっ、なに、もうきてるの？　ちょっとどこよ。どこにいるの。

あ、十メートルくらい向こうに応接セットみたいなのがあって、そのソファんとこで、立ち上がって手ぇ振ってるわ。あれ？　なに、普通にスーツ着てんじゃん。

あたし、一応お辞儀しちゃったりして。

パパァーって、手ぇ振って駆け寄ったりすれば、きっと一番感動的なんだろうけど、さすがにそこまであたしも寛容な性格ではなく、だからといって、久々の再会に際して不機嫌を貫けるほど強くもない。実はけっこう、中途半端な性格だったりするわけ。

「久しぶり……」

近くまでいって、ぼそっというのが精一杯。

「いやァ、夏美ィ、立派になったなァ」

あっはっはっはって笑って、あたしの肩をぱしぱし叩く。

「まあ、掛けなさい」

なんか、そういう仕草《しぐさ》だけは今も、こういうところの雰囲気にマッチしてるっていうか、堂に入ってる感じはした。たぶんこの人の人生で貧乏になったのって、この六年だけなんだと思う。柏木家も、ずっとそこそこの金持ちだったみたいだから。

「いや、あの、どっか、お店とか、いかない？」

「あー、私は、ここでいいけど」

はい。ビンボーさん、決定——。

っつーか「私は」って、ここであんたと別行動とったら、あたしは何しに六本木まできたんだか分かんなくなるでしょうが。とはいえ、お金ないんでしょ、なんてダイレクトに突っ込んで、恥かかせるのも可哀想だし。

「そう、ね。ここでいっか……」

あたしが座ると、ちょっと、安心したみたいだった。

よく見るとそのスーツは、いわゆる黒ではなく、昔黒だった、という感じに、微妙に色が褪せていた。髪は、意外なほど昔のまま。シワは少し増えたみたいだけど、ヒゲはちゃんと剃《そ》ってある。

「夏美が元気そうで、よかったよ」

「ああ、お……お父さん、も」

ふぅ、いえた。お父さん呼び、成功。

「今は、どうしてるんだ」

足をちょっと開いて、そこに両肘《りょうひじ》を載せて前屈《まえかが》み。そんな余裕の仕草が、射し込んでくる柔らかな陽光の中では、それなりにカッコよくも見えるんだけど、同時に、ネクタイに毛玉が浮いてるのも見えちゃいました。ちょっと悲しい眺め。

「うん……」

あたしは、六年前に別れてからの概略と、近況をかいつまんで話した。叔父さんに引き取られたこと。チクッと刺すつもりでヒロ兄ちゃんが大学進学を諦めたこと。自活するようになったこと。ペルソナ・パラノイアってバンドでギターを弾いていたこと。薫の自殺は割愛《かつあい》して、フェイス・プロモーションって芸能事務所に所属するようになったこと。なるべく恨みがましく聞こえないように、湿っぽくならないように。

「……で、お父さんは、どうしてたの」

「ああ、うん」

「今、どういう感じ？」

ピクピクッて眉を動かして作る、苦み走った表情。それ、覚えてる。ご機嫌斜めのママに、無理やり話題作って話しかけるとき、よくそういう顔してた。あれ、浮気がバレたときだったんでしょ？　知ってるんだよ、あたし。

「まあ、不動産はもうアレだから、うん……投資とか、そういう方面で、うん……ここしばらくは、やってたんだ」

「どこで？」

あたしも意地悪いや。責め方、死んだママにそっくり。

「ああ、あの、名古屋の方に、いたんだけど……今年、こっちに、戻ってきた」

あっちでも、なんか問題起こしたのかしら。

「投資って？」

「まあいろいろなんだけど、商品とか、株もやって、企業とかにも……うん」

背もたれに寄りかかって、足を組むと、まるで昔の社長時代みたい。あたしがママと会社に遊びにいくと、よくそうやって、仕事関係の人と話してたよね。

「まあ、ある程度の浮き沈みは、あって当たり前の業界だから」

だからなに。だから今、どん底でも問題ないっていいたいの？

「ああ、うん。まあ、父さんも、まだまだこれからだからさ。ちょっと今は、会社作るって時代じゃないから」

それは、時代のせいじゃないでしょう。

「もうちょっと個人で、やっていこうと思ってる。それで体力つけたら、また会社作ってみても、いいんだし」

た、体力？　また、一番似つかわしくない言葉を選んだね。

「……今年、いくつに、なったんだっけ」

「五十九だよ」

まだまだこれから、ですか。

「個人で、なにするの」

「ああ、それな……」

突如、その目に輝きが充ちていく。

「私はね、近々、デイトレードに、チャレンジしてみようと思っているんだ」

「……デイ、トレード？」

あたし相手にそんな、鼻息荒くして説明したってしょうがないと思うんだけど、質問した手前、あたしは大人しく聞かざるを得ない感じになってしまった。

なんか、株取引の手数料が自由化されて、小幅な値動きを、インターネットを使って、一日に何十万も儲かったり、それでも損する可能性は小さいとか、いろいろごちゃごちゃいってた。

「はあ、そうなんだ……」

「そう。だから、しばらくはそっち方面で、回していこうと思ってる」

さらに「これからの展望」話は続いた。あたしの苦手な経済の話だったんで、その信憑《しんぴょう》性《せい》の有無はまったく分からないんだけど、前向きに生きてるって点だけは、多少評価できるかなって感じた。下手に意欲があるのもあぶねーな、とも思ったけど。

「……あ、じゃそろそろ、父さん約束があるから」

あたしを捨てたことに対する謝罪とか、後悔とか、あたし自身に対する労《ねぎら》いだとか、そういった言葉は一切口にしないまま、この人は、ここから立ち去ろうとしている。

でもそれを、あたしはどうにも責める気になれずにいた。

正直にいえば、失踪に関する諸々《もろもろ》を、なんでなの、どうしてなのって、十三歳のあの日に戻って問い詰めたい気持ちはある。けど、今のあたしがそれをやったら、ただの弱い者イジメになっちゃいそうで、その方が、なんだかあたしは嫌だった。

「……そう。じゃあ、住所と電話番号、教えといて」

あたしが携帯を取り出すと、一応、住所らしきものは教えてくれた。でも、自分は携帯を落としちゃったとか、固定電話は時代じゃないとか、電話についてはくどくど言い訳してた。こりゃ、住所もあんま、あてになんないかな。

「じゃあ、元気でな。夏美。また連絡するから」

「うん。お父さんも、あんま無理しないで」

あたしたちはグランドハイアットを出て、六本木駅の前で別れた。あたしはそこから地下に下り、彼はそこから、さらに麻布方面へと歩いていった。そう。ずっとそのまま、ちょっと右の方に進路をとれば、たぶんいつかは、表参道に出る。

あたしはふいに、胸の奥で何かがキュッて縮むのを感じて、下りエスカレーターの流れに逆らって、地上に駆け戻った。

左の、麻布方面に視線を飛ばす。くたびれたアルマーニの、小さな背中はすぐに見つかった。居ても立ってもいられなくなったあたしは、結局——。

5

社長室から出てきた島崎一家を、フェイス・プロモーション社員一同は平身低頭、開店時の百貨店店員のように迎え、そして見送った。

世界的映画監督と、大女優と、国民的ミュージシャン。年収ウン十億円の列が目の前を通り過ぎていく。彼ら六人がエレベーターに乗り、そのドアが閉まるまで、梶尾専務以外のフエイス社員は、誰一人として言葉を発することがなかった。

「もう、ここでけっこうですよ……」

監督が手で制したので、見送りに出てきた梶尾も、ではそうさせていただきますと頭を下げた。

扉が閉まり、エレベーターが下りていくと、梶尾は何やら難しい顔で社長室に戻っていった。

彼らはあの部屋で、一体どんなやりとりをしたのか——。

社内の誰もがそれを知りたがった。だが梶尾は、なんだか忙しそうに社長室と自分の机をいったりきたりしているし、社長は社長で部屋から出てこない。結局誰も尋ねられないうちに、何人かの事務員は定時の五時で帰り、夜の仕事がある者は出かけ、人の数は徐々に減っていった。

そんな頃になってようやく、梶尾は自分の机に戻ってコートを手にとった。時刻はもう六時。外はほとんど真っ暗になっている。

「カジさん、もう帰るんですか」

梶尾は無理やりな作り笑いを浮かべてこっちを向いた。

「……ああ。今日はね、塔子《とうこ》ちゃんと同伴出勤の約束してんの」

真島《まじま》塔子は、自殺した城戸薫の恋人だった女性だ。二十五歳のキャバクラ嬢である。

「あの、ちょっと俺、話があるんですけど」

「祐司くん。今の僕は君と十分話をするくらいなら、塔子ちゃんと三分お話をして、七分寿命が縮まる方を選択するよ」

だが、いった直後に何か思いついたのか、さっとカルティエの腕時計に目をやる。

「いや、お前……八時四十分ちょうどに『ドルフィン』にこい。そしたらなんでも聞いてやるよ」

「ドルフィン」は塔子が勤めている店の名前だ。池袋の、ロサ会館の裏手にある。

「ほんとですか……」

「おう。ただし、女の子ウケのいい話に限るけどな」

「……はあ。分かりました」

さて。夏美のバンド話は、女の子的には、どうなのだろう。


祐司は、フェイスプロ内では比較的文才がある方だといわれている。それが事実かどうかは別として、「書くのが面倒なら宮原に頼んでもいい」という風潮があるのは確かだった。

いま祐司が持っている連載は、中沢壱子のパチンコ雑誌のコラム、有田ひとみの女性誌のコラム、同じく有田ひとみのウェブページの一週間日記と、清水彩音の男性週刊誌のコラム、以上の四つだ。

清水彩音の締め切りが今日の夜七時半だったので、それを雑誌社にメールで送ってから会社を出る。

「じゃ、お先に失礼します」

「はい、お疲れさん」

もう残っているのは、大瀧という事務系の男性社員だけだった。

ドルフィンにいっても大したものは食べられないので、代々木のマックで腹ごしらえをしてから池袋に向かった。

ちなみに、梶尾がわざわざ「八時四十分」といったのにはわけがある。

ドルフィンのチャージ料は、八時四十五分を境に一度値上がりする。梶尾は、基本的には誰かを呼んで「俺が奢るんだ」とやるのが好きなタイプだが、でも、それまでは一人で遊びたいという思いもある。そして、どうせ奢るなら安い方がいいし、呼んだ人間がくるのは遅い方がいい。それが「八時四十分」というひと言になったのだろう、と祐司は察していた。

池袋北口界隈をぶらぶら歩いて時間を調整し、二分くらい前になってからビルのエレベーターに乗り込む。

同乗者は、いなかった。

ドルフィンのある五階で扉が開く。途端、目の前には白い薔薇《ばら》と、眩《まばゆ》いばかりのライトと、ビロードとゴールドとミラーで彩《いろど》られた風景が広がる。祐司を迎えたのは、わりと年配の黒服だ。

「いらっしゃいませ。一名様でいらっしゃいますか」

「いえ、待ち合わせなんですが」

「さようでございますか。では、お待ち合わせの方のお名前と、お客様のお名前を伺ってもよろしいでしょうか」

「宮原です。待ち合わせているのは、梶尾という者です」

「梶尾様ですね。かしこまりました。少々お待ちください」

中を覗くと、客の入りはまだ半分くらいだった。

まもなく、祐司は梶尾の席に案内された。奥まったところのボックス席で、周りには塔子の他に三人も女の子がいる。

「あー、宮原さん、お久しぶりです」

塔子は立ち上がり、祐司に二人の女の子の間に入るよう勧めた。

塔子、梶尾、初対面の女の子、祐司、もう一人初対面の娘、向かいの丸椅子にさらにもう一人、という形に落ち着く。

「なんだ祐司、ちょっと早くねえか」

「そんなことないですよ。ぴったりですよ」

え、なに、と塔子が、梶尾のタバコに火を点けながら訊く。

「梶尾さん、ほんとに宮原さんに、八時四十分にこいっていったの？」

「そうなんですよ……」

クスクスと笑いが起こり、はいどうぞ、と右隣の娘が祐司におしぼりを差し出す。

「でもぉ、こちらカッコいい。紹介してくださいよォ、麗奈《れいな》さん」

麗奈というのは、塔子の源氏名だ。スレンダーで、派手な顔立ちの塔子には似合いの名だ。

「うん。こちら、宮原祐司さん。梶尾さんの事務所の、若きホープ……ですよね？」

ちゃうちゃう、と梶尾は手を振ったが、女の子たちはかまわず祐司に名刺を差し出した。

「初めましてェ、アヤです」

「ミキです」

「チエでーす」

で、よろしくお願いします。

「ああ、どうも……宮原です」

そんないっぺんにいわれたって分かんないよ、といつも祐司は思うのだが、気合いの差だろうか、梶尾はこういう場面でも、ちゃんと名前を一回で覚える。初対面の娘が一度に何人きても、まず聞き返すということをしないし、あとで間違えたりもしない。まあ、そんなところにも、芸能事務所運営の才能は見え隠れしている、ということか。

お名刺ちょうだいできますか、といわれたので、祐司は三人に一枚ずつ配った。

「いやーん、でも本当にタイプぅ」

右隣の娘がしなを作って祐司を見つめる。

「あ、ずりーなミキちゃん。俺には一度だってそんなことといってくれたことねーのによ」

ああ、この娘がミキちゃんだったか。

「あん、だって梶尾さんは、麗奈さんひと筋じゃないですか」

っていうかァ、と左隣の娘が割って入る。

「梶尾さんは、カッコいい系っていうより、可愛い系だから」

すかさず丸椅子の娘が「うそーん」と突っ込む。

「なんだよ、うそーんって」

梶尾が怒った振りをする。タイミングよく笑いが起き、塔子が梶尾をなだめる振りをする。そう。好きな振り、嫌いな振り、興味がある振り、楽しい振り、嬉しい振り、美味しい振り——。

梶尾と違い、祐司はこういう店にいるとひどく気疲れしてしまう。ふーっと、騒ぎの輪から後ろに退《ひ》いてしまう瞬間がある。

だが、そんな祐司をちゃんと見ている人もいる。塔子だ。目が合うとクスッと笑い、小さくこっちを指差す。でもそれで、だいぶ祐司は楽になれる。塔子も前にいっていた。本当は、自分もこういう仕事には向いていないのだと。ストレスが溜まってしょうがないのだと。

そんなことをぼんやり思い出していたら、急に梶尾がこっちを向いた。

「そういや祐司、オメーなんか、俺に話があったんだろ」

ああ、そう。すっかり雰囲気に呑まれて、忘れていた。

「ええ、だからその……夏美の、バンドの話ですよ」

途端梶尾は、何かくさい臭いでも嗅《か》いだような顔をした。

「ここまできて、またその話かよ」

だが、ほとんど同時に、

「えっ、夏美ちゃん、バンド作るの？」

塔子は嬉々《きき》とした表情で祐司に訊いた。

「いや、作りたいって、夏美はいってるんだけど」

「けど……梶尾さんが反対してるの？」

そっと塔子が肩に触れると、梶尾の顔から嫌悪感のようなものが抜け落ちていく。

「……いや、反対ってんじゃないんだけどね、麗奈ちゃん」

「じゃあ、オッケーしてあげる？」

梶尾の手を握り、じっとその目を覗き込む。

塔子は夏美と大の仲良しだ。友達以上、姉妹未満。

これは、実はなかなかいいシチュエーションなのかもしれない。

だが、梶尾もなかなか頑《かたく》なだった。塔子の手は握ったまま、顔だけ祐司に向け直す。

「いや、正直な話よ、さっきの島崎一家の訪問で、またちょいと面倒が起こりそうなんだよ。だからまあ、その辺も含めてな……」

島崎一家って？　と左隣の娘が訊く。

「……ああ、だから、映画監督の島崎潤一と、女優の香川よう子と、島崎ルイだよ」

「ええーッ」

「梶尾さんて」

「島崎ルイともお仕事してるんですかァ？」

急に、塔子以外の三人が前に乗り出す。

「お？　おお……まぁな。今日、あっちから訪ねてきてよ……」

と、そこまでは得意げだったが、

「えー、ほんとにーッ」

「やっぱ可愛いんですか？」

「顔とかってちっちゃいの？」

「あのほら、破局の噂ってほんとなんですか？」

異常なまでの「ルイ効果」に、梶尾はすぐにタジタジとなった。彼でさえそんななのだから、祐司の割って入る隙などあろうはずがない。やっぱり駄目か――。

そのとき、ふいに塔子が「アイスお願いしまーす」と黒服に右手を挙げた。だがなぜか、祐司は逆に、彼女の膝の陰でちらっと動いた、左手の方が気になった。

黒服が、目で頷いて店の表の方に歩き出す。

まもなく、別の黒服がテーブルにやってきた。

「……お客さま、大変申し訳ございませんが、少しの間だけ、ミキとアヤとチエを、お借りしてもよろしいでしょうか」

梶尾はすぐに、納得した顔で頷いた。

「ああ、かまわないっすよ」

「恐れ入ります……さ、ミキさん、チエさん、アヤさん、こちら、お願いします」

じゃほんのちょっとだけ、すみませーんと、三人の女の子はそれぞれ別のテーブルに散っていった。

これは、ひょっとして、人払いか？　だとしたら、塔子に礼をいわなければならない。ただどういうわけか、彼女はなかなかこっちを見ない。

まあ、礼はあとでもいい。

祐司はとりあえず、先の話題を継いだ。

「でその、面倒って……そもそも、島崎一家は今日、うちに何をしにきたんですか」

梶尾が頷きながらタバコを銜える。塔子がすっとライターの火をあてがう。

「……社内では、カジさんが、ルイの移籍に何か根回ししたんじゃないか、なんて話も出てますけど」

ぶほっ、と煙が吐き出される。

「ん……なんだそりゃ」

「だから、カジさんは、ルイと秋吉が破局するっていうのを早々とどっかで耳にしてて、それで水面下で、獲得に動いていたんじゃないかって」

梶尾は違う違うと手で煽《あお》いだ。

塔子が手早く氷水を作って差し出す。梶尾はそれを三口で飲み干し、ありがと、とその手を撫でた。

「……誰だよ、そんなことといってんのは。あのな、フェイスの周りで起きることはなんでも、俺が裏で糸引いてるわけじゃねえんだ。今回の話は、完全にあっちから振ってきたんだ。俺は指一本動かしちゃいねえよ」

「と、いいますと……?」

梶尾は鼻息を吹くようにして笑った。

「だからよ、あれはあの、バカ親二人が先走ってのことなんだよ。ま、ルイと秋吉の関係が壊れちまってるってのは本当らしいが。一説によると、十六歳の新人に、秋吉が手を出したのがバレた、とかなんとか……」

ふた口くらい吸って、すぐ灰皿に押し潰す。

「……ま、それはさて置き。問題はよ、この前テレビでもいってた通り、秋吉が所属事務所の取締役も兼ねてるってことなんだよ。なんでも、ルイとエクセル・レコードとの契約はまだアルバム一枚、シングル三枚分残ってるってのに、事務所の方は一切ルイから手を引いちまってる状態らしいんだ。……実際、一人じゃなーんもできねえお嬢チャマらしいからな。そこで親の方が、ウチのルイちゃんをよろしくお願いしますって、連れてきたわけよ」

なるほど。

「でまあ、エクセルとの残り契約を消化するために捻《ひね》り出された案が、ライブ版CDとDVDの同時発売って企画なわけさ。単価ベースで見れば、三枚のシングルと一枚のDVDは充分に差し替え可能だ。つまり、一回だけコンサートをやって、それをCDとDVDに収録して売り出せば、綺麗さっぱりエクセルとの契約は消化できるって寸法だ。何やら、やっつけ感丸出しの企画だが、これを言い出したのはどうも、あの島崎監督自身らしい。……ただ知っての通り、ルイは今まで、生のステージもテレビ出演もしたことのない特異なアーティストだ。メディアへの露出はインタビューとプロモビデオのみ。どういうステージをやるかってのが、当面の問題なんだが」

そこで梶尾は、ピンと人差し指を立てた。

「……で、面白《おもしれ》えのはこっからだよ。彼女はそもそも事務所なんてのはどうでもいいと考えてたようだが、ウチを訪ねてみようと決めたのは、どうやら、夏美がいるかららしいんだな」

「えッ？」

「そう、なんですか」

思わず塔子と目を見合わせる。

「ああ。なんでも、アマチュア時代のライブをたまたま何かで観て、すごい女の子もいるんだなって、印象に残ってたらしいんだ。で、そこにきての、今回のCMだよ。一発で、あの娘だ、ってピンときて、バックバンドのギタリストはあの娘にしたいって、もうそこだけは、決めてきたらしいんだ」

一応話は繋がったが、さっきの様子では、とてもではないが夏美は、ルイのバックでギターなど弾きそうにない。

「ルイと夏美ちゃんが共演か。……なんか、ワクワクするね」

いや、と梶尾は顔をしかめた。

「まだ俺は、オッケーを出したわけじゃねえんだ。ルイ獲得までには、まだまだクリアしなきゃならない難しい問題が山ほどある。それができるかどうかも分からないのに、夏美だけ貸す約束をしちまったら、こっちが馬鹿を見る。こっちはこっちで、夏美のデビューを予定してんだからよ……」

ぐっと梶尾が水割りを飲み干す。そのグラスを、塔子が両手を添えるようにして受け止める。

「ちなみに夏美の、今後の予定はどうなってんだ」

祐司は慌ててポケットの手帳を探った。

「あ、ええ……ええと、明日ですね、夕方から、白広堂の藤巻さんたちと会食の予定が入ってます。この前の撮影のあと、打ち上げやろうっていうのを断っちゃってるんで、その仕切り直しです」

急に、祐司は不安になってきた。

夏美は、この予定をちゃんと把握していただろうか。

第３章

また一人になる　懐かしい溜め息
悲しみじゃない気分……何度目だろうね
こんなふうにあなたの　記憶をたぐり寄せ
昔見たドラマの場面と　どっかごっちゃになってる

眠れない夜は　あなたがついた嘘
見抜けない芝居続けてたらって思うよ

あの日　別れ際　問い詰めたことさえ
もうどっちでもいいのに……心　三日月の形
思い出すたび傷つき欠けていく
楽しかったことなんて　もうとっくにどっかいっちまってる

眠れない夜は　あなたがついた嘘
見抜けない芝居　続けてたらって思うよ
いっそ忘れた方がいいよね
せめて三日月が星屑になる前に……

誰もいない海に　取り残された小舟みたい
三日月が揺れてる　涙で滲んで
いっそ忘れた方がいいよね
せめて三日月が星屑になる前に……

1

で結局、あたしは父親のあとを付けてきちゃってるわけ。

最初はさ、物陰に身をひそませながらとか、ガラスに映ってバレないようにとか、いろいろこっちも工夫してみた。でもあれね、うちの父親に限らず普通に歩いてる人って、後ろのことなんて、全然気にしないのね。尾行なんてちょれーって、マジで思った。五分くらいやったら、なんか段々つまんなくなってきて、気がついたら欠伸《あくび》しながら歩いてた。

ってことは逆に、あれなのかな、うちの父親、借金取りに付け回されたりしてるわけじゃないのかな。だって無防備すぎるよ、あの背中。警戒心ゼロ。危機感とか悲愴感とか、その手のものは一切漂《ただよ》ってないし。どっちかっつーとお気楽。ふらっとコンビニに入ってみたり、パソコンショップ覗いてみたり。でも買いはしない。何一つ。どうも、貧乏だけは間違いなさそう。

十五分か二十分かかって、ようやくあたしらは国道二四六号線まで出てきた。彼はそのまま横断歩道を渡って、なにやら真っ直ぐ、細い道に入っていく。ほんでズンズン、住宅街を突き進んでいく。まあ、それはいいっすよ。表通りに面した高級マンションにでも住んでられたら、逆に腹立つからね。

で、二、三度路地を曲がって、ようやく彼は、自分の住居らしき場所に足を踏み入れた。その名はズバリ、昭和荘《しようわそう》——。

どうなのこれ。あたしには、ほとんど廃墟《はいきよ》にしか見えないんですけど。

真っ黒にかびたブロック塀。その向こうのせまい通路。見上げた外壁には無数のヒビ。垂れ下がった雨どい。震度三でも倒壊の危険がありますから明日にでも退去してください、って感じだけど、でも一応、住所は聞いた通りだった。まあ屋根がある分、ホームレスよりはマシか——なんて、思ったあたしが甘かった。

「オラッ、ちっと待てやカシワギィ」

ヒィーッ。なんか、うちの父親が階段を上ろうとした瞬間、いきなり物陰から見上げるほど大きな男が現われて、そんで、後ろから首根っこつかまれて、無理やりせまい通路を通らされて、裏の空き地に連れていかれてしまった。そこはまだ更地《さらち》になったばかりなのか、土も湿った感じで真っ黒だ。

うちの父親は、そもそもあんまガタイもよくないわけで、腕力にも体力にも縁のない人だから、せっかくそこで首根っこ離してもらったのに、なんか、それだけで転んじゃって。

あたしは——もちろん、きっちり塀の陰に隠れて見てました。下手に助けに出てって、巻き添え喰ったら嫌だしね。つかまってソープにドボン、なんてなったらシャレになんないし。でも応援はしてた。心の中で。お父ちゃんしっかりィ、って。

「聞いてんのかこのジジイッ」

大男が、バスッと地面を踏み鳴らす。うひっ。

親父、いつのまにか土下座状態になってます。が、

「……聞いてます」

あれ？　なんか見た目より、落ち着いてるかも。

「だったら利子くらい入れろっつってんだコノヤロウ。今月入れねえと、四百万の大台だぞコラ」

え、四百万――？

「来月には、必ず」

「ってテメェは先月も先々月もいって、結局一円も入れてねえだろうが。だいたいテメェ、ちゃんと働いてんのか。アア？」

「返す当ては、ありますから」

「また、なんとかトレードの話か？　だったらそれでさっさとひと儲けしろよコラッ。テメェがそれ言い出してから、もう半年だぞ。あの時点でちゃんとウチが紹介した現場で働いてりゃ、こんなことにはならなかっただろうが、このバカヤロウがッ」

あのぉ、さっきから伺ってますと、大男さん。声の感じからすると、年はわりと若そうなんですが、仰ってることは、なんかとっても、まともですのね。よく見てると、実際には一

発も殴ったり、蹴ったりはしてないみたいですし。

「来月には……」

「だからよ、そのなんとかをやりながら働けっていってんだよ」

「あれは、なかなか手間のかかる仕事なんです」

「んなこと俺が知るかバカヤロウッ」

「来月、必ず来月にはお支払いいたします」

「舐《な》めてんじゃねえぞコラァ」

　柄はともかく、社会的には真っ当なことをいっている大男さんと、まるで弱者のように見えますが、実はけっこうタチ悪いかもしんないうちの父親の対決は、今日もドローかよ、みたいな灰色の余韻《よいん》を残しつつ、ものの十分くらいで終わった。

　大男さんが完全に立ち去ったのを確認したあたしが、

「……お父さん」

　実父の悲惨な現実を知ってショーック、みたいな顔で出ていくと、

「夏美……見てたのか」

　彼は「参ったな」みたいに頭を掻いて笑った。そう、こういう場面でも笑っちゃうのだ、この人は。はっきりいってサイテーです。

「……もうちょっと、あたしと話、しようか」

「いや、でも、父さんの部屋、せまいから」

「この外観で、中が立派だったらかえって気持ち悪いよ」

「……うん、まあ、そうだな。いうほど、悪い部屋でもないしな」

それ、誰に対する言い訳よ。もう、わけ分かんない。


「お茶、切らしてるんだ」

「どうぞ、おかまいなく」

分かったこと、その一。あたしの父親、柏木春彦は、決して嘘つきではなかった。住所はほんとだったわけだし、昨日の「眺めのいい部屋」という表現はともかく、日当たりがいいというのは本当だった。っていうか、シャレになんないくらい強烈な日差しが射し込んでくる。

「そこ、眩《まぶ》しくない？」

「私は、大丈夫だよ。慣れてるから」

布やレースのカーテンはなし。あるのは、極めて情報量豊かな紙製のカーテンのみ。しかも、何枚かをセロファンテープで貼り合わせるという、大胆なパッチワークスタイルを採用している。どうやら阪神が優勝した日のものみたいだけど、今は陽光で透《す》けて、裏面の情報とごっちゃになってよく分かんなくなっている。そしておそらく、開閉機能はなし。いわゆる「貼りっぱ」。いや、塞いでいる、という表現の方が正しいか。

「……隣、更地になる前は、なんだったの」

「先週まではボロ家が建ってた。お陰で明るくなった」

「それまで、ここは？」

「うん。真っ暗」

とても怖くて口にできないけど、あたしは、近々ここも取り壊されるような気がした。そういう「死相」みたいなものが、建物全体に漂っている。

ちなみにここは二階の二〇三号室。昭和荘は、一階二階合わせて全部で八戸の木造アパートだ。そして気になるこの部屋の間取りは、ズバリ、四畳半ひと間。畳はタバコのヤニが沁み込んだような薄茶色。トイレと流し台、コンロ台はあり、お風呂はなし。押し入れはあり。でも、雰囲気はとてもゆったりしている。なぜか。家財道具と呼べるものが、たった三つしかないからだ。

布団、パソコン、ボストンバッグ。そんだけ。

「そのパソコン、どうしたの」

「……フリー、マーケット……みたいなとこで、ゲットしたんだ」

ゲット、とかいっちゃうんだ。

「つつーか、拾ったの」

「……うん」

パソコンの横には、これもたぶん拾ってきたんでしょう、「新日本経済」という雑誌が置いてある。特集記事のタイトルは「デイ・トレーディングにチャレンジ」。あたし知ってる。それ読んで、その気になった人。

「……お父さん。ここ、電気はきてるの」

「うん。それは、大丈夫」

そうよね。だって、パソコンだって繋がってるんだもんね。

「インターネット、できた？」

「ん？　ん……うん、それは、もうじき、来週辺りを目処《めど》に、目下挑戦中なんだ」

「でも確か、固定電話は、引いてないんだよね」

「うん。……だって、今の若い子だって、あんまり使わないっていうじゃないか。固定の電話は。父さんも、今はそういうライフスタイルを取り入れて、やってみてるんだ」

ああ。もう、ものすごい破綻が生じていることを、この人はまだ自覚していない。

「……お父さん。インターネットって、電話線を繋がないとできないって、知ってた？」

あたしたち親子は一斉に、電源コードしか繋がっていないパソコンに目をやった。

「……ソリティアって、ゲームが入ってってね」

「話そらさないで」

でもまあ、無理もないか。きっとこの人、パソコンだけしか扱えなくて、取扱説明書とか持ってないんだろうしな。

あたしはパソコンなんて、前にバイトしてたスタジオとか、今は事務所でいじる程度だけど、自分で設置するのってけっこう大変だって、みんないってるもんな。なのにこの人ってば、経済誌読んで、パソコンさえあれば、家にいながらにして株取引ができる、みたいに思い込んじゃったんだ。きっと。

「……ねえ、なんか着れば」

「ああ、うん……」

今この人がどんなふうかというと、ワイシャツにパンツ、靴下という、情けなーい恰好なのね。自慢のアルマーニは、軽く水洗いされたのち、紐に通されて、今は壁際に吊るされている。

ふいに目の前で、排水口に水が抜け落ちる瞬間みたいな、ズゴォーッて、ものすごい音がした。

信じ難いことですが、どうやら今のは、腹の虫だったようです。むろん彼の。

そういえば、もうお昼じゃん。まだ鳴らないけど、あたしもお腹減ったよ。

「……なんか、買ってこよっか」

普通の親だったら、じゃあって自分でお金出すところなんでしょうけど、

「ああ、そう、だね。たまには、娘にご馳走《ちそう》してもらうってのも、素敵だな、うん」

すっかり奢られる気になってるし。っていうか、たまにとか、そういう頻度の問題じゃないし。あと、素敵ってなに。


お弁当も売ってるチャイニーズ・レストランがあったんで、そこで買ってきてやった。中華丼とマーボー豆腐丼。どっちがいいって訊いたら、中華丼だって。

「……ん、これはなかなか、本格派だな」

文句いったらどうしてくれようかと思ったよ。けっこういい値段したんだかんね。

「うん……あたしのも……けっこう、美味しいよ」

でも、あたしはなんか半分くらいで、もうどうでもよくなってきちゃった。

「どうした。若いんだから、ちゃんと食べないと……」

っていいながら持ってってちゃうあんたは何者よ。

「ねえ、お父さんさ」

聞こえてんだかいないんだか。あたしのマーボー丼に夢中でこっちなんか見やしない。

「さっきの人、なに」

一瞬だけプラスチック製のレンゲの動きが鈍ったけど、またすぐ再開。

「……うん。橋本《はしもと》興行っていう、いろんなことやってる会社の人だよ。……父さんに、投資、してくれててね」

どうして素直に「街金から金借りた」っていえないの。

「それが、四百万なの？」

「あ？　……ああ、聞こえてたのか」

「いつまでに払わなきゃいけないの？」

「んん……いや、いいんだよ……あんなのは」

ちょっと、ブチッときた。

「ねえ、金貸してくれた相手に、あんなのって言い草はないんじゃないの」

すると、なんてことでしょう。親父は顔をしかめ、あたしを正面から見据えた。

「夏美。父さんに、そんな乱暴な言葉遣いをしてはいけないよ」

「お金貸してくれて返済待ってくれてる人を、あんなの呼ばわりする方がよっぽどどうかしてると思うけど」

「夏美は、借金取りの味方をするのかい」

んもー、ブチブチッ。

「あたしはね、誰かの好意を当てにしたり、曖昧なままズルズルやるのはよくないっていってるの。っていうかキライなのよ。そりゃ……あたしだって、誰かの好意に甘えることはあるし、周りと持ちつ持たれつってとこもあるけど、でも、誰かのお金を借りて、それを返せっていわれてるのに返さないで平気だなんて、そんなの、絶対変だよ」

いっとくけど、あたしは借りたら返す主義だかんね。一応、覚えてる範囲でだけど。

彼は、マーボー丼を最後まで食べてから反論に転じてきた。

「……夏美。借金というのはね、決して恥ずかしいことでもなんでもないんだよ。今の世の中、ローンのない人の方が少ないくらいだし、株だってね、あれはある種、会社が株主に借金してるのと同じなんだから。国債なんて、国が国民にしてる借金なんだよ。借金は、あって当たり前くらいに考えた方がいいんだよ。広く社会を見渡すと、名目は出資とか、投資とかいろいろだけれど……そういうものは、誰かが初めにやらなければ、世の中は回っていかないんだ。父さんは、確かに今、人様にお金を貸していただいてる」

「丁寧にいやぁいいってもんじゃないでしょ」

それでも彼は「聞きなさい」と偉そうな態度を崩さない。

「……でもそれはね、あっちにとっても、ビジネスなんだよ。貸すのがあっちの商売なの。そして、ああやって取り立てにくるのも、彼の一つの仕事なんだよ」

「ヘリクツいわないでよ」

「ヘリクツだって立派な理屈だよ」

あー、ムカつく。なんかよく分かんないけど、すげームカつく。

「っていうかお父さん、いま働いてないの？」

「だから働くっていうより、これをやろうと思ってるんだよ」

「だってそれ、繋がってないじゃん。ネットできてないじゃん」

「これからだよ。これから」

「あの人、もう半年になるっていってたけど」

「半年くらいなんだね。結果を焦っちゃいけないよ」

「もォいいッ」

あたしは膝立ちになり、シザーバッグを引っくり返して中身を全部出した。財布を拾い、札を抜いて全部差し出す。

「とりあえずこれで利子だけでも払ってッ」

たぶん七万くらいある。ひと月の利子がどれくらいかは知らないけど、ないよりはマシなはず。

「そんな、夏美……」

って、拒否すんのかと思ったらやんわり受け取ってるし。

「今日はどうにもなんないけど、今度プリペイド携帯買って持ってくるから。それからネットについては、あたしもあんま詳しくないから、誰かに訊いて調べといてあげる。……でも、とにかく何より、なんかやってちょっとでも働きなよ」

うーん、と首を傾げる。

「……でも父さん、肉体労働向いてないんだよ」

んがァーッ、イライラするッ。

「向き不向きでやんないで済むんだったら、誰も肉体労働なんてやんないっつーの。……それから、借金に関しては、今すぐあたしにどうこうできる額じゃないから、ちょっと考える。考えるから、力になってあげるから、だからお父さんも、もうちょっとシャンとして、ちょっとは働いてよ」

実の娘がここまでいってるのに、それでも「うーん」って煮え切らない。一体、どういう神経してんのよ。

とそんとき、畳の上の携帯が「パープル・ヘイズ」を奏《かな》で始めた。拾って開くと、宮原からだった。

「はァーい、もしもォーしッ」

一瞬の沈黙。うるさそうに携帯から耳を離す奴の様子が目に浮かぶ。

『……ああ、夏美。あの、今夜、白広堂の藤巻さんたちと、会食って予定……知ってるよね？』

んあ？　そんなんいわれてたっけ。

「……ああ、知らなかったけど、別にいいよ。どうせ予定なんて、ふた月先までないんでしょ」

『そんな言い方しないでよ』

「いいから。何時にどこよ」

『うん。夕方六時に、道玄坂の「ブラック・ヴェルヴェット」って店なんだけど、分かるかな』

「知らないけど、メールで住所送って。そしたら適当に調べていくから。ちなみにどんなカッコしてきゃいいの」

『ちょっと綺麗めがいいかもな』

「あいよ。じゃ、ちょい取り込んでっから切るよ」

『ああ……』

ぴっ。まったく、タイミングの悪い奴だ。

「……仕事か？」

ちょっとあんた、なに落ち着いて札の向きそろえてんのよ。

「うん。とりあえずそういうことだから。マジで、お父さんもがんばってよホント」

あたしは、散らばった小物をまたシザーバッグにしまってから立ち上がった。

まだ時間には余裕があったし、着替える都合もあったから、あたしはいったん千川のアパートに帰った。

滅多《めった》に着ない、白黒ツイードちょいタイトめのスカートと、ローゲージのふわっとした白いニットを引っ張り出して着て、いつもよりワントーン白いファンデを塗ったくったら、あら不思議、お嬢様にプチ変身。ってか元々お嬢なんだよあたしは。

　ほんで黒のロングブーツ、ハーフコートは白。これはね、あれよ、ラビットファー付きのアンゴラ混で、マルキューのバーゲンで後ろから殴られても絶対に手放さなかった命のイッチョーラよ。

「オオッ、夏美ちゃん、カッワイーな今日はまた一段と」

　六時ちょうどに店に入ると、もう白広堂の藤巻さんとか、制作会社の天野さんとか、その他スタッフも全員席についてた。全部で十人ちょいいる。

「すぐ分かった?」

　宮原も、今日はくたびれたセーターじゃなくてスーツを着てます。あんたそうしてっと、案外いい男ふうじゃん。

「うん。けっこうすぐ分かった」

　ブラック・ヴェルヴェットというこのお店は、どうやらピアノの弾き語りが売りみたいね。ホール状のそこそこ広い間取りで、奥の方にステージがあって、白いグランドピアノが置いてある。内装は落ち着いた感じの木調で、あたしはステージのよく見える、右奥の席に座らせてもらった。

「では、柏木夏美さんの、アミノスウェットCM大ヒットと、第二弾の制作開始を祝しまして」

え？　藤巻さん、第二弾ってなに？

「乾杯」

「カンパーイ」

あわわわ。なんかよく分かんないけど、この乾杯が即契約を意味するなんてこともあるまい。

「……かんぱい」

で、しばらくはご歓談っていうんですか、ややフレンチな感じの創作料理を楽しみました。

一応、他社の人がいる場での飲酒は禁じられてるんで、あたしはアイスティーにした。そしたらちょうど七時から、第一回目のショーが始まった。急に暗くなったんで、あたしは慌ててメインディッシュの残りを掻っ込んだ。暗いと、なに食べてっか分かんなくなるからね。

えーと、唄うのは、井場江利子《いばえりこ》さんって方です。ショートボブの、やけに首の長い、でも綺麗な人。黒いドレスがよく似合ってます。まさに「ミス・ブラック・ヴェルヴェット」って感じです。ああ、そういや弾き語りじゃないっすね。男性ピアニストが別にいるわ。

《こんばんは。井場江利子です……》

シャンソンなんてバァちゃんの音楽かと思ってたけど、けっこう若いよ、この江利子さんは。三十歳、なってないかもしんない。

とろぉん、とイントロが鳴る——。

でも、なんとあたしはその一発で、イッちゃったっていうか、感じちゃったっていうか。なんか、裸にされて、あったかく包まれちゃったっていうか。あるいは相手もいないのに、恋をしてしまったというか、そんな感じになってしまった。でもこういう感覚って、音楽やってると何度かあるもので。それって何かっていうと、つまり、感動的な出会い、なわけです。

いい。このピアノ、すごくいい——。

頭の芯で、泡が弾けていくみたい。

悪いけど、もう江利子さんの歌なんて全然耳に入ってこないわけ。いや、江利子さんも普通に上手いんだけど、それはこのピアノが作り出している、羊水《ようすい》みたいに心地好い音空間あってのものであって、そういった意味じゃ、まさにこれをバックにして唄える江利子さんって、羨《うらや》ましいっていうか、なんていうか。

ああ、これ、マジで気持ちいい。

誰もいない温水プールで、一人たゆたうような浮遊感。

そのプレイを、冷静かつ技術的に分析することも不可能ではないんだけど、あたしは、ただひたすらこの店内に充ちている、絶対快感温度を持つピアノの音色に酔い、揺られていたい気分だった。

ほんと、とろけそう――。

でも、そんな至福のときを邪魔する人間ってのも、世の中には確実に存在する。

「大丈夫？　酔った？」

宮原、あんたなにいってんの。今日はあたし、酒飲んでないでしょうが。

「……ねえ、このお店予約したの、誰」

宮原はちらりと周りを見てから、あたしに耳打ちした。

「……藤巻さん、だと思うけど」

「このピアノ弾いてるの、何者か訊いて」

すると宮原は、向かいにいる藤巻氏に「すみません」と尋ね、彼はステージをちょいと振り返って、ん？　と眉をひそめた。

「あれ、もしかして、ガクじゃないかな……」

「へ？」

宮原、あんたの反応は正しい。あたしも分かんない。

「ガク、さん、と、いいますと？」

藤巻氏は今一度ステージを見て、間違いないことを確認したみたいだった。

「あれ、知らないかな、十年くらい前にさ、『嘘と三日月』って曲でデビューして、そのまま引退しちゃった、ガクだよ。芸名は、ローマ字で『GAKU』だったけど」

宮原は「ああ」と納得の声を漏らした。

「ねーむれ、なぁーい、夜は……ってやつですよね」

ああ、それか。知ってる知ってる。聴いたことある。

「上手いじゃない、宮原くん。そう、そのガク。本名は井場タケヒコっていって、いま唄ってるのは彼の奥さんだよ」

はっはぁ、夫婦デュオですか、と思ったらどうもそうではないらしい。

「でも初めて見るな、ガクが弾くのなんて。いつもはこの店のお抱えか、江利子ちゃん本人が弾くんだよ」

藤巻さんは、赤ワインをひと口含んでから続けた。

「……あれね、ガクってのは、世間では一発屋みたいにいわれてるけど、次を出したのに売れなかったとか、そういうんじゃなくて、急に、もうやらないって、本人の意思で引退しちゃったクチなんだよね。その後もいろんなところがオファーしたみたいだけど、絶対に、表舞台には出てこなかった。だから、これはちょっと、珍しいことなんじゃないかな……」

案の定というかなんというか、二曲目の「サン・トワ・マミー」を唄い終えた江利子さんが、その辺の事情を話し始めた。

《今日のピアノは、私の、人生のパートナー……井場、タケヒコが、弾いてくれてます

……》
ゆったりしたリズムのトーク。客も同じノリの拍手を返す。座ったままの井場タケヒコにピンスポットが当たる。よしてくれ。そんなふうに彼は手を振り、小さく客席に会釈をした。
《今日は、私の、三十二回目の、誕生日で……それで彼に、特別におねだりして、弾いてもらってます》
あたしは、十年前の「GAKU」がどんな顔だったかは記憶にないけど、今そこにいる井場タケヒコは、細面《ほそおもて》の、無精ヒゲがセクシーな、いい感じの「大人の男」に見えた。あの人が、あのピアノを弾くんだ。なんかそう思うだけで、あたしはすごい、素直に感動できた。
《それでは次……まだ、早いかしら？　「愛の賛歌」……いいわよね、タケヒコ》
いいわよね、タケヒコ——。
これって他の人がいったら、けっこうサブイボもんの台詞《せりふ》だと思うんだけど、でも江利子さんがいうと、あんま違和感がない。不思議にいい感じ。
《では……「愛の賛歌」》
あたしはそんなシャンソンのミニコンサートを、心から楽しんだ。
不甲斐《ふがい》ない親父のことも、その間だけはすっかり忘れることができた。

2

夏美の様子は、明らかに変だった。

妙に緩慢な瞬《まばた》き。意識が遠退《とおの》いたような、ぼんやりとした表情。挙句、酔ったのかと訊くと、「このお店予約したの、誰」という見当違いな質問を返してくる始末。

だが唄い手、井場江利子の紹介でスポットを浴びた井場タケヒコ、彼を見る目つきで、ようやく祐司は悟った。

夏美は、彼のピアノに聴き惚れていたのだ。うっとりと、その音色《ねいろ》に酔っていたのだ。

それからも夏美の、あと少しで眠りに落ちてしまいそうな状態は続いた。

「どうしちゃったの、夏美ちゃん」

藤巻や天野に訊かれても、まさに酔っ払いのような、鈍い笑みを浮かべるだけ。

「うん……今日は、いい日かも……ありがとう、ございました」

ぐでん、と前屈のようにお辞儀をする。

心配したのか、藤巻は店を出た途端、祐司の肘を引っ張った。

「どうしちゃったの、彼女。大丈夫なの？」

「あ、ええ……なんか、あの演奏に、すっかり酔いしれているみたいですね」

「いつも、あんな夏美は」

「いや、いつも、ではないです。……っていうか、僕も初めてです。あんな夏美は」

と、そこで祐司の携帯電話が鳴った。開いて見ると、梶尾の携帯からだった。

「もしもし」

『オイお前ッ、今どこにいるッ』

ものすごい大声だ。

「どこって、渋谷ですけど」

『なんで渋谷なんだよ』

だからCMの打ち上げで、と答える間もない。

『夏美は一緒か』

「一緒ですよ。だから打ち……」

『じゃ今から六本木のテレビ太陽に連れてこい。タクシーなら二十分もあれば着くだろ。もう玄関の受付は閉まってっから、駐車場の方の警備員室でパスもらって入ってこい。名前いったらもらえるようにしとくから』

「はあ、分かりました……でも、なんなんですか、急に」

『話はあとだ。さっさとタクシーつかまえろッ』

祐司は、待ち受け画面に戻った携帯と、ふにゃふにゃと辺りを徘徊《はいかい》している夏美を見比べた。

「今の、カジくんでしょ。相変わらず声でけェな」

藤巻は笑った。祐司も、なんとなく苦笑いを返した。

「ちょっとなによ。まだ仕事あんの？」

夏美は、タクシーの中でようやく正気を取り戻した。

「うん……と、思うよ。こんな時間に、テレビ局で遊ぶ人なんていないでしょ」

時刻はすでに八時半を回っている。

「肝試し、とか」

「季節はずれだね」

「隠れんぼとか」

「みんなまだ働いてるんだから、真面目に頼むよ」

六本木、テレビ太陽新局舎。通りに面した壁が全面ガラス張りというので有名な建物だ。

祐司は梶尾にいわれた通り、駐車場入り口でタクシーを降り、警備員室を覗いた。

「恐れ入ります。フェイスプロの宮原と申しますが、入館許可証をお願いしてあると思うんですが」

帽子の下から見事な白髪をはみ出させた警備員は、「ちょっとお待ちください」と眼鏡を掛け直してリストを注視した。

「……宮原さん、宮……あ、ありました。宮原さんと、他一名様ですね。ええと、入って右手のエレベーターで四階、三十二サブをお訪ねください」

「はい、分かりました」

首から提げるタイプのパスホルダーを二つ渡される。夏美は「あたしはその他かよ」と口を尖《とが》らせたが、無視して中に入った。

テレビ太陽には何度かきたことがある。エレベーターの位置も、建物の大まかな構造も分かっている。四階までエレベーターで上り、降りたところで館内見取り図を確認する。三十二サブの場所はすぐに分かった。「サブ」がどういう意味なのかはよく知らないが、たぶん、控え室か事務室みたいな部屋だろう。

壁の白と、カーペットの鮮やかなブルー。窓がないわりに、妙に明るい真っ直ぐな廊下。まるで子供の頃に見た、SF映画に出てくる宇宙船の内部のようだと、祐司はいつも思う。

「32サブ」と書かれたドアを見つけ、ノックする。

「フェイスプロの、宮原です」

中から「入れ」と梶尾の声が返ってきた。

「失礼します……」

イメージしていたのとは、ちょっと違っていた。三十二サブは、いわゆる会議室のような部屋だった。

大きな楕円テーブルの周りには、知った顔が何人か座っている。梶尾と、その向かいにはテレビ太陽の名物プロデューサー、舘山篤志《たてやまあつし》。他にはスタッフらしき男が二人と、

「……あっ」

なんと、島崎潤一と、島崎ルイがいた。先日のボディガードのような二人は、部屋の端でパイプ椅子に腰掛けている。

「ま、お前らも座れ」

祐司は一応、舘山らと名刺交換をしてから、夏美と一番手前の椅子に座った。他の二人は、制作会社のディレクターだった。

「とりあえず私から、簡単に事情を説明しちゃっていいですか」

梶尾が訊くと、舘山は「お願いします」と渋い顔で頷いた。

「……っていっても、何から話すべきかな」

彼の手元の灰皿は、もういつ崩れてもおかしくない小山になっている。

「まあ、宮原……昨日お前には、こちらの島崎ルイさんと、所属事務所のアスカ企画との間に、ちょっとしたすれ違いが起こってることは話したよな」

そう。梶尾にも一応、外向きの顔というのはある。

「はい、伺いました」

「今日ここにいる方々が、何を問題にしているのかというと、アスカ側との交渉で合意に至っていた、ルイさんのテレビ初出演という話が、実は、ルイさん本人には伝わっていなかった……ということなんだ」

ルイが、気まずそうに目を伏せる。

夏美は、あっちを見たりこっちを見たり、まるで落ち着きがない。

「……その、テレビ初出演というのは、具体的には」

「J・POPステーションの、大晦日《おおみそか》年越しスペシャル。つまり、NHK紅白の裏番組ってわけだ。ルイさんの出演はその目玉企画。ちなみに番組内ではずっと、大晦日には、とんでもないサプライズゲストの出演を予定している、と予告してきたんだが、ついに昨夜のオンエアで、それが島崎ルイさんであることを明らかにした……観たかそれ、宮原」

祐司は、すみません、観ていません、と頭を下げた。その時間は塔子の店にいたのだから、観ていないのは梶尾も同じはずだが。

「新聞の芸能欄でも、大きく取り上げられてたぞ」

今朝祐司は、早くから有田ひとみの握手会の手伝いにいっていた。新聞を読む暇などなかった。

祐司は、重ねて頭を下げた。

「まあいい。……で、普通に出るだけならば、既存の曲のオケを流して唄えばいいんだろうが、ご丁寧にもアスカ企画は、新曲発表を兼ねての出演なんてのはどうですか、と話を持ちかけていた」

なんと――。

「当然番組側は、そういう方向性で受け取ってるから、そのまま、昨日のオンエアで発表してしまった。島崎ルイさんがテレビ初出演、しかも新曲を初披露、とな」

もう、ルイはほとんど半泣き状態だ。

「……それをルイさんは、たまたまリアルタイムで観ていて、お知りになったと。それで慌てて局に連絡を入れて、このミーティングを持つことになり、私も相談役として同席することになったわけだ。

困ったことに現状、ルイさんに発表できるような新曲のストックはない。まあ、曲だけなら今からでも書けばいいんだろうが、それでも番組出演時に必要となるオケがない。作ろうったって契約上、アスカ企画とエクセル・レコードを通さないと、ルイさんの楽曲は他社には録音できないことになっている。その点はさきほど、ルイさんの弁護士さんに確認をとってもらった」

誰にともなく、ルイが頷く。

梶尾が、短い溜め息をつく。

「……だから、そういった面ではウチも、お力添えできない」

夏美は隣で「やれやれ」とかぶりを振り、下を向いた。

祐司も、思わず溜め息をついた。

おそらくこれは、単なる連絡ミスから生じたトラブルではない。そう、祐司は察していた。秋吉ケンジという男の、底知れぬ悪意。そんなものが、この問題の裏側にはひそんでいるのだろう。

「じゃあ、どうするのが、いいんですか」

梶尾は緑茶のペットボトルを傾けた。

「……うん。一番いいのは、あと二週間のうちに曲を作って、アスカとエクセルが従来通り金を出し合ってオケを作って、ルイさんがポプステで唄う……ってことですよね？　監督」

島崎潤一は、渋い顔をするだけで、頷きはしなかった。

「そんなの、無理です……」

ルイは、漏らすようにいって目を閉じた。

「そう。ルイさんとアスカ企画の関係がこじれてしまっている以上、そういうクリエイティブな作業はまず無理。……そこで、お前だ」

梶尾が指差したのは、

「……え、あたし？」

夏美だった。

「そう、お前だ」

「あたしが、なんですか」

梶尾は例の、片頬だけを吊り上げる笑みを浮かべた。

「お前、バンド作りたがってたろ。いいぞ、作って」

「いいぞって……そんな」

さすがの夏美も驚きを隠せないようだった。いや、夏美だけではない。ルイも、島崎監督も舘山たちも、みんな言葉を失っている。

むろん、祐司も——。

「先ほども確認した通り、ルイさんの作った曲を、たとえバックの演奏だけだろうと、他社が無断で録音することはできないわけです。しかし、だったら録音しなければいいというのが、私の考えです。その場で演奏して放送するだけなら、楽曲はともかく、その演奏自体は、個々のミュージシャンのものなわけです。よって、アスカがツッコんできても、エクセルが目くじらを立てても、曲の使用料だけ払ってやれば、法的には問題ないわけですよ」

なるほど。コンテンツに生演奏を盛り込んだ番組内では、けっこう簡単に夢の共演が実現したりしている。あれと同じと考えればいいわけか。

「……で、その際に必要となるバンドですが、どのみちあとでライブ・アルバムを制作するわけですから、今のうちに組んでおいて損はないと思うんですよ。ちなみに、バンド結成にかかるであろう費用は、ウチが用意します。ただし、一つ条件があります。ライブCD、DVDの中では、夏美を一メンバーというのではなく、ルイさんに準ずる位置付けの、一人のアーティストとして扱っていただきたい。名義はむろん、ルイさんのソロなわけですが、ジャケットデザイン、カメラのカット割り等、露出に関する部分では、ルイさんと夏美の〝コラボ〟というスタンスで制作していただきたい。いかがですか」

島崎監督が顔を上げる。

「……本当に、そんなことができるんですか」

「そんなこと、とは?」

梶尾がタバコを銜える。

「二週間のうちに曲を書き、バンドメンバーを集めて演奏できるようにするなんて」

その場にいた全員が、梶尾と夏美の顔を見比べた。

「それは問題ないでしょう。やるのはプロですから。なあ、夏美。できるよな?」

「えっ……そんな、いきなり」

夏美は、口を尖らせて下を向いた。

祐司も、非常に微妙なプランだと思う。

確かに梶尾のいうように、島崎ルイとの「コラボレーション」というスタンスであれば、デビューを控えた夏美が協力する旨《うま》みもある。ただ、夏美自身はルイの音楽があまり好きではない。そんな共演が、果たして上手くいくのだろうか。

「……カジさん、ちょっといいかな」

夏美はふいに立ち上がり、梶尾を部屋の端にいざなった。スーツの襟を引っ張り、屈ませて内緒話を始める。

「あのさぁ……」

ごにょごにょごにょ。

「……ハァ？」

その梶尾の声には、強い不快感が入り混じっていた。

「フザケんなよ、オメェ」

「いやマジで……」

さらに二人の内緒話は続く。舘山、二人のディレクター、島崎親子、二人のボディガードは、互いに目を合わせることもしない。妙に気まずい時間が流れていく。

「このヤロウ……」

梶尾が夏美を睨みつける。だが夏美も負けじと、梶尾の目を見返す。くいっと、その尖った顎を突き上げる。

「そんだったら、やってもいいよ」

「デビュー前の、新人のくせしやがって……」

だがそこまでいって、梶尾はまたあの笑みを浮かべた。お前にゃ負けたよ。頬にはそう書いてある。

梶尾はこっちに向き直った。

「……やりましょう。J・POPステーションの大晦日スペシャル、島崎ルイさんの初出演、新曲披露はうち、フェイスプロが仕切らせていただきます。ポプステさんは、生演奏の音を拾って、放送する準備だけしておいてください。よろしいですね？」

不安げではあったが、舘山は一応「分かりました」と頷いた。

「できるな？　できるんだよな、夏美」

夏美は右の親指をピンと立てた。

「まかしといて。あたし、いいピアニスト知ってるから」

「えっ？」

いや、それは、知ってるんじゃなくて、見たことがあるというだけではないのか？

3

これってチャンスかも、とあたしは考えたわけ。そりゃルイの音楽は好きじゃないし、それを金のためにやるってのもどうかと思うけど、でも、あの父親の姿を見ちゃったら、やっぱ背に腹は代えられない。

「……あのさカジさん。あたし、これやるからさ、その代わり、ちょっと四百万ばっかし、前借り的に回してくんないかな」

「ハァ？」

梶尾さんは、鼻に割り箸突っ込まれたみたいに顔をしかめた。

「フザケんなよ、オメェ」

「いやマジで……実は、ウチの父親が、借金作っちゃって大変なのよ。一人娘としちゃあ、助けてやりたいじゃんか」

「知るか、そんなこと」

これでめげたら女がすたる。さらにネクタイを引っ張って内緒話。

「まあ、そういわないでよ……この先もし、フェイスがルイを獲得したら、簡単に億単位の金が転がり込んでくるわけでしょ。やり手のカジさんがそんな美味しい話、みすみす逃すわきゃないよね。……っていうか、そのために、このピンチに助け舟を出そうって話なんでしょ？　で、その助け舟って何かっていったら、あたしなわけじゃない。だったらちっとくらい、あたしのいうこと聞いてくれたってよくない？」

「自惚れんなよ、コラ」

うわ、梶尾さんのマジ睨み、こえー。

でも、あたしは負けません。

「自惚れ？　そうかな。あたしが手ぇ引いたら、ルイは他の誰かと組むかもよ。そしたら億の札束に、急に白い羽が生えて、青いお空にパタパタパタぁ……」

「このヤロウ……」

よし、もうひと押しだ。

「簡単な二択じゃん。四百万の先行投資で億単位の収益を上げるか、小銭を出し渋って大きな儲けを逃すか。……はっきしいってあたし、あんまルイの音楽好きじゃないのよ。でもさ、もしカジさんが気持ちよーく四百万貸してくれるんだったら……そんだったら、やってもいいよ」

さあ専務、ご決断を。

「デビュー前の、新人のくせしやがって……」

野良犬が唸るみたいな声。でもそう呟いてみて、なんか逆に決心がついたみたいだった。

「分かった。……だが、金は年が明けてからだ。それでいいな」

あたしは「うん」って頷いた。

梶尾さんはニヤリとして、みんなの方に向き直った。

「……やりましょう。Ｊ・ＰＯＰステーションの大晦日スペシャル、島崎ルイさんの初出演、新曲披露はうち、フェイスプロが仕切らせていただきます」

わっはっはっは。あたしちょっと、大人ってちょれー、とか思っちゃった。

「よろしくお願いします。柏木さん」

しかもどうよ、皆の衆。あの島崎ルイが、あたしに「さん付け」で頭下げてるよ。

「あー、こちらこそ」

ここは軽く、握手なんぞしとくかな。

「つつーかでも、その、柏木さんってのは、ちょっとなんか、やめましょうか」

シャッチョコばったのは嫌いなの。

「はあ……じゃあ、なんて？」

うーん。いきなり呼び捨てにはされたくないし、あたし一応、いっこ年下のはずだから、夏美さん、ってのも違和感あるし。「じゃあチャン付けで」って、自分からいうのも変だし。

「まあ、明日までに考えといてよ」

「……明日？」

おや、なに驚いてんのさ。

「だって、あなたのバンドメンバーを集めるんでしょ？　だったら普通、一緒に動くでしょう。っていうかルイさん、あなたどっちみち暇なんでしょ？」

むむ。なんか、部屋の空気が、妙に重くなりましたよ。

あたし、なんか間違ったこといった？

ま、ルイとは明日、渋谷で落ち合うことにして、携帯番号も交換して、その場はお開きになった。別にめちゃめちゃ夜遅いわけでもなかったんで、あたしたちは地下鉄で帰ることにした。島崎親子は運転手付きのベンツで帰った模様。ちなみに梶尾さんたちオッサン組はネオンの海にレッツゴー。

「……ねえ夏美、心当たりのピアニストって、ガクさんのことだよね？」

宮原は軽く吊り革をつかんだ姿勢であたしを見下ろしていた。若干、困った系の色が目に見え隠れしている。

「うん、決まってんじゃん。あれ最高。あの人入れたら、もう最強」

きゅ、と宮原の眉間《みけん》がせばまる。

「でも、それって難しいだろ。藤巻さんも、いってたじゃない」

は？

「藤巻さん、なんかいってたっけ」

「え、聞いてなかったの？」

宮原は、彼が十年前に一発屋で終わった経緯をかいつまんで説明した。でもあたしは、逆にそれって分かる気がした。

「いやぁ……どうせみんな、あのヒット曲の焼き直しみたいなのばっか要求したんでしょ。

ガク氏はそれに嫌気がさした。そういうことなんじゃないの」

「詳しいことは、俺も知らないけど」

いや、そうに決まってる。

「そういうのってさ、やっぱアーティストからしたらウザいのよ。……うん、分かる。あたしには分かるな。あのピアノ、やっぱそういう儲け主義みたいなのとは、一線を画す音してたもん」

ああ。またあの音色が頭の周りに漂い流れてくる。

「なんかもう、一聴《いっちょう》して分かるじゃん。音に魂込めすぎちゃって、堤防が決壊して、愛が氾濫《はんらん》しちゃってる感じ。ダイレクトに伝わってきたじゃん」

宮原は小さく唸った。

「それってなんか、あんまりいい感じしないけど……」

これだよ。

「なにいってんの。最高だよ。チョー素晴らしいじゃん。宮原サンってほんと、分かってんだか分かってないんだか、マジで分かんない人だよね」

そうじゃなくて、とかいってるけど無視。

「とにかく、あたしはあの人を入れるから。これはもう決定だから」

「じゃあ、念のため、藤巻さんとかにも、協力してもらおうか」

「んーん、そういうのいらない。なんかさ、やっぱ他人を当てにしたり、そういうことしてっと、上手くいくことも上手くいかなくなる気がするのよ。何事も。……うん。あたしは最近、とみにそう思うね」

親父に会ったせいかな。あ、そのこと報告すんの忘れてたけど、まいっか。

「それよっか宮原サンは、ドラムの方、ブッキング頼むよ。ガク氏の方は、あたしやっぱ、もう一回ゴンタさんでやってみたいの。だからそっち方面担当してよ。あたしとルイでなんとかするからさ……まあ、愛《いと》しのルイちゃんとご一緒できないのは、残念でしょうけれど」

あたしが「くひひ」と笑ってみせると、宮原はほっぺを真っ赤にして、眉を吊り上げた。

「そんな、俺はそんなこと、全然……」

全然、なによ。最後まではっきりいいなよ。

なにも、日曜昼間の渋谷にルイを連れ出さなくても、って意見もあったんだけど、

「おはようございます。いい天気で、よかったですね」

本人はさほど嫌がってもいないみたいなので、よしとしましょう。

「ああ、おはようございます。……じゃあまあ、ぼちぼち、いきましょうか」

マルキュー前で待ち合わせたんだけど、十一時だったんで、まだ混雑はさほどでもない。

それにやっぱ、ルイが長身だっていうの、みんなイメージとして持ってないみたい。背ぇ高

い娘いるなぁ、わりと綺麗めだなぁ、くらいの視線は向けるんだけど、あっルイだ、みたいには全然ならなかった。

「……やっぱあれなの、あんま気づかれたりしないの」

「うん。全然気づかれませんよ」

サングラスもしてるしな。そのグリーンのコートも、ちょっとビデオに出てくるときの雰囲気と違うし。

「あ、そうそう……」

あたし、これから会いにいこうと思ってるのがどんなピアニストなのか、説明してやろうと思ったんだけど、

「あ、知ってます知ってます。『嘘と三日月』一曲でリタイアしちゃった、伝説のシンガーソングライターですよね。ああ、これからお会いするのって、あの方なんですか」

あたしより詳しいでやんの。ちっ。

ちなみに「タケヒコ」は「岳彦」と書くそうな。なるほど。だから「ガク」って呼ばれてたんだね。納得。

で、二人で道玄坂を上って「ブラック・ヴェルヴェット」へ。さすがに昨日きたばっかりだから、ちっとも迷わなかった。

覗いてみるともう店は開いてて、でもランチにはまだ早いからか、お茶してるカップルが

ふた組いるだけだった。

「すみませーん」

まずは入り口付近にいたウェイターさんにご挨拶。店長さんはいますか、って訊いたら、黒ベストを着た、口ヒゲのおじさんが出てきた。

「はい、何か」

「あの、昨日ですね、白広堂の藤巻さんの予約で、初めてこちらにお邪魔したんですけど」

ああ、昨日の、と店長もすぐに分かったふうな顔をしてくれた。

「ほんで、昨日のステージの、井場江利子さんのバックでピアノ弾いてた、井場岳彦さんにお会いしたいんですけど、連絡先って、教えてもらえますか」

「井場さん、ですか……」

にわかに、渋る雰囲気あり。

「どういったご関係か、お訊きしてもよろしいですか」

あたしは一応、プロとして、ピアニストである彼にオファーを出したい、というのと、

「……ちょっと、グラサンとって」

隣にいるのがルイだってことを店長に示した。なんか、彼女がサングラスはずすだけで、辺りの空気の色が変わった気がした。あるいは単に、店長の顔色が変わったというべきか。

「……あ、なるほど」

うーん。有名人パワー、あなどるべからず。店長、にわかに真剣に、悩み始めました。

「承知しました」

うわ、決断はやっ。

「彼自身はですね、現在、表立っての演奏というのはまったくやらないのですが、かといって業界と完全に切れている、というのでもないんです。実は彼、御茶ノ水で、レンタル中心の楽器屋をやってまして。……ああ、その白いピアノも、彼のところから入れてもらって、結局買い取っちゃったみたいな恰好なんですけど、その楽器屋を、直接訪ねてみるってのはどうですかね。つまり、ウチがご紹介したっていうのさえ伏せていただければ……」

直接いって会う分には、誰の迷惑にもならないってわけね。

うん、分かった。そうさしてもらいます。

早速、JRを乗り継いで御茶ノ水にゴー。一応電車に乗ったら、彼女がルイであることがバレないようにしてやらねば、とか思ってたんだけど、案外電車もよく乗るらしくて、そこら辺の対処は本人も心得たもんだった。適当に人のいない方に顔を向けつつ、あたしに話しかけてくる。

「夏美さんって、すごいですね。刑事みたい」

ああ、そういえばなにげに「夏美さん」って呼んでるな、この人。

「いや、別に、すごかないよ。ただまあ、ちょっと探偵仕事には、自信ありかな」

「どうしてですか？」

九月頃には元メンバーの自殺の原因を見事究明し、つい昨日は実の父親を尾行して住居をつきとめたって？　いえねーいえねー。

「まあ、いいじゃん。うん……」

なんとも、会話が弾みません。ちょっと息苦しい感あり。やっぱあたしたち、あんまいいコンビじゃないかも。

御茶ノ水の改札を出たら左の方、皇居方面に坂を下りていきます。

「よくきたりする？　こういうとこ」

「いえ、全然です」

御茶ノ水は東京で一番の楽器屋街だから、ミュージシャンなら当たり前みたいにくると思ってたんだけど、そうでもないみたいね。

「じゃ、楽器とかってどうやって選ぶの」

「ああ、インターネットで注文しちゃったりするんですけど。あとは、スタッフが用意してくれたり。でも大体、最近はマックで全部やっちゃうんで、生楽器は使いませんね」

マックでって、要するに全部打ち込みで済ませちゃってるってことね。うーん、とことん話が合いません。

あたしは、もし借金で首回んなくなって、楽器は全部処分します、でも一個だけ勘弁してあげます、とかいわれたら、迷わず「この子だけは連れていかないで」って、ジュニアを抱きしめるけどな。そういうのはないわけね、あんたには。

「ふーん……」

楽器屋の店先は直射日光が当たらないよう、どこも長めにテントの軒が張り出している。フェンダーのストラトト、ギブソン・レスポール、手裏剣《しゅりけん》みたいなシェイプが素敵なBCリッチ・ワーロック。色とりどり、様々な形のエレクトリック・ギターが、まるでカーニバルのように歩道の左側を彩っている。もちろんギターだけじゃなくて、ベースだってドラムだって、中には管楽器の専門店だってある。管楽器の店はさすがに派手よね。あっちもこっちもキンキラキン。

「ボン・ジョヴィとか、好き？」

「いえ、あんまり聴かないですね」

「……でしょうね」

この街はBGMもすごい。他では考えられないくらい、ハードロック&ヘヴィメタルの比重が高い。どこまで歩いてもギターソロが追いかけてくる。あたしなんて、聴いてるだけである程度指使いが思い浮かんじゃうから、もう大変。頭ん中指だらけ。でもそれはそれで、なかなかクレイジーで楽しい。

「そっち、かな……」

ブラック・ヴェルヴェットの店長、香山《かやま》さんに描いてもらった地図に従い、大通りから左に入る。すると大手楽器店の裏手に、古びた町工場っつーか、倉庫ちっくな建物がある。二階の窓の高さには、妙に誇らしげに『井場楽器』と書かれた看板が掲げられている。黄色地に赤い文字。すんごい自己主張。

「あ、あったあった、ありましたよ」

ルイちゃん、あたしの方が全然先に見つけてるから。

「うん。ちょっと、入ってみよっか」

暖簾《のれん》の代わりといったらいいんだろか、入り口には半透明のビニールカーテンみたいなのが掛かってる。それを掻き分けて、失礼しまーす、と覗いてみたけれど、通りに面した小部屋には、多種多様な楽器ケース、段ボール、エフェクターなんかを入れるラックケースが所せましと積まれている。だけど、人の気配はまるでなし。

「ごめんくださーい」

ちょっと入っていって、奥の小広いメインの部屋を覗く。積まれてる段ボールの「ROLAND」とか「YAMAHA」のロゴがなかったら、きっとなんの倉庫だかさっぱり分かんないな。あ、でもよく見ると、奥の方にはアップライトのピアノがある。

なんて思ってたら、中二階みたいなところに浮かんでる小部屋の窓が開き、細長い顔が出てきた。

あたし、急にときめいちゃったりして。だってだって、まさにそれはあの、江利子さんの後ろで白いピアノを弾いていた、あのヒゲ面の彼なんですもの。

「あ、ごめん、ください」

ガク氏、訝るような目でこっちを見下ろします。

「……どちらさん」

えらく不機嫌そうな低い声。でもそれさえも、なんだか素敵。

「あの、あたし、柏木夏美っていいます。こっちは……」

ほれ、サングラスとって、自分の名前は自分でいいなよ。あたしはあんたのマネージャーじゃないんだから。

「あ……島崎、ルイです」

二人で上に向かってペコリ。するとガク氏は、はあ、って顔で、ほんの申し訳程度に会釈を返してきた。

「ウチに、何かご用」

チョーぶっきら棒。スタジオバイト時代のあたしだって、もうちょっと客には愛想よくしてたよ。でも、そんな商売っ気《け》のないところも、オ、ト、コ、って感じでグー。

「ああ、あの……昨日、渋谷で、奥様のステージで、ピアノ弾いてらしたじゃないですか。

あたし、あれですっごい感動しちゃって。で、ぜひ一緒に、この……島崎ルイさんのバンドに、参加してもらえたらなって、思って。……で、いきなりは、失礼かなと、思ったんですけど、でも善は急げ、っていうか……」

そこまでいうと、ガク氏は、ひゅんと頭を引っ込めた。すぐに窓も閉まる。

けっこう、あたしにしては、まともな敬語だったと思う。

ちょっと待ってたら、部屋の脇っちょに架かってる、あのハシゴと大差ない階段を彼は下りてくる。で、「ああ、島崎ルイさんね」みたいにいって、どうぞって、あたしたち二人に、上の事務所みたいな部屋に上がるようにいってくれる——、

「………」

「………」

と、思い込んでたんだけど、しばらくしたら、ゴイーン、ゴイン、ゴイン、ゴインギンギンギン、って、ギターの音が聴こえてきた。

ってあんた、なに思いっきりチューニングしてんのッ。

あたし、急にぷっちりきちゃった。だって、ごめんくださいって訪ねてきた女子二人に、何の用って訊いて、でもってその用件をいわせといて、頭引っ込めて、そのままチューニングって、どういう神経してんのよ。ずーっと見上げてたあたしらがバカみたいじゃんか。

逆にあたしがその華奢な階段を駆け上がり、その事務所みたいな部屋の、半分ガラスにな

ってるドアを開けた。中は十畳くらい。さっき彼が見下ろした窓の手前には、実はカウンターがあって、そこは楽器の修理かなんかをする作業台になっていた。

彼はそのカウンターの前でギターを構えている。

ようやく後ろに、ルイが追いついてきた。

「……あの、一応、こっちの用件は伝えたつもりなんですけど」

うわムカつく。完全にシカト。グレッチの白いギター。四弦のチューニングを終えて、そのまま三弦に移行してるし。

「ちょっと、聞こえてます？」

腹立つわ。こっち見もしないの。あたし、けっこう目尻吊り上がっちゃったかも。

「あたしは、あなたのピアノに感動して、ぜひ一緒にプレイしたくて、それでわざわざ、ここを訪ねてきたんです。それなのに、そういってるのに、無視ってのはないんじゃないですか？　用件はって訊くから答えたのに、それってどういう返事なんですか」

手早く一弦まで合わせ終えた彼は、グレッチをカウンターに置いてからこっちに体を向けた。

「……看板、見なかったのか」

ハア？

「見ましたよ。ド派手な黄色いのでしょ」

「なんて書いてあった」

馬鹿にしてんの、あんた。

「井場楽器、でしょ」

「ウチは楽器屋だ。分かったら帰ってくれ」

「ちょっと……なによそれ」

そしたら、ルイがあたしの右肘をツンツンって引っ張った。よした方がいい、そういいたいんだろうけど、あたしは全然退くタイミングじゃないと思ってた。

「……なによ。これは、あんたのバンドの話でしょうが」

ガク氏が咳払いで割り込む。

「帰らないなら、せめてドアを閉めてくれ。寒いんだ」

確かに、そこには古っちい石油ストーブがあって、もわもわした空気が背後に逃げていくのは感じていた。代わりに彼のところには、さぞ冷たい倉庫内の空気が流れ込んでいたことでしょう。

「……入ってよ」

あたしはルイを引っ張り入れてから、その半窓のドアを閉めた。

ガク氏は黙っている。タバコに火を点けて、まるであたしたちなんていないみたいに、深く吸った煙を吐き出す。

あたしはその沈黙で、ちょっとだけ、冷静になれた気がした。やっぱこっちは頼む側なんだから、もうちょっと下手に出た方がいいと思い直した。

「あの、ほんの少しで、いいっすから、こっちの事情とか、聞いてくれませんか」

まだ黙ってる。

「……その、今日伺ったのは、この、島崎ルイさんの、バンドを作ろうってことで、そのメンバーを」

「もういい」

苛《いら》ついたみたいに、カウンターの端にある、大きな赤い缶の灰皿に吸い差しを入れる。

「……君は、あれだろ。最近テレビのＣＭで、ギター弾きながら唄ってる娘だろう」

あ、なに、知ってんの。

「ええ、そうです」

彼は椅子に座ったまま、困ったようにうな垂れた。

「だったら大体、どんな音かは察しがつく。……俺はもう、正直いって、そういう年じゃないんだ。とてもじゃないが、ああいう音楽を一緒にはやれない。帰ってくれ」

でも、あたしは逆に、そのひと言に光明を見出した。

さっと見回す。彼の背後、カウンターの向かいの棚にはＣＤラジカセが置いてある。

「そんなことないっすよ」

一応と思って、「Thanks!」のサンプルを持ってきてよかった。

「これ、ドラムは池上ゴンタさんだし、プロデュースは石野克己さんだし。どっちかっつーと、あたしなんかより、井場さんに近い世代の人と作ったんですよ。ちょっと、聴いてみてください」

CDをセットして、プレイボタンを押す。

スルスルとディスクは回り始め、すぐに、ゴンタさんのアグレッシブなドラムが鳴り始める。それをギターが追いかけて、あたしのシャウトがかぶさる。8ビートの展開から、歌パートに移行――。

ガク氏は目を閉じて、一応大人しく聴いてくれた。ちょっと、眉はひそめてたけど。でもそれは、真剣さの表れなんだと、あたしは解釈していた。

そのひと言を、聞くまでは。

彼は慣れた動きで手を伸ばし、ワンコーラスが終わったところでストップボタンを押した。

「……完全なる、ガキのロックだな」

あたし、思わず、固まっちゃって――。

そういうこと、いわれたこと自体、ちょっと、受け入れられないっていうか、なんていうか。

「それから、島崎ルイ……さん」

隣で、怯《おび》えたように、ルイが「はい」と答える。

「俺も人並みにテレビは見るし、ラジオも聴く。あなたの曲も、そうやって流れている範囲では耳にしている。ずいぶんヒットはしているみたいだが……正直いってそっちは、この子とは正反対、秋吉ケンジにおんぶに抱っこの、まるで子供の音楽だな」

返事、なし。ルイも斜め後ろで、固まってるみたいだった。

あたしはといえば、中傷の矛先《ほこさき》がルイに向いたのを、なんか「これ幸い」みたいに思ってたとこ、あったかもしんない。

「いや、だから、この人は、その……秋吉ケンジとやってたスタンスから脱却したくて、だから新しくバンド作って、そんで」

「脱却？」

彼は、フンと鼻で笑った。目はあたしではなく、ルイを見ている。

「差し出がましいようだが、君はこれまで拠《よ》りどころにしていた秋吉ケンジという止まり木から、この……柏木さん、といったかな、この子に、乗り換えようとしているだけなんじゃないのか？　そういうのは、脱却とはいわない。ただの緊急避難だ」

もう一本、新しく銜えて火を点ける。

「……それで、君たち二人は、組むことに決めたのか」

視界の端で、ルイが小さく頷く。

「じゃあ、ついでだから忠告しておく。君らでは、上手くいかない。よちよち歩きの子供の面倒を、エゴ丸出しのガキに見ることはできない。それは、ごく当たり前のことだろう」

あたしたちは、つっ立ったままうな垂れて、塗装がはがれて木肌が見えている床に、視線を落としていた。なんか昔、職員室に呼ばれて怒られたときのこととか、ちょっと思い出した。

なんで、こんなことになっちゃったんだろう——。

このまま、逆ギレして激しく言い返したり、黙って飛び出していくことも、できなくはなかったんだけど、でもそれだけはしたくないって、なんか思った。

怖いけど、自分に向けられたあの言葉を、ほったらかしてここから逃げちゃいけない。今だって、充分に傷ついてるけど、でも、このままにしたらきっと、この傷を治すチャンスまで、あたしたちは失う。それだけはなんか、分かったんだ。あたし。

「……あの、さっきから、ガキ、ガキって……それ、どういう意味ですか」

二人を交互に見比べていた視線が、あたしに定まる。

「特に、説明が必要なほど難しい言葉だとは思わないが」

「でも……ロックは、別にガキだけじゃなくて、大人だってやってるし、現に今の曲は」

彼は、いってる途中で「ああ」と小さく頷いた。

「勘違いするな。俺は決して、ロックがガキの音楽だといったつもりはない。立派に大人の鑑賞に堪《た》え得るロックだって存在するのは、君以上に理解しているつもりだ。俺がいったのは、あくまで君の音楽が、ガキのロックだ、ガキの作った音楽だというのにすぎない。売れるかどうかは知ったことじゃない。ただ傲慢《ごうまん》で、強欲《ごうよく》で、残酷な人間の作った音楽だと、そういったまでだ」

ああ、もう、無理。

あたし、思考停止。

4

祐司は一日、梶尾のゴルフのお供をしていた。

千葉県茂原《もばら》市にある「モバランド・ゴルフ倶楽部」。ただ、お供といっても祐司の場合、別に一緒にコースを回るわけではない。朝早く車で出て、参加者を順番にピックアップし、帰りは反対の順番で送り届ける。プレイ中は駐車場に入れたベンツの中でずっと昼寝。そういう「お供」だ。

お開きは夕方四時頃。

「お疲れさまでしたァ」

終わったらまた何台かに分乗し、帰路につく。今日、祐司が運転する車に乗っているのは出版関係者ばかりだった。大手出版社社長と、取次店の会長、それに梶尾の三人。むろん、朝一番に乗せたのが梶尾で、最後に降ろすのも梶尾だ。

まず出版社社長、それから取次店会長の自宅に回り、それぞれ玄関まで荷物を運び入れ、

「お疲れさまでした。失礼いたします……」

梶尾と共に、体を二つに折りながらドアを閉める。あとは、いわれたところで梶尾を降ろしてやれば業務完了だ。それが西麻布の自宅マンションなのか、六本木のバーなのか、池袋の「ドルフィン」なのかはこれから訊く。

「ドルフィンにいってくれ。荷物は……このまんまでいいや。入れっぱでいいから、このまま会社の駐車場にぶっ込んどいて」

もう、そういったときにはゴルフウェアを脱ぎ始めている。後部座席でさっと体を拭き、ごそごそとスーツに着替える。ゴルフ帰りに遊びにいくときの、いつものパターンである。

「ああ、カジさん。ちょっと訊きたいことあるんですけど、いいっすか」

「んあ……あんだよ」

ネクタイを締めながら一服。途端、車内が白く煙《けぶ》る。祐司は少しだけ、後部座席の窓を開けた。

「ええ。あの『Thanks!』の録りのとき、カジさん、ゴンタさんを呼んでくれたじゃないですか。あれって、なんであんな急なオファーだったのに、ブッキングできたんですか」

昨日、祐司は夏美にいわれてから、ずっと池上ゴンタについて考えていた。すると、どうも合点がいかなくなってきた。あの日、夏美と石野は制作方針について揉め、じゃあと席を立った梶尾は、五分後には「ゴンタを押さえた」といって戻ってきた。世界的に有名なスタジオドラマー、いくつもの音楽学校にセミナーを持つ彼が、昨日の今日で「ああいいよ」と叩いてくれたことが、不思議でならなくなった。

「ああ、あれね……」

するとと梶尾は、ルームミラーの中でニヤリとしてみせた。

「……あれはな」

実に愉快そうに、窓の外に目をやる。

「松浪組だよ」

「えっ？」

松浪組とは、フェイスプロの入っている「第二飯干ビル」の二階から四階を使っている土建屋、平たくいえば暴力団である。ちなみに「第二飯干ビル」のオーナーというのが、その三代目松浪組組長の飯干武朗《たけろう》で、フェイスプロ社長の梶尾隆昌とは、古い博打《ばくち》仲間だといわれている。

「ゴンタはよ、歌舞伎町の松浪組のシマで、去年の暮れにバカラ賭博《とばく》で大負けしてな、千二百万の借金を抱える破目になっちまったんだよ。……賭場でできた借金なんてのは、それこそアブクみたいなもんだろう。そりゃ松浪組は、ゴンタには『きっちり耳そろえて返しやがれ』って凄んだんだろうが、内情はな、つまり、あってもなくてもいい千二百万ってわけよ」

タバコを吸い終えた梶尾が、後部座席の窓を閉める。

「……まあ、そんな話を耳にしてた俺は、あのときピンときたわけさ。それでもって、松浪組にしてる千二百万の借金、あれを半分にしてやるから明日叩いてくれっていったわけだよ、ゴンタに直接。そしたらもう、やるやるって二つ返事さ。……ちなみに、借金減額の交渉はそのあとにした。若頭の武藤《むとう》ちゃんとは飲み友達だからな。俺が極秘に入手してた、とあるAV女優の無修正流出ビデオで手を打った。……ま、あれにどれほどの値がつくかは、俺には分からんけど」

祐司は何やら、夏美のデビュー曲が汚されたような思いに囚《とら》われた。が、それはさて置くとして——。

ということは、だ。現在もまだ、池上ゴンタの松浪組に対する借金は、六百万ほど残っている勘定になるのではないか。今回の交渉の際、それが有利な材料として再び使える場面も出てくるのではないか。

「いや、カジさん、実はですね……」

祐司は、夏美が再び、池上ゴンタとの共演を望んでいることを告げた。その線でオファーをすれば、ことは案外、簡単に進むのではないか、とも。

だが、梶尾は鼻で笑い飛ばした。

「……祐司、オメェけっこう、血も涙もねえこと考えるんだな。借金カタに脅されて、ルイ・バンドでもタダ働きか？　そりゃオメェ、いくらなんだって可哀想ってもんだろう」

確かに。あまりといえばあんまりだ。

「はは、やっぱ、そうですよね……」

祐司も合わせて笑っておく。

「そうだよ……」

ルームミラーを覗くと、珍しく梶尾の目が、優しげな笑みと共に細められていた。

「……でもまあ、安心しろ。ゴンタはそんな小細工しなくても、次のオファーはちゃんと受けてくれるさ。あの何日かあと、石野ちゃんが電話したときも、あの娘はいいねって、夏美のこと、褒めてたみたいだからな」

そうか。それならいいのだが。

梶尾によると、池上ゴンタはマネージメントオフィス等には所属しておらず、仕事の依頼は直接、本人がすべて受けているということだった。

翌日、早速祐司は彼がレコーディングを行っているという、世田谷区砧《きぬた》のスタジオを訪ねた。

「おっ、きたなきたな、梶尾組の鉄砲玉が」

ちょうど休憩時間だったのか、ゴンタはスタッフらしき同年代の男性と、待合スペースのソファセットで一服していた。

「ご無沙汰しております。その節は、お世話になりました……」

祐司が頭を下げると、隣の男は「じゃあ俺、先に戻ってるわ」と席を立った。祐司は彼にも軽く会釈をし、その背中を見送った。

「……座んなよ。あんちゃんも、コーヒーでいいか」

「すみません。ありがとうございます」

なんとゴンタ本人が、わざわざコーヒーを淹れにいってくれた。

「砂糖とミルクは」

「いえ、けっこうです。すみません」

ゴンタは今日も、色こそ緑だがアロハシャツに革ジャン、サングラスという、独特なコーディネイトでキメている。

ブラックコーヒーの入った紙コップを祐司に差し出しながら、彼は向かいに座った。

「ありがとうございます」

ゴンタは頷いて、ミルクのたっぷり入ったそれをひと口する。

「……でなに、早くも夏美ちゃんの、第二弾シングルのお誘いか？　それともアルバムか」

にやりとしながら、テーブルに置いてあったタバコに手を伸ばす。

「いえ、あの……今回は、夏美の仕事ではなくてですね、実は、島崎ルイさんの件で、お伺いしたんです」

ゴンタの、手の動きが止まる。だがすぐに動き出し、一本銜えて火を点ける。

「……なるほどな。そういうことか」

サングラスの上に覗く、太い眉毛がひそめられる。

「残念だがあんちゃん、俺、その仕事は受けられんわ」

「えっ、どうしてですか」

自分で訊いておきながら、祐司はすぐに、あることに思い至った。

ひょっとして、秋吉ケンジか。

ゴンタはひと口吐き出し、苦そうにその唇を歪めた。

「その顔じゃ、よそでも似たような壁に当たってきたな」

祐司は、曖昧に頷いた。それを受けるように、ゴンタはかぶりを振りながらうな垂れた。

「これは、ここだけの話にしてほしいんだが……つい二、三日前だよ。直接じゃねえが、エクセル・レコードの関係者から、ルイ絡みの仕事のオファーが入った場合は、その場では受けず、必ずアスカ企画にお伺いを立てるようにって、お触れが出たばかりなんだ。まあこれは、やんわり『受けるな』と、いってるも同然なんだけどな」

背中に、チクチクしたものが這い回る。祐司は、顔をしかめずにはいられなかった。

「ご存じだろうが、秋吉ケンジはエクセル・レコードに対し、相当な影響力を持っている。……当然だよな。つい三、四年前まではインディーズ同然でしかなかったエクセルを、今の業界トップの地位にまで押し上げたのは他でもない、秋吉とルイのコンビなんだから」

吐き出された濃い煙に、ゴンタの顔が霞《かす》んでいく。

「そして俺は、今エクセルに干されたら、生きていけなくなっちまう……あんちゃんだって、若頭から聞いてんだろう。俺の借金の話は」

祐司が「ええ」と頷くと、ゴンタは口元に、照れたような笑みを滲ませた。

「ま、世間様が思ってくれてるほど、俺は決していい状況にはないってことさ。……実をいうと、借金してるのは松浪組だけじゃなくてね。あっちに百万、こっちに二百万……合計すると、まだやっぱり二千万以上ある。音楽学校のセミナーのギャラ、大手レコード会社、制作会社の仕事のギャラは、ぜーんぶ組関係に差し押さえ喰っちまってる。働いても働いても、俺に入ってくるのは月十二万円と決められてる。その中から家賃だァ光熱費だァ引いてったら、ほんとパンツくらいしか買えねえよ。今はやっとこ、スタジオが取ってくれる出前と仕出し弁当で食い繋いでるって有り様だ」

とそこに、先日のレコーディングのときにもいたローディーが顔を出した。

「ゴンタさん、用意できました。チェックお願いします」

「おう。今いく」

それだけのやりとりで頭を下げ、彼は、祐司には目もくれずに去っていった。

廊下を小走りで遠ざかっていく少年の背中を見つめながら、ゴンタはゆるく、溜め息を漏らした。

「……あれは、いいとこのお坊ちゃんでな。金なんて一銭もいらないから弟子にしてくれって、そういってきたんだよ。そんなんじゃなきゃ、今の俺にボーヤなんか使えねえって」

「ボーヤ」というのは、つまり「ローディー」と同意のスラングである。

「……そんでなに、俺の愛しの夏美ちゃんは、ルイと組むことに決めたのかい」

「ええ、まあ」

ゴンタがガラスの灰皿に吸殻を潰す。

「あそう。ま、ルイにしちゃあ、いいとこに目ぇつけたよな。今んとこフェイスは、音楽業界からはフリーだ。当然、エクセルの影響下にもない……ただ、他のはどうする。俺だけじゃなくて、ベースだって鍵盤だって、ルイがバンドをやるなら必要になってくるだろう。でもそれを、エクセルと完全に無関係なとっから連れてくるってのは、今のご時世、なかなか困難だぜ」

祐司は、ゴンタが夏美を評価してくれていることを嬉しく思いつつも、それでも共演が実現しない現状を、改めて口惜しく思った。

「はい……ベースはまだ、まったくですが、ピアノは一応、夏美が、井場岳彦さんに、お願いにいっています」

ひと口含んだコーヒーを、ゴンタは「ブッ」と吹き出した。危うくカップも落としそうになっていた。

「大丈夫ですか」

「なっ……い、井場ってそりゃ、あの、ガクか？」

「あ、はい……そうです」

「ほえぇ」

ポケットから出したバンダナで口元を拭《ぬぐ》いながら、参ったといわんばかりにかぶりを振る。

「さすが俺が見込んだだけはあるな。やるなぁ、夏美ちゃん。ガクに目をつけたか」

ゴンタの驚きように、逆に祐司は驚かされた。

「あの、やっぱりガクさんって、そんなにすごいんですか」

おうよ、とゴンタが胸を反らす。

「ありゃ一種、悟りを開いちまったような、そんな状態だからな。派手さはねえし、さらっとしてっから、つい聴き逃しがちなんだが、じっくり耳を傾けると……ガチャガチャと、忙《せわ》しねえ音楽ばかりやってる自分が、無性に情けなくなる……そんな音だよ」

おそらくゴンタは、祐司が井場の演奏を聴いたことがないと思って喋っているのだろう。もはや、聴いたけどその良さは分かりませんでした、などとはいえなくなってしまった。

「でもいくら夏美ちゃんだって、あいつを動かすのは手間だぜ。何しろ、仙人みたいなヤロウだからな。事実上引退したあとも、ピアノバーなんかでは演奏してたんだが、それやってっと、方々からオファーが舞い込んで大変だっつーんで、結局……ありゃ、結婚記念日だか、女房の誕生日だか、なんかそんなので、年に一、二回演奏するだけにしちまったんだよ」

そこは、祐司が把握するところと合致している。

「奴を引っ張り出そうとした連中は、それこそ足繁《あししげ》く通ってたが、でもそれも、引退後の二、三年の話だよ。最近じゃ誰も誘わなくなってた……ふーん、夏美ちゃんがねぇ」

もう一本火を点け、ほぉーっと大きく吐き出す。

高い天井に上っていく煙。それを目で追っていたゴンタは、ふいに不敵な笑みを浮かべた。

「……じゃあよ、こうしようか。夏美ちゃんがガクの引っ張り出しに成功したら、そんときゃ俺も、腹括《くく》るよ」

「えっ？」

もうひと口吸い、すぐ灰皿に押しつけながら立ち上がる。

「ガクと夏美ちゃん……そんな共演、他の奴になんて叩かせられねえよ。そのバンドで叩けるのは、この俺をおいて他にはいねえ。……なに、そんときゃ俺も、干したきゃ干せって、エクセルにケツ捲《ま》くってやるさ。だからよ……夏美ちゃんにはガンバレって、そう伝えてくれよな」

分厚い掌が、祐司の右肩を思いきり叩く。

「イッ……あ、はい……」

「じゃあな」

祐司も立ち上がり、頭を下げた。

ゴンタは肩越しに手を振り、スタジオの方に進んでいった。

ちゃんと消えていなかったのだろう。灰皿からはまだ細く、煙が立ち昇っていた。

5

傲慢、強欲、残酷、ガキ。

細長いヒゲ面と、低い声。

そんな言葉やイメージが、ぐるぐると頭の中を回り続けている。

ぶっ壊れた洗濯機。いくら回したって、あたしの頭の中はちっとも綺麗になんてなりゃしない。ただ埃《ほこり》の色に、水が濁っていくだけ。汚れが、あとからあとから染《し》み出してくるだけ。

そういえばあたし、昨日、ここまでどうやって帰ってきたんだろう。ルイとは、どこで別れたんだっけ。

今日は、曇ってる。暗いってほどじゃないけど、窓の外には白い空が広がっているばかりで、晴れ間も、太陽も、どこにも見当たらない。

傲慢、強欲、残酷――。

よくまあ遠慮もなく、初対面の人間に対してこれだけ並べられたものだと思う。これってつまり、あたしの音楽を聴いて抱いた感想、ってことなんだよね。でも、ほんとにそうなのかな。

残酷？

「Thanks!」をワンコーラス聴いて、そんな感想持つかな、普通。詞の内容だって、どっちかっていうとこっちが傷ついてるくらいなんだから、残酷ってことはないと思うんだけど。

強欲？

そりゃ、あたしにだってちっとくらいは欲もあるけど、でも初対面の人間に、しかも人前で指摘されなきゃならないほど、自分が欲張りだなんて思えない。六畳ひと間にユニットバス、ミニキッチン。食べてるのは、カップ麺とかお弁当。たまには自分でご飯も炊いて、レトルトのカレーとか、中華丼とか、親子丼とか。でもそれだって、贅沢《ぜいたく》なメニューだって思ってる。

服なんか、あたしの年頃からしたら少ない方だと思うよ。ジーパンの膝が破れてるのだって、ファッションでやってんじゃなくて、穿いてたら本当に破けちゃっただけだかんね。これって、むしろ「つつましい生活」っていえるんじゃない？　違う？

そんでもって、傲慢。

あたしって、そんなにタカビーかな。そんな威張《いば》ってる？

確かに、どっから見てもイイ子チャンな雰囲気を醸《かも》し出してるとは思わないよ、自分でも。でも音楽やる上で、あたしはあたし、みたいな自己主張って、ある程度は必要じゃない？

そう。あたしは薫が死んだあとに、決心したんだもん。あたしはあたしを信じて、自分の音楽を続けていくんだって。それの第一歩が、まさに「Thanks!」だったわけで。でもそれを今度は「傲慢」とかいわれちゃうんじゃ、あたし、また音楽続けられなくなっちゃうよ。

あーあ。やだな。

あたしは、あんなにガク氏のピアノに惚れ込んだのに。魂が震えるのを確かに感じて、この人しかいない、この人とやりたい、って思ったのに。頭の天辺からつま先まで、枝毛の先から、弦に引っかけて裂《さ》けちゃった薬指の爪の先まで、もうほんと全身全霊で、彼と共演したいって願ってたのに。

それって、あたしと彼の感性に、大きな共通点があったってことなんじゃないの？　てっきりあたしは、そうだと思い込んでたんだけど。

傲慢、強欲、残酷――。

人間性全否定。しかも三連発。

この三つを繰り返してると、あたしは強盗殺人犯かよ、みたいに思えてくる。

あー。でもなんかしんないけど、怒る気にもなんない。

さっき気づいたんだけど、昨日の夜、真緒から携帯に連絡が入ってたみたい。そういやここ何日か出てこないな、と思って留守電メッセージ聞いたら、どうやら盲腸になっちゃったらしい。つらくて薬で散らしてたんだけど、結局ひどくなっちゃって、入院する破目になったってことみたい。退院したらまた連絡しますって。

うー。慰《なぐさ》めてくれる人もいない。

とかいってたらかかってきた。

『夏美さん、ですか……島崎です』

その声で、ふいに思い出した。

昨日の別れ際、場所はどこだったか思い出せないけど、ルイはあたしに、「じゃあ、また明日」っていって、小さく手を振った。

自分だって「子供の音楽」とかいわれたのに、けっこうショックだったはずなのに、むしろあたしの方を心配するみたいな、そんな表情だった。それだけは、なんか声聞いて思い出した。

「ああ、うん……」

そんだけで黙っちゃったら、ルイも黙っちゃった。

元気？　なわきゃないよね。

なにしてた？　って、やることなんかないもんね、あたしたち。

どうしようか、これから――。

『えっと』

「あの」

ほとんど同時だったから、あたしが譲った。一応年下だし、これってルイのバンドに関することだし。

『はい……あの、もし、よかったら……これから、会いませんか』

うん、どうせ暇だしね。それもいいかもしんないね。

同病相憐《どうびょうあいあわ》れむ、みたいな。

で、どこで待ち合わせなのかと思ったら、

「後楽園のラクーアにしましょう」

だってさ。

いや、実はあたし、今までいったことがなくてね。

それこそ父親が金持ちだった頃は、いくっていったらディズニーランド一辺倒だったし。その後ははっきりいって、遊園地で遊ぶ、金銭的余裕も精神的余裕もなくなってたし。とにかく、ガムシャラにロックし続けた十代だったわけよ。遊園地なんてチャラくてやってらんねーぜ、ファッキュー、みたいな。いや、実際そこまではいいませんでしたけども。

そんなこんなで、後楽園ラクーアに、初めて足を踏み入れた。

「えっ、入場料とかないの？」

「はい。乗り物の料金だけですんで、別に一個だけ乗って帰っても、いいわけですよ」

知らなかった。だったらなに、緊急の場合は、ここでトイレだけ借りるって手も、アリなわけ？

「ルイさん、よくくるの？」

「ええ。平日の午前中とか、ガラガラに空《す》いてて気分いいですよ」

うーむ。芸能人って、やっぱ優雅だな。

「観覧車、乗りましょうよ」

「ああ……そう、ね」

あたし、あっちの落っこちる系の方がいいんだけど、まいっか。それはあとでも。

これが、あれね。世界初、真ん中に軸がないってのが売りの観覧車ね。その名も「ビッグ・オー」。知ってる。テレビで見たことある。どっちかっつーと、あたしはその輪の中をくぐっていくジェットコースターに乗りたいクチなんだけど。

「足下、お気をつけください」

「はい」

「うーい」

中に入ると、なんか正面の窓下に、ポータブルゲーム機みたいなのが貼りつけてある。どうやらジュークボックスの類《たぐい》みたいだけど、うるさいからオフ。今、他人の音楽を聴く気分じゃない。

もちろん、並んでなんて座らない。向かい合わせに腰を下ろす。あたしが外側、ルイが内側。今日の彼女は、白いファー付きのダウンジャケット、デニムのミニスカートに、緑のスニーカー。緑、好きなんだね。あたしはいつものレザジャケにニット、ジーパン。真緒に叱られないように、下にハイネックを一枚余計に着てきた。

少しずつ、箱が空に近づいていく。

「広いですね、東京って」

「ん？　生まれ、東京じゃないの？」

「ええ、京都です」

あたし、いったことないわ。

「……京都って、いい？」

「いえ、あんまり覚えてないんですよ」

「あっそう」

相変わらず、会話を弾ませない人だね。

時計でいったら十時くらい。天辺までもうちょっと、ってところまできた頃、ふいに彼女は、溜め息混じりに呟いた。

「……けっこう、キツかったですね。井場さん」

だよね。やっぱその話になるよね。

「うん……」

急にタバコ吸いたくなったけど、壁にでっかい禁煙マークがあるのは、入ったときから気づいてます。残念。

「……あたし、正直応えたよ。頭ん中に、あの言葉が、ひと晩中ぐるぐる回ってた……んん、実は、今も回ってんの」

すると彼女は、安堵《あんど》したみたいな笑みを漏らした。

「私もです。ケンジさんにおんぶに抱っこって、ほんとにそうだったから、返す言葉もなくて……すみませんでした」

「えっ？」

いきなり、深々と頭下げるもんだから、あたし、すごいびっくりしちゃった。

「なんで、ルイさんが謝るの」

顔を上げたら、泣く寸前って感じになってた。

「だって……夏美さんは、私のバンドのために、わざわざいってくれたのに、それなのに、あんなこといわれることになっちゃって、私……すごい、悪いことしたなって」

よしなよって、あたしは手で煽いだ。

「そんな、勝手にCDかけたのあたしだし。それに、からい評価受けるのは、まあ、表現者やってる以上、それはいつでも付きまとうことだし」

今一度、彼女は小さく頭を下げた。

と、ちょっとそこに疑問が発生。

「でもそれ、あなたはいわれて、それで認めちゃうの?」

ルイは、よく分かんない、みたいな顔をした。

「だから、おんぶに抱っこだの、よちよち歩きだの、散々いわれて、それをその通りですって、認めちゃうの?」

今度は少し目を伏せて、あたしの膝の辺りを、じっと見つめる。

「事実、その通りだし……ケンジさんと別れてみて、それでようやく私は、自分一人じゃ何もできないんだって、実感したんです。曲だって、ほんの最初のアイディアと、歌詞だけで、それを上手くまとめて、聴けるようにしてくれてたのって、全部ケンジさんだったんです。

まあ、もともと、自分には才能があるから売れてるんだなんて、これっぽっちも思ってはいませんでしたけど」

あたし、なんか急に、寒気がしてきた。

っていうのは、ルイが急にそこの窓を開けて、飛び下りちゃうのを、想像しちゃったから。

もちろん、開かないようにはなってるんだろうけど、でもなんか、いかにもそういうことしそうな顔に、見えちゃったから。

これか、って思った。

あんなひどい言葉でも、受け入れちゃうルイ。

往生際悪く、心の中で言い訳考えちゃう、あたし。

本当はどうだか分かんないけど、自殺とか、そういうネガティブなイメージにピッタリはまっちゃうルイと、悪いけど自殺なんて、イッチ度も考えたことなかった、あたし。

これまでルイを好きになれなかった理由の一端が、そこにあるような気がした。んーん、もしかしたら、それがすべてなのかもしれない。

でも今は、だから嫌い、とは思わない。

あたしは、彼女の膝の上にそろえられていた、ひょろっこい手をすくいとった。

「ねえ、ルイさん。ガクさんとこに、もう一度いってみない？　あたし、このままいわれっぱなしで、別の人メンバーに入れて、もしそれで上手くいったとしても、なんか引っかかっちゃうっていうか、そういう感じに、なると思うの。幸い、御茶ノ水は目と鼻の先だし、まだ時間も早いし」

するとと彼女は、にわかに表情を輝かせた。

「はい」

ん、あれ？　もしかしてこの人、あたしが思ってるより、よっぽどしたたか？　これって計算ずく？

そしてあたしって、自分で思ってるより、若干バカ？

うそでした。水道橋と御茶ノ水、全然目と鼻の先じゃありません。少なくともラクーアから井場楽器までは、余裕で二十分以上かかりました。

「あたし、なんか、靴ずれ起こしそう」

「私も、外反拇趾《ぼし》、ちょっと痛いかも……」

まあそれでも、夕方四時頃には着いた。前の通りに陽はとっくに当たらなくなっていて、井場楽器の、例のビニールカーテンの中には煌々《こうこう》と蛍光灯の明かりが灯《とも》っていた。

「ごめんくださーい」

「失礼します」

もうなんか、勝手知ったるって感じ。ズカズカ入っていくと、ガク氏は奥の方で、一人でえっちらおっちら、ピアノの向きを変えてるところだった。

頭に黒いバンダナを巻いて、肩当てみたいなのと繋がった太いベルトを使って、少しずつ、ピアノの角度をずらしていく。たぶん反対向きにして、もと通りの位置に戻すんでしょう。そしてそれは、楽器のコンディションを保つのに、きっと必要なことなのでしょう。

「井場さん……」

小さな声だったけど、ちゃんと聞こえたみたいだった。彼は、フウと息をついてピアノに体を寄せ、ピンと張っていたベルトをたるませた。

「……なにしにきた」

無表情。でも上気して、顔には赤みが差している。

あたしたちは、はい、と同時に返事をした。

「なんか、いわれっぱなしになったまんま、流したくなかったんで。あたしのどこが傲慢で、強欲で、残酷なのか、この人が子供なのは……まあ、自分でもそう思ってたみたいだけど、でもそこから脱却するには、どうしたらいいのか」

やべ。睨まれた。

「そんなことは自分で考えろ。俺が教えてやる義理はない」

あたしだって、それくらい分かってるよ。

「うん、教えてもらおうとは思わない。でも、その答えは、きっとここにあると思うの。っていうか、井場さんがそういったんだから、井場さんがどういう人なのか、どういう考え方をする人なのか、それさえ分かれば、あたしたちにあんなことをいった意味も、おのずと分かってくると思うの。だから……」

キインと、倉庫中の空気に緊張がいき渡る。

表の通りにトラックみたいな、大きな車の排気音が差しかかる。

でも、それが通り過ぎたあとは、嘘みたいに静かになった。

「だから……ここで、バイトさせてください」

「えっ？」

ルイさん、ごめん。でもあたしだって、いま思いついたんだもん。説明する暇、なかったんだもん。

「……本気か？」

ちっとも整えていない、男っぽい濃い眉毛がひそめられる。

「はい、本気です」

「そっちは、どうなんだ」

隣で、ルイが息を呑むのが聞こえた。

たぶんこの人、あたし以上に、肉体労働とかしたことないと思う。あたしはこれでも三年ばっかし、レンタルスタジオで楽器の出し入れしたり、全室掃除とかして生きてきた。

やるとなったら、彼女の方が不利だと思う。でもそれは、あたしもフォローするつもりでいた。

ルイは、一歩前に出て頭を下げた。

「……やらせてください。お願いします」

はらりと、長い髪が肩から落ちる。高そうなファーの白が、こういうところでは、なんだかかえって哀れに見える。

「キツいぞ」

むろん、それは脅しじゃないんだろう。

「……分かってます」

ルイも、コクンと頷いた。

「時給は、お前らだったら、せいぜい五百円だぞ」

うわきちー、とか思ったけど、まだ甘かった。

「……二人で」

ハァ？　って思わずいいそうになったけど、それは罠っていうか、あたしたちに不満をいわせて、その時点でこの話をご破算にしようって魂胆が見え見えだったから、あたしはわざと力強く、頷いてやった。

「いいっすよ、一人二百五十円で」

「……私も……はい」

ああ、ルイさんはそもそも単位が「億」の人だから、あんまピンときてないかもしんないけど、時給二百五十円ってのは、かなーり激しくバカにされてるってことだかんね。そこんとこはまあ、あとであたしがよく説明するけど。

「お前らがバイトをがんばったところで、俺がバンドに入ってやるわけじゃないんだぞ」

「安心してください。そんな安い交換条件出しませんから」

でも、あたしは信じていた。

片思いだったかもしんないけど、でもそれでも、ガク氏の演奏は、あたしの魂を激しく震わせた。あたしの何かが、彼のプレイに共鳴したのは確かなんだ。それは、あたしの中のどこかに、彼のそれとぴったり周波数の合うチャンネルが存在してるっていう、証拠なんだと思う。

これって、ただごとじゃない。

何か、もう一つか二つ、条件がそろえば、あたしたちは必ず一緒にやれるはず。それがなんなのかは、今はさて置くとして、でも必ず、あたしたちの魂は、再び共鳴するようになるはず。

まあ、それもこれも、このバイトをがんばれれば、の話だけど。

「……分かった。使ってやる。じゃあ明日早速、朝六時にこい」

うげ。朝六時っすか――。

それはなんか、いきなり、めげそうっすね。

第4章

目を見れないのは　迷っているから　……見れないの
嘘をつくのは　とても怖いから　……本当のことが
あなたが目を閉じて 指が触れるまでに いえるか分からない

I never want to rule your love
誓いなんてたてないで　愛するために　愛されたい

「そうじゃないよ」と　ときどき目を伏せて　何を想うの？
意地が悪いのは　私だといいたそうね　……かもしれない
抱かれたら楽になれる　それもまた一つの　愛の形だけど

I never want to rule your love
誓いなんてたてないで　愛するために　愛されたい
I never want to rule your love
二人が春の嵐　乗り越えたなら　もう迷わないで

1

ゴンタのところを訪ねた夜。祐司は中野のアパートで、夏美からの電話を受けた。

『宮原サン。あたしたちさ、しばらく、ガク氏の店でバイトすることになったから』

すすったインスタントラーメンが喉に詰まり、

「ふぬっ……」

汚い話だが、逆流して鼻の穴から抜け出てきた。井場の「店」というのはなんだ。なぜそこで「バイト」なのだ。そんな疑問も一切言葉にはならない。

『だからくれぐれもゴンタさんと、それからベーシストもそっちでお願いね。なんだったらゴンタさんに紹介してもらってもいいし。とにかくあたしとルイは、ガク氏で手一杯だから。明日早いから、あたしもう寝るね。んじゃ』

この娘は、相手が返事をしないことを気にかけたり、疑問に思ったりはしないのだろうか――。

祐司はそっとちぎれた麺を鼻から抜き取り、ミニキッチンのシンクに捨てた。

ゴンタの件は、井場が動かなければ「ない」という結論が出ている。祐司はとりあえず、ベーシストについて考えることにした。

だが実は、不思議なくらい祐司にはベーシストの知り合いがいなかった。現役時代はむしろ、「ベースが抜けて困っている」などと聞かされたら、「代わりが見つかるまでなら」と、自ら助《すけ》っ人《と》を買って出る方だった。ベースは、決して奏者人口の少ない楽器ではないはずだが、どういうわけか祐司の周りにはいなかった。しかも、プロで通用するレベルとなったら皆無だ。

ただ、一人だけなら心当たりがある。腕前は文句なくA級。夏美とも活動を共にしたことがあり、ルックスも決して悪い方ではない。やや人格に問題はあるが、まあそれも、目をつぶれる範囲内ではある。

木村仁志。通称「ジン」。元ペルソナ・パラノイアのメンバーだった男だ。

連絡先が分からないので、以前はよく夏美たちが溜まり場にしていた、池袋のレンタルスタジオ「スカイ」に電話を入れてみる。

『……ああ、宮原さん。お久しぶり』

運よく、オーナーの大代《おおしろ》が出てくれた。彼の変わらない様子が、なんとも嬉しい。

「ご無沙汰してます。みなさん、お元気ですか」

『うん、こっちは相変わらず。夏美ちゃんの後釜はまだだけど、まあなんとか、回してるよ』

しばらくは、祐司の方から夏美の近況を報告した。受付のバイトをしながら一人暮らしをしていた頃、夏美にはこの大代が親代わりだった。

『へえ。夏美ちゃんが、あの島崎ルイと……不思議なもんだ』

「ええ。僕も、びっくりしてます。……あの、夏美って、そんなにずっと、ルイが嫌いだったんですか」

大代は、苦笑いのような鼻息を漏らした。

『そうね……ジンくんはわりと好きでね。ライブの打ち上げとかで、塔子ちゃんなんかに唄わせようとするわけだよ。そうするともう、夏美ちゃんが、やめてやめてェーって飛んでって。塔子ちゃんからマイク取り上げて、それでジンくんを殴る、みたいな。なんか、そんな感じだったな』

マイクで殴るくだりはともかく、彼がルイを好きだったというのは、ちょっといい情報だ。

「あの、そういえば、木村くんとかは最近、どんな活動をしてるんですか」

祐司はなんとなく、彼を「ジン」とは呼べずに今日まできている。

『ああ。ペルソナが終わったあとは、彼も畑中くんと別れてね、一人で動き始めたんだよ。畑中くんと違って、やっぱりプロでやっていきたいって。で、就職活動っていうのかな、いろんなツテを頼って歩いてたみたいだけど、先月くらいになって、なんかいい話に当たったみたいで、ニッコニコして報告にきたよ。参っちゃったな、俺もプロだよ、これから忙しくなるから、もうここにも顔出せなくなっちゃうな、って……そのわりには、昨日もきてたけど』

「はは、そうなんですか……」

溜め息を堪《こら》え、祐司は一人静かにうな垂れた。駄目なときは、何をやっても駄目なものだ。

『ちなみに畑中くんも、新しいバンドを始めたんだよ。フォークロックっぽいの。今度、また目黒の店でライブやるみたいだから、観にいってあげてよ』

ぜひ伺いますといって、祐司は電話を切った。大代は日にちもいっていたが、木村という当てがはずれてショックだったせいか、うっかり、メモをとるのを忘れてしまった。

その後の何日かは、また夏美以外のタレントの仕事を振られて忙しかった。それも、ほとんどが急ぎの事務仕事。年末が慌しいのはどんな業界も一緒で、芸能プロダクションも決して例外ではないということだ。

祐司は目を閉じ、まず周囲の喧騒から自分の意識を切り離した。

集中できそうになったら目を開け、昨日簡単に書いておいた、中沢壱子のパチンコ雑誌のコラムにざっと目を通す。何ヶ所かを直して仕上げ、続けて有田ひとみの女性誌のコラムにとりかかる。

ひとみから渡された下書きメモには、有名パティシエの始めた店の名前と、お菓子の図が描いてあった。しかし、それを実際に彼女が食べたのか、それとも単に食べたいと思っているだけなのか、そういったことは何一つ書いていない。むろん本人もマネージャーも今は不在で、ホワイトボードを見ると、今日はドラマの収録日に当たっている。連絡はしづらい。

食べたことにしておくか。すごい美味しかった、とかなんとか――。

などと考えていたら、事務のおばさんに肩を叩かれた。

「はいこれ、祐司くんにだよ」

「あ、すみません」

肩口に、宅配便で届いたらしき段ボール箱を差し出される。大きさは、A4コピー紙の五百枚パックくらい。だが重さは、ほとんど空っぽに等しい。差出人は「ヴィジュアル・マックス社　河野和義」となっている。

おそらく、プロモビデオのサンプルだろう。

開けてみると、果たしてその通りだった。入っていたのはワープロで打った挨拶の手紙が一枚と、DVDのディスクが二枚。ラベルには「『Thanks!』PVサンプル」とプリントされている。

早速、梶尾の席に持っていく。電話中だったが、目の前に差し出すと、「おーおー」という顔で彼は頷いた。

祐司はディスクを一枚置いて踵を返した。

夏美がバイトをすると言い出してから、すでに三日が経っている。電話はなかなか繋がらなかったが、昨日の夜、ようやく少しだけ話が聞けた。

「ねえ、ガクさんの店って、なんなの」

『楽器屋。レンタル中心の』

「どこの、なんてお店」

『御茶ノ水。井場楽器』

「そこで、なにしてるの」

『雑用……』

「この前きみ、あたしたち、っていったよね。もしかしてそれ、ルイさんも一緒にやってるの」

いびき。

「おい、夏美」

いびき。

「コラァーッ、起きろォーッ」

いったん切ってかけ直したが、もう夏美が出ることはなかった。

そして日中は完全にオフ。呼び出しもできなくなっている。

この機会に、いっぺん見ておくのも悪くないか——。

祐司はサンプルのディスクをカバンに入れ、事務所を出た。

御茶ノ水までは総武線で一本。改札を出たのは、午後二時を過ぎた頃だった。

駅の交番で井場楽器の場所を尋ねる。応対した中年警官も、知っているわけではないようだったが、壁に張られた地図をなぞっていったらすぐに見つかった。

「一、二……三つめの信号を、左に入ったらすぐですよ」

教えられた通りにいくと、なるほどすぐに分かった。黄色地の看板に書かれた、赤い「井場楽器」の文字が嫌でも目に入る。

と、その前に停まっている白いワンボックスカーに、背の高い女性が乗り込むのが見えた。MA-1のような黒いジャンパーにタイトジーンズ。長い髪はおさげに結っている。そのすぐあとに続くのは、見慣れた、飛び跳ねるような歩き方をする少女。

ポニーテイル、やはり黒のジャンパーに、ジーンズという出で立ちの、夏美だ。

「夏美ちゃん、これこれ」

後ろから声をかけたのは、夏美より少し背の高い細身の女性。頭に赤いバンダナをかぶり、エプロンをしているのでだいぶ雰囲気は違うが、たぶん井場江利子だ。緑色のペットボトルを三本、夏美に手渡している。

「あ、すんません」

「いってらっしゃい。気をつけてね」

「うーい」

敬礼して車に乗り込む。スライドドアを閉めた江利子が、ふざけたように敬礼を返す。こっちに尻を向けていたワンボックスは、すぐに神田方面へと走り出した。

なんとなく、声をかけそびれてしまった。井場楽器の前には、車をいつまでも見送っている、江利子だけが残っている。

どう、しようか。

夏美がいないのでは仕方がない。このまま帰ろうか。そんなふうに迷っていると、ふいに江利子がこっちを向いた。怪訝な目、というほどでもなかったが、こちらに注意を向けているのは明らかだった。

そう。これでも一応、自分は夏美のマネージャーだ。挨拶くらいしておいてもいい。

意を決し、祐司は会釈しながら近づいていった。

「……恐れ入ります。井場、岳彦さんのお店は、こちらですか」

笑みを浮かべ、「ええ」と答えた江利子は、すぐ何かに気づいたように、目を大きく見開いた。

「あの、間違っていたら、ごめんなさい。……もしかして、この前の土曜日に、ブラック・

ヴェルヴェットに、いらしていただいたかしら」

驚いた。あの暗い店の、しかも端《はし》っこにいた祐司のことを覚えているなんて――。

「ええ、伺いました。たいへん素敵なステージで……」

だが、その答えを聞いていないかのように、江利子の目はくるくるとあらぬ方を巡り始める。

「ってことは、夏美ちゃんの関係者……マネージャーさん。フェイスプロの、宮原さんね？」

「あ……はい」

くすくすと笑い、からかうような目で祐司を見る。

「つまり、若い女の子二人が、怪しげな楽器屋で何をさせられているのか、心配でしょうがなくなって、偵察にいらした、ってわけね」

「いえ……決して、そんな」

江利子は長い指の並んだ手で、祐司を中へといざなった。

「お急ぎでなかったら、どうぞ、お入りになって。少しは安心していただけるように、お話もできると思うわ」

まるで祐司が断らないことを承知しているかのように、自ら建物に向き直る。カーテン状に垂れた、分厚いビニールを掻き分けて入っていく。

楽器屋というよりは、ただの倉庫のような店構えだった。対して彼女が身に着けているのは、庭仕事でも始めそうな地の厚い深緑のエプロン、白いニットに、花柄のドレープスカート。一見、すべてがバラバラのようだが、それでいて不思議な調和が、この場所と、彼女の佇まいにはある。

店の中は、外見以上に倉庫そのものだった。弦楽器それぞれの形、大きさに合わせたハードケース。スタンドに立てられているのは、弦の張られていないエレクトリック・ギター。奥にはアップライトのピアノが、一、二――。

「変なとこですけど、お上がりになって」

中二階くらいの高さに作られた小部屋。江利子はその脇の華奢な階段を、軽やかな足取りで上っていく。

「はい、お邪魔します……」

祐司もそれに続き、誘われるまま部屋に入った。

右手、倉庫内部に面した窓の前にはカウンターがある。配線作業などもそこでするのだろう。コテ台に差したハンダゴテや鉄ヤスリ、ドライバー、コードやニッパー、接点復活剤のスプレー缶が、今すぐにでも作業再開できそうなくらい、無造作に置かれている。向かい、部屋の左手には窓があり、それと同じ幅でコンロ付きの流し台が設置されている。その横の棚には雑誌やCD、部品を詰め込んだプラスチックケースなどが並んでいる。

「寒く、ないですよね、今日は」

江利子は部屋の端に寄せてある石油ストーブに目をやった。火は点いていない。

「ええ、大丈夫です」

「そこ、お座りになって」

ストーブの前には、おもちゃのようなスツールとテーブルのセットがある。江利子は棚の上、ラジカセの横にあるコーヒーメーカーに豆と水をセットしている。

「あ、どうぞおかまいなく」

彼女は悪戯《いたずら》っぽい笑みを浮かべた。

「私が飲むんです。たくさん喋らなくちゃ、いけなくなりそうだから」

「……はあ」

不思議な人だな、と祐司は思った。

長い首と指の印象が強いが、よく見ると丸顔で、雰囲気もふんわりと柔らかい。ふと、化粧品のCMを見ているような錯覚に陥る。それも実在の女優やモデルではなく、イラストを用いた。

「タバコ、よかったらどうぞ」

大きな缶の灰皿を勧められる。そのひと言で、祐司はなんだか正気に戻らされた気がした。

「いえ、僕は……あの、夏美がお世話になっていて、こんなことをお訊きするのは、たいへん不躾《ぶしつけ》なのですが」

「いいえ。なんでも仰って」

江利子は、いつもは井場が座るのであろうキャスター椅子に腰掛けた。

「はい……ではあの、こちらでは主に、どういったお仕事を」

「ここがどんな形態の楽器店で、そこで彼女たちが何をさせられているのか、ってことね？」

なぜだろう。物言いはストレートなのに、彼女が口にすると、すべてが柔らかく響く。

「……岳彦が〝GAKU〟名義で、『嘘と三日月』って曲をヒットさせたのは、ご存じなのよね？」

「ええ、それは……存じております」

「ここはね、そのお金をつぎ込んで購入したの。でも、表通りからはちょっと奥まってるから、島村楽器さんとかね、石橋楽器さんみたいな、新品を売るのには向いてない。彼も、そういう接客ができるタイプじゃない。だから、中古楽器を丁寧にメンテナンスして、イベントとか、店舗とか、ときにはレコーディングとかにも、楽器をレンタルするのがいいんじゃないかってことで始めたの。でもその、メンテナンスっていうか、保管と管理ってところを重視してくれるお客さまが、けっこう多くなってきたのね。ギターテックって分かります？」

祐司は「ええ」と頷いた。「Thanks!」のときについてくれた、近藤がそれだ。

「そういう方のギターも預かったりしているの。それから、エフェクター。預かって修理したり、お客様の要望に従って改良したり。要するに、楽器に関することなら、なんでも相談に乗りますよ、みたいな……まあ彼の場合、乗ってやってもいいけど、みたいな態度ですけど。それでも、お得意さんはけっこういるんです。

彼女たちが今させられてるのは、置き場の掃除、楽器の手入れ、ギターとかなら弦の張り替え、調整、荷物の出し入れ、上げ下げ。夏美ちゃんは手先が器用だから、ハンダ付けとかもやらされてるみたい。今日は、新宿のライブハウスにスピーカーを届けにいったの。壊れたのを、代わりに持って帰ってくるはずよ」

首を伸ばしてコーヒーメーカーを覗く。まだポコポコと音がしている。

「あの、いつもこちらで、一緒にお店を、やっていらっしゃるんですか」

「え、私？」

「ええ」

「んーん。私は普段、そこの大通りを渡ったところの、雑居ビルの二階で喫茶店をやってるの。ランチが終わって暇だったから、バイトの子に任せて見にきてみたの。そしたら、ちょうど配達にいくから、留守番してくれっていわれちゃったの。……そこにちょうど、あなたという、いい話し相手が現われた、というわけ」

立ち上がり、淹れたてのコーヒーをカップに注《つ》ぐ。そんな立ち居振る舞いも、どことなく曲線的で、優雅に感じられる。

井場岳彦という男が、彼女に恋をし、また今も深く愛しているのであろうことが、なんとなく、祐司には理解できる気がした。

「はい、どうぞ。お砂糖とかは？」

「いえ、けっこうです……ありがとうございます」

江利子は頷き、自分の分を持って席に戻った。

左手に乗せたソーサーからカップをつまみあげる。何も入れないコーヒーを、ゆっくりと、ひと口含む。

「……ルイさんのバンド結成の音頭を、夏美ちゃんがとっている、みたいに聞きましたけど、そういう解釈でいいのかしら」

意外にコーヒーが熱く、祐司は思わず肩をすくめてしまった。

「あっ……ええ。そうなんですが、その一環で、井場さんに参加していただけるよう、こちらにお願いに上がったはずなんですが、それがどうして」

「それは、岳彦が断って、きっと夏美ちゃんと言い合いみたいになって、売り言葉に買い言葉で、じゃあバイトして根性見せる、みたいになっちゃったんじゃないかしら。わざわざ、訊きはしませんでしたけど」

なるほど。そういわれると、そうなのかもと納得できる。

「あの二人、ちょっと似たところあるみたいだから」

「……二人、って？」

「岳彦と、夏美ちゃんですよ。寂しがり屋で、意地っ張りで、真っ直ぐには強いけど、横からの攻めには弱い、みたいな」

思わず吹き出しそうになった。井場岳彦がどういう男かは知らないが、少なくとも夏美の特徴はよくとらえている。

ん、といって江利子は眉をひそめた。

「……あれ、ルイさんは、フェイスプロさんがマネージメントしてるわけじゃ、ないんでしたっけ」

「ええ……ちょっと彼女は今、所属事務所と」

遮るように、江利子は「ああ」といってカップを置く。

「あの、テレビでやってるスキャンダルね」

無邪気な笑み。そういう顔もするのかと、少し意外に思う。

「はい……平たくいうと、そういうことです。それでも、大晦日のテレビに出演することだけは決まってましてて。いきがかり上、うちがその仕切りをするというか、コーディネイトをする恰好になってしまった、というわけなんです」

ふーん、と、芝居がかった仕草で頷く。

「事件って、意外に近くで起こってるのね……っていっても、そんなのは十年にいっぺんか」

勝手に納得して、一人で笑う。そんなことのすべてが、妙に様になっている。井場の関係者の中には、彼女を女優にしたらどうか、といった者もいたのではないか。

「事件って……十年前に、何かあったんですか」

一瞬だけ、江利子の表情が凍りついたように見えた。

「いえ……だって、あの『嘘と三日月』にまつわる、一連の騒動なんて、なんか、事件みたいなものだったじゃないですか。……でしょう？」

思い出したように、カップを口に持っていく。

何やら居たたまれないものを感じ、祐司も、慌ててカップを手に取った。

互いにひと口ずつ飲み、静かに息をつく。

江利子はちらりと祐司を見て、すぐ窓の方に目をやった。

「……その、年末の番組に、岳彦を引っ張り出したい、ってわけですか」

祐司は黙って頷いた。

「そっか……そういう、タイムリミットのある話だっていうのは、知らなかったな」

もうひと口含む。喉元の肌が、艶《なま》めかしく上下する。

「でも、もうちょっと、預けてみたらいいと思います。二人を、岳彦に……」

図《はか》らずも目が合い、見つめ合う恰好になる。

「大晦日に間に合うかどうかは、断言できませんけど……でも、決して悪い結果には、ならない気がします。私は」

今の祐司には、その言葉を信じることも、否定することも、できない。

2

とりあえずバイトするって決めたあと、あたしたちは新宿に出て、仕事着を調達することにした。本気を見せるには、やっぱ恰好もそれなりでないと。

「ルイさんには、ちょっとイメチェンが必要だもんね」

「そうなんですか？」

あたしが目をつけたのは、厚生年金会館のちょい手前にある、ミリタリーショップっつーんですか、軍隊マニア御用達みたいなお店。

「これいいじゃん。めちゃめちゃ変わるよ」

「あの……迷彩柄は、ちょっと」

うーん。けっこう可愛いと思うんだけどな。

「でも、逆に単色じゃつまんないでしょ」

「っていうか、そういうツナギタイプが、苦手かも……色もちょっと、囚人みたいだし」

けっこうわがままいうのね。ハードな作業には持ってこいだと思うんだけど。

「じゃ分かった。下は自前のジーンズでいいや。で、上をこれ、MA－1にしよう。色は選ばせてあげる。どれがいい？」

緑だろ。

「じゃあ、黒で……」

ちぇ。まあ、あたしも黒の方がいいけど。

二人で着てみて、鏡の前に立つ。

「夏美さんも、同じの買うんですか」

「あったり前じゃん。楽器屋ガールズ」

ほれ、ポーズ決めて。こう、左肩出して。ちゃうちゃう、ルイさんは右。ちょい背中合わせにして。

「ほら、けっこうカッコいい」

「うん。なんか、やる気出てきたかも」

でしょ？　鏡の中でルイもにんまり。

訊けば目はけっこう悪いらしく、コンタクトしてるってんで、明日からは眼鏡にしなっていっといた。だって、仕事するのにサングラスってわけにゃいかないし、かといってなんもなしで、ルイだってバレたらことだし。

「じゃあ、明日。がんばりましょうね」

「うい。よろしくっす」

そんな感じでルイとは別れた。

あたしはそっから原宿まで出て、竹下口にあるファミリーマートで、親父にプリペイド携帯買って届けてやろうと思ったんだけど、

「申し訳ございません、未成年のお客さまは……」

親の同意が要《い》るんだってさ。でも、その親に買ってやりたいあたしはどうしたらいいのさ。どう考えても、保証能力はあの親父の方が低いと思うんだけど。どうなのファミマさん、ソフトバンクさん。

「と、仰られましても……」

ま、決まりじゃしょうがないやね。この日は申込書だけもらって撤退。こんなんなら、真っ直ぐ千川に帰ればよかったわ。

でもって翌日の、朝五時四十五分。あたしが御茶ノ水の改札を出たときには、もうそこでルイが待っていた。もちろん、辺りはまだ夜同然の暗さです。

「おはよ……うぅ、ねみ」

「おはようございます。私も、なんかドキドキして眠れなくて」

うーん。この人、労働ってもんを根底から勘違いしてるな。

「……っていうかガク氏、こんな朝っぱらから、あたしらに何させるんだろね」

牛乳配達とかいうなよ、ルイちゃん。

「新聞配達だったりして」

まあ、あんたのギャグセンスなんてそんなもんでしょう。

「とりあえず、いこうか」

「はい」

暗い坂道を、二人でほっほと白い息を吐きながら下り、井場楽器の前に着くと、おっかねー顔したガク氏が腕組みをして立っていた。

「おはようございます」

「おはようございやす」

腕をほどき、今どきそれかよ、みたいなゴッツいGショックをじろりと見る。

「……まあ、遅刻ではないな」

「失礼ね。まだ三分あるわよ」

「恰好も……まあまあだ。じゃあ、出かける前に説明をする」

なんでも、幕張《まくはり》メッセで前日まで使用されてたPA機材が、撤収されて搬出口に出されてるんで、それをこれから回収しにいくのだそうな。だったら九時くらいに、もっとゆっくりだってよかったでしょうが、と思ったんだけど、そのあとはあとで向こうも予定が入ってて、自分らが入れる時間は午前八時までって決まってるんだってさ。それを過ぎたらどうなるのかってーと、

「分からん。紛失しても文句はいえんな」

だそうです。

もういきなり店にも入らず、白のワンボに乗ったらレッツゴー。

しかしその勢いのわりに、車中の空気が重たいこと重たいこと。音楽かけるでもなし、なんかこっちに訊くわけでもなし。ガク氏はずっと黙って運転してる。そういう場面で、無理にはしゃぐキャラでもないのであろうルイは、窓の外を過ぎていく夜明けの町を眺めていたりする。

うー。こいつら、くれー。

そりゃあたしはさ、ぷぷ、っとくるような気の利いたひと言でもいってやろうかと思ったさ。でも、絶対スベるなって思ったからやめといた。沈黙にお付き合い。

嗚呼《ああ》、白く明けていく東京。とか思ってたら「ようこそ千葉県へ」っていう、黄色い看板の下を通ってしまった。タイミング、いと悪し。

道も空いてたもんで、七時前にはメッセに着きまして、

「よし、急げ」

いきなり駐車場みたいなとこで回収作業開始。八百ワットのスピーカー六台と、パワーアンプ、ミキサー、ケーブルの束などを、担当者の男性を入れて四人で積み込む。男衆が荷台に持ち上げて、中のあたしらが引っ張り込んで並べるって手順だったんだけど、

「あたッ」

ルイ、いきなり天井に頭ぶつけてるし。

「いたッ」

機材と機材の間に指はさむし。

「あっ」

眼鏡落としたの自分で踏んじゃうし。もうその、最初の十五分くらいでルイはボロボロ。先が思いやられることこの上なし。

最後にもう一度、一個一個を伝票と照らし合わせて、担当者にサインをもらったら一件落着。そんときの、

「ありがとうございました。また、よろしくお願いします」

ガク氏の、人が変わったような笑顔の清々《すがすが》しいこと。ずっとその顔しててよ、とか思ったんだけど、

「いくぞ」

振り返ったらもう元通り。あたしらも担当者に頭下げて車に乗り込んだ。

「うーわ、やっぱいよそれ」

ルイの人差し指、はさんだだけじゃなくて、ほとんど爪剝《は》がれてるし。

「店長」

ガク氏がルームミラーを覗き込む。

「なんだ」

「島崎さんが怪我をしました」

「シートの下だ」

下が、なんだ。

「……ああ。これ」

シートの下に救急箱があるから、それで処置してやれとか、もうちょっとなんか、言い方があるでしょうが。まったく。ほんとにこの人、あの素敵なピアノプレイをしたのと同一人物かね。

「こう、下向けてみ」

「……大丈夫、自分でできるから」

「いいよ、やったげるよ」

それで店に帰ったら解散、なわけもなく、そっからも過酷な労働は夕方まで続いた。

倉庫内の掃除。それだって通路を掃いてOKなんじゃなくて、楽器を一個一個どかしてやれっていうのよ。

「ピアノもっすか」

「当然だ」

うげー。いびりだよ、いびり。

「あたた……」

ルイなんて、もう一日中半泣きって感じ。なんかやれば指が痛いし、そもそも腕力がないから物を持ち上げられないし。それ以前になんか、運動神経がないっていうかなんていうか、こう、体の芯で何かを支えるってことができない人なのね。

「よいしょぉ……」

コロガシって呼ばれてる、よく唄う人の足下にある三角のスピーカー、あれを壁際に二つずつ積み上げるんだけど、それがなかなか、彼女には持ち上げられない。

「ルイさん、もうちょっとこう、腰よ、腰」

「うん……よいしょォ」

でも何度目かのトライで、ようやく浮き上がった。で、

「よい、よいイ……」

胸まで上げた。でもそこで、グラッときて、思わずあたしが手を出したら、

「オイッ」

いきなり後ろで、ガク氏が怒声を上げた。びっくりして、ルイが力を抜いたもんだから、がくんってスピーカーが傾いて、

「あぶっ」

「えっ……」

危うく、ルイの足に落ちそうになった。あたしが、渾身の力で落下を喰い止めたからよかったようなものの、じゃなきゃあんた、足の爪どうかするくらいじゃ済まなかったよ。

そっとスピーカーを下ろしてたら、早足で近づいてくるガク氏のくたびれたスニーカーが視界に入ってきた。「気を抜くな」「壊す気か」みたいな文句をルイにいうのかと思ったら、

「勝手に手を出すなッ」

パシーン、ってあたしの右頬が鳴って、一瞬視界がブレて、すぐにほっぺが痺《しび》れてきて、カーッて熱くなった。

えっ、なんで——？

機材も守ったし、ルイにも怪我させなかったし、なのに、なんで、あたしがぶたれんの？

でもまあ、あたしもそれなりに修羅場《しゅらば》くぐってきてるから、ビンタの一発くらいで投げ出すことはしなかった。かつては、薫ファンにライブハウスのトイレで待ち伏せされて、首絞

められたりしたこともあったし。あっちの方がよっぽど理不尽《りふじん》だったし、危険だったし、怖かった。だからって、ガク氏のビンタが許せるわけでも、納得できるわけでもないんだけど。

彼の態度自体は、それ以前も以後も、特に変わりはしなかった。これをやれ、終わったらあれをやれ。柏木はこっちだ、島崎はこれだ。配達いくぞ。浦安のホテルだ。次は品川の老人ホームだ――。

そんな感じで一日二日と、労働の日々は過ぎていった。ちなみに、ときどき店に顔を出す江利子さんはとっても優しい人。よくこの二人が夫婦でいられるもんだと思う。

そんであれは、クリスマスイブの土曜日だった。

「これを二階に運べ」

ガク氏は、ローランドの「ジャズ・コーラス」って有名なトランジスタのギターアンプを三台、作業場に上げろと指示してきた。ジャズコったって百二十ワットのじゃなくて、百六十ワットの大型モデルだかんね。かなりデカいし重いのよ。

「二階に運んで、なにするんすか」

「バラしてメンテナンスして、組み直す」

「下じゃできないんすか」

「下では暗くて手元が狂う」

「じゃあ電気スタンド持ってきますよ」

「それに下だと寒い」

「ストーブも運んできますよ」

「つべこべいうな。さっさと持って上がれ」

うー。なんか割り切れねー。

「……ルイさん。上と下、どっちがいい？」

女の子が一人で階段を上げるのは絶対に無理なんで、前後に分かれる恰好になるんですが、上には上の、下には下のつらさがある。引っ越しやったことある人なら誰でも分かることだけど、でもたぶん、ルイには分からない。

「……じゃあ、下で」

まあ、一台やってみて、つらかったら交代してやったっていいんだし。なんて考えてたら、

「なんすかそれ」

ガク氏、なにやらせっせと、アンプの上のところにある持ち手にロープを結びつけてます。

「命綱だ。これ、今じゃけっこう、入手困難なレアアイテムだからな。万が一落っことされたら大損だ」

「そんなことするくらいなら、手伝ってくれた方が早くないっすか」

「駄目だ。俺はもう、今日は腰が痛い」

えーえー、あんたの毎日の働きは、そりゃ大したもんだと思ってますよ。でも、なんか感

じ悪いな、この命綱。

「じゃあ、やってみよっか」

「はい」

「声出していこう」

「はい」

階段前まではガラコロ引きずってって、前後で持って、せーので上げる。

上は上で、屈んで持つから腰がしんどいし、下は下で、重みを全身に受けるからキツい。

「はいイーチ」「イーチ」

「イーチ」「イーチッ」

だから声出して、タイミング計って、一段一段、力を合わせて上っていく。

でも、ちょうど真ん中辺りにきた頃、やっぱちょっと構えが低くなってたのか、アンプの下に付いてるキャスターが、ガチンッて段板に当たった。

「あッ」

それで、アンプが急停止したもんだから、ルイが、顔かなんかをぶつけたみたいな鈍い音がして、

「あふっ」

すぐ、グッとあたしの手にかかる重みが増した。

「あタァッ」

ほとんど、段板とアンプに指がはさまれる状態になってた。でもここであたしが離したら、ルイは下敷きになって、きっと大怪我して、でも、あたしも指が千切《ちぎ》れそうで――。

「ふんッ」

そしたら、あたしの耳元で、ビーンってロープが張る音がした。アンプはちょっと斜めになって、両脇の手摺《てす》りに当たったりしたけど、でも下に落ちていくことはなかった。

ただ直後に、ゴツッて、鈍い音が聞こえた。

なんとか指を抜いて、体勢立て直して、アンプの向こうを見たら、

「ルイさんッ」

彼女が後ろ向きに階段を落ちて、後頭部を、コンクリの床に打ちつけたみたいになってた。

「ルイーッ」

あたしは、手摺りを平行棒にしてアンプを飛び越えて、倒れているルイのもとに下り立った。

「ルイッ」

ヤバい、これヤバいよ。半分白目剝《む》いて、全然反応ないよ。

もしかしたら落ちていく途中で、何度も何度も階段に頭打ったのかも。それ以前に、アンプで顎とか打っちゃって、KOされたK-1選手みたく、カクンって意識失っちゃってたの

かも。

「ルイ、ルイッ」

揺すっても起きない。口、ぽかんになってる。

どうしよう、どうしよう。

上を見たら、なんかアンプはすでになくなってて、部屋からガク氏が出てくるところだった。

階段を下りてくる、カンカンカンカンって足音が、場違いなほど呑気《のんき》に聞こえた。

あたしの後ろまできた。

「……どけ」

いわれた通りどくと、彼は仰向《あおむ》けのルイの腰にまたがるようにして、ちょうどおっぱいの下辺りに両掌を当てて、ぐっと押し込んだ。そしたら、グフッてなって、すぐにルイは目を開けた。

「ルイッ」

あたしが抱き起こすまでもなく、ルイは、自力で上半身を起こした。もう端っこにどいていたガク氏は、タバコに火を点けるところだった。

「大丈夫？　痛い？　頭痛い？」

ルイは耳の後ろ辺りをさわって、あつッ、と漏らした。

「ここら辺が……」

「大したことない。ただの脳震盪《のうしんとう》だ」

振り返ると、やれやれって顔で煙を吐き出す。さすがのあたしも、これにはブチッときた。

「ちょっと、ただの脳震盪って、脳震盪起こしちゃったら大変じゃないさッ」

ルイは「夏美さん」ってあたしのＭＡ－１の襟を引っ張ったけど、もう自分でもどうにもならなかった。

「あんた、何様のつもりよ。女の子にこんなことやらせて、怪我までさして。今、あんた今、ほんの一瞬で、上まで一人で運んだじゃないさ。できんじゃないさ。なのに……こんな、こんな危ない目に遭わせてまで、あたしたちにやらせる意味なんて、なんもないじゃないさッ」

それでもガク氏は、冷ややかな目であたしたちを見下ろしていた。

「どんな仕事でも、そこに意味を見出せるか否かは本人次第だ。この仕事に意味がないと思うのなら、いつ辞めてくれてもかまわん。……君自身、すっかり目的を見失っているようだしな」

そんだけいって、部屋に上がっていく。

なに、あたしが、目的を、見失っている——？

「お疲れさまでした」

「……お疲れっした」

その夜、あたしたちは七時頃になって店を出た。

当然のように、街はクリスマスムード一色。御茶ノ水がいくら楽器屋街だからって、それなりに華やいだ雰囲気にはなっている。

きんきらモールで飾られた店先。綿製の雪が積もったエレキギター、ベース、キーボード。そういえば今も昔も、あたしに楽器をプレゼントしてくれる人なんていなかったな。ルイは、どうなんだろう。彼氏とか――ああ、そういうのは禁句か。

「痛い？」

あたしは自分の右耳の辺りを示した。

「んーん、大丈夫です。ご心配おかけしました」

「医者とか、いっといた方がいいんじゃないの？」

「いえ……私、ちょっと立《た》ち眩《くら》みとか、そういうのなりやすいタチだから、たまにあるんです、こういうこと。だから、大丈夫な感じも、分かるんです。すみませんでした」

「何も、ルイさんが謝ることっちゃないよ」

すれ違う同年代のカップル。たぶん、楽器とか音楽には関係ない、近所の、明治大学とかの学生なんだと思う。なんかとっても、楽しそう。

「ルイさんは、大学いこうとか思わなかったの」

「うーん……ちょっと考えたけど、仕事も忙しかったから」

その口ぶりじゃあ、ちゃんと高校は卒業してんだな。なにげにあたしより高学歴じゃん。うー。静かなる低次元の争い。

ルイが「あの」と、覗き込んでくる。

「さっき私が倒れたとき、確か夏美さん、私のこと、ルイ、って」

「ああ」

そういや、そうだったな。

「ごめんごめん。とっさだったたから、なんか呼び捨てにしちった」

「いえ……」

ルイはかぶりを振り、はにかんだような笑みを浮かべた。

「なんか、いいなって、ちょっと思ったんです。私……ルイって、本名なんです。留まる衣で、留衣。高校までは、友達もそうやって呼んでくれたけど、もう、会う機会なんて全然ないし。きっとみんな、それこそ大学生とかなって、忙しいんだろうし……業界の人は、必ずサン付けか、あってもチャン付けでしょ。呼び捨てにしてくれる人は、一人いたけど……」

あー、秋吉氏ね。

「だから、夏美さん、私のこと……」

そんな、切ない目で見ないでよ。

「分かった。あたし、ルイって呼ぶよ。でもその代わり、ルイもあたしのこと、呼び捨てにするんだよ」

彼女は、ちょっと考え込むみたいに目を逸らした。

「……なつ、み」

「区切らない」

「……夏美」

「うん、そう」

あたしは、なんかよく分かんないけど、ルイの手を握っていた。

このひょろっこい白い手も、それなりいろいろ、苦難を押し退けてきたんだろうなって、そう思ったら急に、胸の辺りが、温かくなってきた。

そして気づく。

今あたし、この娘のこと、全然、嫌いじゃない。

さらにいえば、この手はたぶん、「アーティスト・島崎ルイ」のものではない。おそらく「島崎留衣」という、一人の女の子のものなのだ。

「ねえルイ……ご飯、食べいこっか」

きんと冷たい風が、二人の間を吹き抜けていく。

「うん、賛成」

女同士の、クリスマスイブ。

3

祐司も常に心がけ、仕事の合間を縫って井場楽器を訪ねるようにはしていた。だがどういうわけか、祐司がいくと「配達中」のプレートがシャッターに掛かっていたり、「本日定休日」だったりする。定休日なら電話に出るだろうと夏美にかけてみるが、いくら鳴らしても出ない。

しかし今日、二十七日の夕方は当たりだった。シャッターはすでに半分閉まっていたが、中からは明かりが漏れており、夏美たちの話し声もする。

「ハーリウッドえいがァ……」

いま唄ったのはルイだ。

「低い？」

「ちょっと。試しに半音上げてみて」

ピアノの和音がポロンと鳴る。

「ハーリウッドえいがァ……どう？」

「その方がいいみたいね」

「うん」

もしかして、二人は曲作りをしているのか。てっきり力仕事をさせられているとばかり思い込んでいたのだが。

その、中腰になって覗き込んでいるときに、

「おい」

急に肩を叩かれた。

慌てて振り返ると、井場岳彦が、そこに立っていた。相対すると、祐司より若干背が低いことが分かる。オールバックに整えた髪が、店内の明かりを受けて鈍く光っている。

「怪しすぎるぞ、あんた」

その頬には、微《かす》かな笑みが浮かんでいた。

「あ、すみません……私」

「柏木のマネージャーだろ」

はい、と頭を下げ、慌てて名刺を差し出すと、井場は苦笑しながら受け取った。

「そんなにコソコソする必要はないだろう。自分とこのタレントがいるんだ。堂々と入っていけばいいじゃないか」

それはそうなのだが、祐司自身、自分がどういう立場でここにきているのか、よく分から

なくなっている。なんとなく態度も、オドオドしたものになりがちだった。

「俺を引っ張り出す、手助けをしにきたか」

短くかぶりを振る。言葉は出なかった。

「……わけでもないのか。だったら何しにきた。女房は心配しないよう説明して、納得してもらったといっていたが」

はい、と答え、だがなんとなく、小首を傾げてしまった。

「はっきりしない奴だな……まあいい。話があるなら聞いてやる」

いきなり井場は歩き始めた。表通りから離れる、人気《ひとけ》のない方向に。


井場が立ち止まったのは、一つ先の角を曲がった自動販売機の前だった。好みも訊かず、ダイドーの缶コーヒーを買って差し出す。祐司は一礼して受け取りながら、「あの」と切り出した。

「よく私が、夏美のマネージャーだと……」

井場はごくりとひと口飲んでから頷いた。

「……ああ。背が高くて、情けない顔をしてるって聞いてたからな」

いかにも夏美がしそうな言い回しだが、井場はなぜか、すぐにかぶりを振った。

「いや、女房がいったんじゃないぞ。柏木がいったのを、女房から又聞きしただけだ。俺は、あいつらとはほとんど喋らないんでな……ときどき顔を出す女房とは、なんだか楽しそうに喋ってるが」

「そう、なんですか」

祐司もひと口飲む。とろりとした甘みが喉に絡みつく。

井場はポケットからタバコの箱を取り出した。あまり見たことのない銀色の、青い花のマークが入った銘柄だ。一本銜え、肩を丸めて火を点ける。

吹き上げず、井場は漏らすように煙を吐いた。

鼻先をかすめたのは、ちょっと変わった香りだった。夏美のとも、梶尾のとも違う、強いていえばお香に似た、心の静まるような不思議な匂い。そのせいだろうか。祐司は、自分でも意外なほど、すんなりと質問を口にしていた。

「あの、井場さんは、なぜ表舞台から、身を引かれたのですか」

一瞬、その目が厳しく細められる。だがすぐ、宙に散る煙と共にゆるんでいく。

「それを聞いてどうする。柏木に教えて、引っ張り出しの材料に役立てろと入れ知恵するか」

「いえ、そんなつもりは……」

「ならなんだ。才能がなかっただけだと、俺にいわせたいのか」

「そんな」

溜め息、苦笑い。販売機の明かりに浮かぶ、端正な横顔——。

「まあ、事実、そんなところさ」

「そんなはずはないでしょう」

祐司の脳裏に、夏美とゴンタの顔が、浮かんでは消える。

「夏美は、あなたの才能にとことん惚れ込んでいます。あんなふうに、誰かに惚れ込む夏美を、私は初めて見ました。それを」

井場はかぶりを振って遮った。

「演奏する才能と、聴衆の期待に応える才能は、まったく別のものだ。少なくとも俺には、後者の才能がなかった。それが自分で分かったから、俺は表舞台から身を引いた。それだけのことだ」

それだけのこと。そういって終わらせようとすること自体、別に理由があるといっているも同然だと祐司は思った。が、これ以上追及して、いいものかどうか——。

迷っていたら、逆に井場が切り出した。

「立ち入ったことを訊くようだが」

ひと口吸って、大きく吐き出す。

祐司はその煙が、目の前を通り過ぎていくのを、見るともなしに見ていた。

「柏木夏美の、家庭環境ってのはどうなってる」

「は……？」

聞き返したつもりだったが、井場は繰り返すことをしなかった。ただ、じっと祐司の目を見つめている。まるで、心の中まで透かし見るかのような視線だ。

「……いいづらければ、無理には訊かんが」

夏美は、この手のことで同情めいたことをいわれるのを嫌うところがある。言い回しに気遣いは要るだろうが、基本的にはオープンにしていい話題だと、祐司は認識していた。

「いえ……母親は、中学一年のときに癌で亡くなり、事業に失敗した父親は、その後に失踪しています」

そういえば父親の一件は、あれ以後どうなったのだろう。

「兄弟は」

「いません。一人っ子です」

「それで施設送りか」

「いえ。その後は親戚の世話になったようですが、まもなく自活するようになったと聞いています。以来ずっと、一人暮らしのはずです」

「なるほどな……それでか」

井場の納得が、逆に祐司には疑問だった。

「それって、何か関係があるんですか」

「関係、とは?」

「……たとえば、夏美の、音楽とか」

鼻で笑い、井場はポケットから出した携帯灰皿に吸殻を差し込んだ。

「関係あるに決まってるだろう。音楽に作者の人格が反映されないのだとしたら、そんなものに一体なんの価値がある。彼女の音楽を規定しているのは、彼女自身の思考であり、性格であり、人生観だ。だが俺は彼女の、曲という結果しか知らない。それに至るプロセスが、一体どんなものだったのか……興味があったから訊いた、そしてその答えに納得した……何か、疑問はあるか」

方程式は提示された。でもその方程式が正しいのかどうかは判然としない。そんな割り切れなさが、祐司の心をささくれ立たせる。

「……もうすぐ上がりの時間だ。ちょっと待って、飯にでも誘ってやったらどうだ。ここんとこ、ゆっくり話もしてないんだろう。マネージャーさんよ」

祐司は「まあ」と答え、小さく頭を下げた。

煮え切らない奴だと、井場は呆《あき》れたように笑った。

祐司は井場楽器の前で、二人が出てくるのを待った。やがて「お疲れさまでしたァ」と聞こえ、ビニールカーテンに人影が映る。

先に出てきたのは夏美だった。

「あっれェ、宮原サーン」

こっちに向けた人差し指を、くるくる回しながら近づいてくる。その後ろには、黒いＭＡ―1には不似合いなほど、上品な会釈をするルイがいる。祐司も頭を下げて応える。

「なぁーにやってんの、こんなとこで」

「うん。たまには、食事でもどうかなと思って」

意地の悪そうな笑みを浮かべ、夏美は祐司のへその辺りに拳を押し当てた。

「うい、江利子さんから聞いてるわよ。あんた、四、五んち前にも、ここにきたらしいじゃないの。やーらしぃ」

「な、何が」

ルイは、怪訝な顔で夏美と祐司を見比べている。

「何がって……ルイちゃんのプライベートを、の、ぞ、き、み」

「おい」

人の気も知らないで。

「しかも、しれっと食事に誘ってるし」

「なにいってんだよ、俺は」

「ルイ。こいつこれでも、彼女いるから気ぃつけた方がいいよ」

ルイ？　呼び捨て？

「そんな言い方……悪いわよ」

彼女の夏美に対する態度も、以前とはどこか違うように感じられる。

「まあでも、飯くらい奢られてやってもいいか。どうせあたしたち、一時間二百五十円の身だし」

二人で目を見合わせ、肩をすくめて笑い合う。

しかし、なんだろう。一時間二百五十円というのは。

「いこういこう」と、夏美がルイの手をとる。彼女はされるがまま、大通りの方に引きずられていく。

「宮原サーン、あたし、イタリアンがいい」

スキップしながら振り返る夏美。それをルイが、たしなめるような目で見る。

「ああ……いいけど」

その返事も、聞いているのやらいないのやら。祐司は小走りで二人を追いかけた。

「ほら、ルイが美味しいっていってた店、あそこいこう」

「ああ、山の上ホテルの？」

「そうそう」

明大通りを渡り、考古学博物館前の坂を上り、二人は山の上ホテルの別館に入っていく。

目当ての店は、どうやら地下一階にあるらしかった。

「三人でぇーす」

見ればいつのまにか、ルイはサングラスをかけている。

「とんなよ。だいじょぶだよ、分かんないって」

「そうかな。この前みたいなことも、あるじゃない……」

恐る恐るはずし、ふざけたようなしかめ面を夏美に向ける。

席には、すぐに案内された。

夏美はすぐさまウェイターを呼び、ディナーコースを三つと、

「今日は飲んでもいいっしょ」

「ああ、いいけど……」

赤ワインをオーダーした。

ボトルが運ばれてきてから、祐司は心配になった。ペンフォールド・カベルネ・シラーズ。

これは一本、いくらくらいするのだろう。

「じゃあ……乾杯」

ルイの音頭でグラスを合わせる。

「カンパーイ」「乾杯」

比較的空いているせいか、料理が出てくるのも早かった。

前菜の盛り合わせ。続いて石窯で焼いたピッツァ、鴨とネギのスパゲッティー、茄子《なす》と挽き肉のラザニア。ワインも美味しいし、何しろ、ルイを交えてする食事は楽しかった。彼女自身は、ジャンパー姿で入店してしまったことに気後れを感じているようだったが、ハイテンションな夏美に引っ張られる恰好で、やがて彼女も声をたてて笑うくらいにはリラックスしていった。

二本目のワインも空きかけた頃、夏美がルイの肩をつついた。

「……そういや、爪、どーなった？」

「ああ、ダメ。結局剝がれちゃった」

ルイは右手の人差し指を立て、悲しげに口を尖らせた。絆創膏が、縦横に重ねて貼られている。

「どうか、したんですか」

ずっとそうだが、祐司が割り込むと、ルイは急に真顔になる。

「ええ……初日に、機材にはさんで爪が裂けちゃったんです」

夏美が「うひー」と震えてみせる。だいぶ酔っ払っているようだ。店の照明はわりと明るい方なので、真っ赤になっているのがよく分かる。

祐司は、いつ本題を切り出そうか迷っていた。だが、二人の楽しそうな様子を見ているうちにいいそびれ、そんなこんなしているうちに、夏美は正気を失っていく——。

しかし、そろそろ潮時《しおどき》だろう。祐司は夏美にではなく、あえてルイに訊くことにした。

「……あの、それで、井場さんの感触は、どうなんでしょうか。大晦日、参加してくれそうなんでしょうか」

「あ、ええ……」

今日はもう二十七日。あと三日しか猶予《ゆうよ》はない。

ルイは考え込み、だが結局、困ったような顔で夏美をつついた。

「……え、あに……聞いてなはった」

「だから、どう、なのかな。井場さんは」

「ああ、井場ッチね。イバッチ、イバイバ……」

夏美はうな垂れ、フーッと深く、息を吐き出した。それで酔いが醒めるとも思えなかったが、改めて前を向いたときは、かなりまともな顔つきになっていた。

「……宮原サン。勝手なことさしてもらってて、悪いとは思うんだけど、正直、今んとこ分かんないわ。分かんないんだけど……でもね、あたし、このバイトやって、よかったって思ってる。なんか、色んな人に会うんだよ。ガク氏の扱う楽器を通して、音楽に関わろうとする、色んな立場の人に……結婚式の二次会の幹事さんとか、飲み屋の店長とか、老人ホームのジイちゃんバアちゃんとか、コミケのアニメオタクとか。ああ、アニオタは鋭く見破ったよね、ルイだって……」

すかさず頷くルイ。

「今まであたしが……ってまあ、ルイもそうなんだろうけど、あんま知らなかった人たちの顔っつーか、なんかそういうもの、見してもらってる気がするんだ。ガク氏は、最初はなんか、なんだこいつ、みたいな、ざけんなこら、みはいな、感じらったけろ……」

ゆらっ、と後ろに傾いた夏美の頭を、ルイがとっさに支える。もうその目は完全に閉じられており、そのままズルズルと、ルイの膝に崩れていく。

夏美、終了――。

だが印象的だったのは、そのときのルイの表情だ。愛しげに夏美の頭を引き受け、その髪を、優しく撫でる。どう表現していいのか分からないが、とにかく、初めて見るルイの表情だと思った。

「……今、夏美さんのいった通りだと思います。井場さんが、バンドに入ってくれるかどうかは分かりませんが、私も、このバイトはやってよかったって思ってます。……夏美さんに、迷惑かけてばっかりですけど」

夏美がテーブルの下で「ルイ、いまサン付けした」と低く呟く。

「あ、ごめんごめん」

下を見て微笑《ほほえ》むルイ。

どうなってしまったのだろう、この二人は――。

彼女たちの中で、何かが変わり始めているのは、確かだろう。それが井場岳彦の影響であることも、まず間違いのないところだ。だがそれが、彼の意図するところなのかどうかは、分からない。またそうだとしても、そこにどんな意図があるのかは――。

祐司はぐっとワインを飲み干し、一人、深く息を吐き出した。

テーブルの下から、夏美のいびきが聞こえてきた。

4

ワインのガブ飲みはマズかったね。あれは応えたわ。

「おい、チャッチャと巻けよ」

「はい、すんませぇん……」

そういわれても、なんか指先がフワフワしちゃって、弦が穴に上手く通らないのよ。

「島崎の方が速いぞ」

「夏美、しっかり」

「うい……」

エレクトリック・ギターって色んな形があって、弦の張り方もそれぞれ違うんだけど、一番オーソドックスなのは、ボディの裏側から通すタイプなのね。

まずボディをひっくり返して、六つ並んだ穴のしかるべき場所、一弦なら構えたとき一番下になる穴に弦を通す。表に出てきたそれを一杯いっぱいまで引っぱると、反対の端っこについてる金属のボールが穴の入り口に引っかかって固定される。で、引っぱっといた弦の先は、今度はネックの先に持ってって、六つ並んだ糸巻き、ペグって呼ぶんだけど、それにまた通して、くるくる巻いていく。

ギターの弦は六本なんで、当然六回、この作業を繰り返す。だからギター一本張り替えるのに、チューニングも含めたら、最短でも十分か十五分はかかっちゃう。で今現在、井場楽器の倉庫に保管されているのが、ベースと合わせて六十二本。高いのも、やっすいのもある。その在庫のすべての弦をチェックして、先月から換えていないものがあったらすべて交換、というのが毎月二十八日の行事なのだそうです。それを今月、運悪く仰せつかっちったのが、あたしらってわけ。

「弦の巻き方一つで、弾き心地はずいぶん違ってくる。うちの楽器はプロから素人さんから、いろんな人に弾いてもらうわけだが、相手が素人かもしれないからこそ、最高のコンディションで渡す必要がある」

よっしゃ通った。それ急げ、クルクルクルクルッ。

「こら柏木ッ」

ひいぃ、また怒られた。

「お前は何度いったら分かるんだ。ペグには、弦を通した上にふた巻き、それから下に回るように巻いて、最終的には五周から六周になるようにしろと教えただろう。上下ではさみ込むことによって狂いを防ぐんだ。……まったく。その弦の巻き方にも、お前の性格がよく表れてるよ」

また、今日は一段と小言が多いやね。

「あたし、こういう性格なんすか」

ペグを指差す。個人的には、ただ上がひと巻きになっちゃったってだけで、充分弾けるデキだと思うんだけど。

「ああ。自分さえ弾ければ他人が不自由をしようとかまわないという、傲慢かつ不誠実な巻き方だ」

ちぇ。嫌なことというわ、相変わらず。でもルイのを見てみると、確かにちゃんと上下の巻き数をいわれた通りにしている。しかもバイト始めの頃より、格段に手際もよくなってる。弦なんて、あんま自分じゃ張ったことないっていってたのに。

その午前中は、もうずっと弦の張り替え。午後になってようやく配達にいくことになって、二軒こなしてその日はお開き。三日酔いになったら明日もつらいなと思ったんで、その日は早く帰って寝た。

で、翌日。十二月二十九日、木曜日。

「とうとうきましたな、この日が」

「うん。結局、七軒になっちゃったね」

あたしとルイで、何日か前から噂してたんだけど、この二十九日ってのが、やたらと忙しそうだったのだ。配達の予定がどんどん増えていって、ついに昨日六軒になってたんだけど、今朝きたらまた増えてた。なんでこの日なのかって訊いたら、年末のイベント絡みなのだそうです。

「街頭での使用が多いからか、故障が重なって、なんだかんだ、ウチまで回ってくる話が増えるんだ。この時期は」

だから朝から晩まで、ほんと大変だった。さすがに「何やってんだろあたし」みたいに思う瞬間はあったけど、不思議なほど「やってらんない」的な気持ちにはならなかった。

それはね、単純な理由。みんなが感謝してくれるから。特にトラブルが起こって井場楽器を頼ってきたお客さんって、ほんといい顔して迎えてくれるんだ。

「助かりました……ありがとうございました。ほんと、このイベントに穴が空いたら、どうしようかと思ってました……」

固くあたしたちの手を握り締めた彼らは、頭を上げると、急いで仕事場に戻っていく。その背中には「ヨシッ」みたいな、意気込みのオーラが立ち昇っている。

そこは、四つあったスピーカーの二つが壊れて、昨日と今日と、ほとんど半分の音量でやってたらしい。あたしらがいったときは、ピンクのクマの着ぐるみの人も、寒かろうにミニスカのお姉さんも、舞台裏でうな垂れてた。でも担当の人が、スピーカーが届いたって知らせると、ワッ、みたいに盛り上がる。目をあたしらに向け、みんな同じようにお辞儀してくれる。

ああ、実のある仕事なんだなって、身に沁みて思う。楽器のレンタルなんて、別に趣味の延長みたいな仕事じゃん、って思ってたけど、実際は違った。それによって結婚披露宴が成立したり、宣伝イベントが運営できたり、ホームのジイちゃんバアちゃんが生き甲斐を見つけ出せたりしている。世の中のほんの一部だけど、でもこの行いがあって初めて、動き出す何かがあるのは確かなんだ、って感じる。

そんなとき、あたしはふと疑問に思うんだ。

じゃあ、あたしたちの音楽って、なんなんだろうって。

その夜、あたしは初めてルイのマンションに招かれた。なんでも実家から「カニしゃぶセット」が送られてきたので、一緒に食べようということだった。

「実家ってどこよ」

「うん、今は成城」

はいはい、世田谷の一等地ね。いかにも世界的映画監督と女優の自宅って感じですわね。

「じゃあ、大して遠くないんじゃん。なんでまた、六本木で一人暮らししてんの」

「うーん、最初はパパの税金対策で借りてたとこを、私が学校に近いからって占領しちゃったの。でも今は、自分でちゃんと払ってるよ」

あー。なんかやっぱ、あんたっていまだに、部分的には腹の立つ女だわ。

「まさか、六本木ヒルズじゃないよね」

「よりは、ちょっと古いかな」

聞けばその「ちょっと」ってのも、三年とか五年とか、そういうスパンじゃなくて、完成が半年早かったとか、そういうレベルの話なんざますのよ。おほほ。むかッ。

左右対称の二棟建て。あたし的には「近代文明が生み出した神殿」みたいなイメージ。二棟の間から見上げる空はむろん真っ暗ですが、今いる中央通路自体はお祭り同然の明るさです。

そういうとこには必ず、セレブな雰囲気の毛皮外人が、あんまカワイくねー犬を自慢げに連れて歩いています。今回は目つきの悪い白黒ブチの、中途半端に大きい犬です。

「ハーイ、ルイー、ホニャララリラァ」

「ハーイ、ハニャペラハラリラァ」

なるほど。それでもインターナショナルご近所付き合いは良好、というわけですのね。

向かって右の塔のエレベーターに乗ります。

「へえ、二十三階建てか」

「ウチは十二階だけどね」

こういうとこはエレベーター降りても、外廊下じゃないのね。ほとんどホテルの中みたいになってる。

鍵は指紋認証だし。

「はい、どうぞ。入って」

「うい、お邪魔しまーす」

玄関はね、そんなに驚かなかった。いくつもドアがこっち向いてて、なんだけっこうせまいんじゃん、とか一瞬あなどった。でも間違いだった。やっぱリビングからはすごかった。いきなり吹き抜けみたいになってる、めちゃ高い天井にドギモ抜かれた。さらに真正面は全面窓で、ほんでもってこの十二階ってのが、実は一番贅沢なのだった。十一階の共有スペースにプールみたいなのがあって、そこに六本木の夜景が映り込んで、倍加して見えてて、それが全部「私のもの」みたいな感じなのよ。

「うは、すっげぇー」

「すぐに飽きるよ」

「ねえねえ、泳げんの、そこ泳げんの」

「んーん、けっこう浅いの。ただの水たまり」

振り返ると、ロフトと呼ぶにはあまりに贅沢な二階部分が左右にあって、それが玄関の上の回廊で繋がっている。むろん梯子《はしご》なんかで上るのではない。左手には緩《ゆる》やかなカーブの階段があり、右側には別の螺旋《らせん》階段がある。

そして左のロフト下、カーブ階段の手前には――。

「く、く……クリスタルピアノ」

「うん。見た目も音もカチンコチン」

右奥にはでっかいソファ。

「ぷ、ぷ、プラズマテレビ」

「それは、そんなに驚かなくても」

そして中央には――。

「こ、こ、コタツ」

「それもそんなに」

「驚くよッ」

最初は窓の夜景にびっくりしてスルーしちゃったけど、どう考えたってあんた、この間取りのド真ん中にコタツはないでしょう。

「だって、鍋物はやっぱり、コタツじゃなきゃ」

「っていうかルイ、あんた、今日鍋やるために、わざわざコタツ買ったんじゃないでしょうね」

「……」

マジ？　図星かよ、おい。

カニしゃぶ、美味しかったっす。ごちになりました。

「ふぃぃ、マジ最高だわ。夜景もカニも」

寝転んでも床暖房入ってっから冷たくないし。

「よかった、喜んでもらえて」

日本酒も旨かったし。たぶんあれも高かったんだろうな。

なんとそれから、ルイ様が直々《じきじき》にコーヒーを淹れてくださって、ケーキなんかも振る舞われてしまいました。今んとこ、あたしは帰る気ゼロです。

「いいわ、ルイんちいいわ」

「いつでも遊びにきてよ」

気分が乗って参りましたので、セッションなどしてみたいのですが。

「夜中にピアノ、なんつーのは……」

「大丈夫だよ、防音になってるから」

「あの、ギターなんかは……」

「ああ、奥に全部しまっちゃった」

クリスタルピアノの向こうは全面鏡張りなんだけど、実はそこはウォークイン・クローゼットみたいな、楽器部屋になっているのでした。

「何がいい？　チェット・アトキンス・モデルとかあるよ。あと、ゴダンとか」

「あ、いいっすね。ゴダンいいっすね。それ、貸してください」

ゴダンのエレガット、欲しかったんだよね。確か三十万近くするんじゃなかったかな、このモデルは。

でもまあ、音楽的バックボーンの違うあたしたちに、せーのでできる曲なんていくらもあるはずがなく、自然と演奏は、オリジナルなものになっていく。

で実は、バイトの休憩時間に遊びで作った曲が、二人の間ではけっこう、ブームになっていたりするのだった。

「じゃあ……ワン、トゥ、スリ、フォ」

ルイとあたしの共通点っていったら、実は「ピュア・ブルー」くらいしかなくて、じゃあそういう感じでやってみようか、ってことで共作したのが、このアップテンポのソウル系ナンバー。歌詞も大体できてて、今は「ハッピーエンド」ってタイトルにしようっていってる。

現段階ではルイがピアノ、あたしがギターって編成のアレンジだけど。

唄うのは、もちろんルイ。

「ハリウッド映画ァ、とスパニッシュフード……」

テーマはね、二人でご飯食べてるときとか、帰り道とか、そういうときに話し合って出てきた疑問がベースになってる。

とかく「勝ち負け」の価値観で区切りたがる世の中。一番そういうのに反発しなきゃいけない若者が、実際は真っ先にそういうのに踊らされちゃったりしている。で、自分たちはどうかっていうと、そういう価値観じゃない部分で生きようって決めて、音楽やってきたはずなのに、いつのまにか、やっぱそういうものの歯車に、甘んじて組み込まれていたりする。

でもそうじゃなくて、一人ひとりに、それぞれの「ハッピーエンド」ってあるはずだよね。政治家がゴールでも、花屋の主人がゴールでもいい。それぞれが自分のゴールを目指すべきだよね、って話から発展した歌詞だった。

それ思いついたとき、ちょっとあたし、父親のこと思い出して、チクッて心になんか刺さった気がしたんだけど、そのことは、ルイにはいわなかった。

その代わり、薫のことを告白した。ペルソナ・パラノイアってバンドをやってて、そこのボーカルが自殺しちゃったんだって。あたしは彼の死を無駄にしないように、自分が立つべきステージに向かってまた走り出したわけだけど、今はなんか足踏みしてる。これってなんなんだろうって。

ルイもあたしに話してくれた。秋吉ケンジのことは本当に好きだったし、今も決して嫌いではないけれど、ある日、突然気づいたんだって——。

「……たまたま入った、ドラッグストアかなんかで、私の曲が流れてたんだけど、なんかそれ聴いても、全然、いいって思えなかったの。ちっとも好きじゃないし、自分の曲じゃない気すらした……そしたら、自分ってなんなんだろうって、急に分かんなくなっちゃって、どうしようもなく、怖くなったの……。

もうその頃には、もともと好きだった音楽を聴いても、ちっともノレなくなってた。試しに一人で完成形まで作ってみた曲も、全然好きになれない。だいたい、自分で自分のことが好きなのか、それすらもよく分からない。こんな自分を、ケンジさんが好きなはずがない。みんなが好きになるはずがない。そうなったら、好きって何？　大事って何？　目標って何？　人生って何？　命って何？　って、全部分かんなくなっちゃって……気がついたら、大学病院の病室にいた。睡眠薬、いっぱい飲んじゃって……決して、死のうとまで思ってたわけじゃないんだけど……あんまり、自分でもよく、覚えてなくて……」

共感はできないけど、でもなんか、理解はできる気がした。

そりゃ演奏活動を禁じられて、創作活動も秋吉に牛耳《ぎゆうじ》られて、まあ今日ここにきてみて改めて思ったんだけど、こんな「天空の城」みたいなとこに引きこもってりゃ、そりゃ変な気も起きるわな。

でもね、それを救ったのって、実はあたしらしいの。

「CM見たら、ピーンときたの。この人は、絶対に自分で自分のことが好きだって。この人に会って、それってどういうことなのか確かめたいって、そう思ったの」

そんな時期に、ちょうど秋吉にも浮気疑惑みたいなのが浮上して、だったらもういいから別れましょうみたいにいったら、あっちがとんでもなくキレちゃって。「殿ご乱心」みたいになって、ルイの一切は凍結する、みたいな扱いにされちゃった、ということらしかった。

「……夏美。私、この曲好きよ」

あたしは、唄い終わってそういったときのルイの笑顔が、けっこう好きだった。

「あとはメンバー、なんだけどね……」

そのとき、玄関の方で物音がした。

「オーイ、ルイィー、いるのかぁー」

酔っ払いがご機嫌でご帰還、みたいな声。一瞬、あの白髪の映画親父かと思ったけど、それにしちゃあ声は若いしノリも軽い。見ると鍵盤を凝視するルイの横顔は、まるで死体でも発見しちゃったみたいに強張っている。

「ルイ……なんだ、いるんじゃないか、ルイ」

ふらりとリビングに入ってきたその男は、なんと噂の、

「いるなら……返事くらい、しろって」

秋吉ケンジ、その人だった。決してただの酔っ払いではない。

「……久しぶりじゃないかよ、ルイ……大晦日の件、あっちこっち根回しして、ジタバタしてるらしいが……無駄だね。もうよせよ。どの道、お前は俺のものなんだ。島崎ルイという女は、その才能も、体も、骨の髄まで、俺のものなんだから……そのことが、離れてみて……余計に、分かったんじゃないのか、ルイ……」

テレビで見ても、なんか品のない顔だな、ワイルドっていうよりか野蛮な顔つきだよな、イメージ的には年喰ったホストだよな、よくこれで音楽なんてやるよな、とか思ってたけど、さらに酔っ払うと、ほんと言葉を失うくらい最低な男ですな、この秋吉ってのは。ルイにはいえないけど。

「……何しにきたの」

ルイが立ち上がる。でも秋吉は、逆に体を屈めるようにしてあたしの方を覗き込んだ。

「誰だ？　そこのカワイ子ちゃんは」

「やめてよ。私の友達よ」

「へっ……友達？　お、と、も、だ、ち……そりゃいいや。こい、ほらこい、みんなこっちこーい」

勝手にカーブ階段で二階に上がっていく。

「……んもうッ」

うな垂れ、両拳をお腹のところで握り締めるルイ。なんか、こんなことといっちゃ悪いんだけど、そういう顔のルイって、すごく女っぽいっていうか、感情的な表情をした方が、色っぽいんだなって、初めて知った。ほんとは、なんで指紋認証の登録抹消しとかなかったのって問い詰めたかったけど、とりあえず今は、そんなこといってる場合じゃない。

酔ってるわりには順調に階段を上っていく秋吉。ようやく怒りのエンジンがかかったか、一歩踏み出したルイ。あたしも、なんとなく下のリビングから二人の動向を見守った。

「ちょっと、勝手にそっちいかないで」

「いまさら、なにいってんだよ……こい、ほら、こい」

どうやらそこにはベッドがあるらしい。明かりの感じがそれっぽい。ちなみにルイは、まだ階段の中腹だ。

「抱いてやるよ。抱いてやるから、それですべて……チャラにしようぜ」

「な、なにいってるの」

「照れる柄かよ。お友達がきてるからって……そんなこたァお前、全国津々浦々、みーんな知ってることだろうが。お前が俺に抱かれて、音楽作ってもらってることくらい、誰だって

……知ってることなんだよ」

ちょっとあたし、マジでブチッといきそう、とか思ってたら、秋吉がこっちを見下ろした。

「ほら、そこの君も、こっちに上がってこいよ。三人で朝まで楽しもうぜ。そしたら君もさ、あさって頃には、俺の力でスターにしてやるよ。みんなハッピー。ついでに大晦日の話も、

全部こっちで仕切ってやるから……」

本気か、秋吉はその場でズボンを脱ごうとし始めた。

「ちょっと、お願い、やめて」

肩を怒らせたルイが上まで上がっていく。

「おお、ルイ……」

待ってましたとばかりに抱き寄せる秋吉。

こ、この男――。

喧嘩の苦手なあたしも、さすがに我慢できなくなった。思わず階段の方に踏み出す。

「ほら、脱げって」

「ちょっと、やめてッ」

後ろから覆いかぶさる秋吉。胸の前で手を組んで拒むルイ。待ってろルイ、今いく。こんなあたしだって、多少の戦力にはなるはずだ。

「抱かれたら楽に、なれるぅ……って」

「イヤッ」

「ほらぁ、脱げったら脱げよ」

「ヤだッ」

「ザケんなッ」

バチーン、って鳴って、ふいに、沈黙が訪れた。

なに？　今、どういう状態？

もう何段か上って、あたしが上のフロアに顔を出すと、なぜかそこにルイの姿はなくて。

でも左手の、吹き抜けに面した部分の、銀色の柵の向こうに、ルイの足があって。それがスッと、下に消えた。

うそ――。

ドシンッ、と、バキッ、と、ウウッ、がいっぺんに聞こえた。

そこに残った秋吉は、ぼんやりと、ルイの消えた辺りに手を伸ばして固まってる。

うそでしょ――。

手摺りから身を乗り出すと、フタがへし折れたクリスタルピアノの脇に、ルイが横向きに倒れている。

「ルイッ」

あたしは転びそうになりながら階段を下り、彼女のところに駆け寄った。こっちに背を向けて、左側を下にして倒れてる。起きようとするみたいに肩を動かすけど、痛くて無理っぽい。

「……どこ、どこ打った」

ルイは歯を食い縛るだけ。

「頭、打った？　頭、大丈夫？」

なんか、顔をしかめたのが頷きっぽかった。

「どこ痛い？　救急車呼ぶ？　あいや、警察が先か……」

ふいに気配を感じて振り返ると、なんと秋吉が下りてきてて、玄関の方に歩いていくところだった。

「あッ、こらテメェ、待て、逃げんなコラッ」

むろんあたしのいうことなんて聞くはずもない。

追いかけよう、そう思って腰を浮かせると、ルイがあたしの袖をつかんだ。

「やめて……大事《おおごと》には、しないで」

「なにいってんの、これって傷害事件だよ、傷害事件ッ」

美人が台無し、顔をくしゃくしゃにしてかぶりを振る。

「いいの……私なら、大丈夫だから……」

バカッ。これが大丈夫じゃないことくらい、あたしにだって分かるよッ。

5

夏美から電話がかかってきたのは、夜の十一時くらいだった。

『どうしよう、宮原サン、マジでどうしよう』

「ちゃんと順番に説明して。どうしようばっかじゃ、俺だって分かんないよ」

『落ちたの、ルイが落ちたのよ、どうしよう』

「落ち着け、夏美」

彼女の説明からイメージしたのは、ルイが自宅のベランダから庭に落ちたような、そんな状況だった。

「なんですぐ救急車呼ばないのッ」

『だって、ルイが救急車はイヤだって……』

「子供じゃないんだから、そんな」

『しょうがないじゃんか、本人がイヤだっていってんだからッ』

結局、祐司が梶尾に連絡し、会社の車で共にルイのマンションに駆けつけることになった。

六本木のややはずれにある、二棟建ての超高級マンション。夏美にいわれた部屋番号を押し、夏美に「どうぞ」といわれて入るのは、なんだか妙な気分だった。

十二階。エレベーターを降りて正面のドアを開けているのも、夏美だった。

「こっちこっち」

急いでリビングまでいくと、フタの大破したクリスタルピアノの下に、ルイが横たわっている。赤いクッションを三つほどあてがわれ、微妙な姿勢に固定されている。

「一体、どうしたんですか……」

訊いてはみたものの、ルイ自身が説明できる状態にはなかった。またもや夏美に訊くことになるのだが、これがまた要領を得ない。

「えっと、あそこからぁ、すとーんって落ちて、ピアノにガシャーンってなって、ここにどしーん、って……」

「なんでそんなことになったの」

しばらくいいにくそうにしていたが、最後には夏美が、ルイに許可をとる形で真相を語った。

「……酔っ払った、秋吉ケンジが、いきなり入ってきて……んで、喧嘩になって……ルイがビンタされて、落ちちゃったの」

梶尾は「やってられない」という顔でかぶりを振り、内ポケットから携帯を取り出した。

「とにかく、レントゲンだけでも撮らないことには話にならない。病院にいきましょう」

知り合いの医者に連絡をとり、診てもらえるよう約束をとりつける。実際にその、渋谷区内にある医院に着いたのが午前一時頃、診断結果を聞いたのはその十五分後だった。

「二本の肋骨《ろっこつ》にヒビが入っています。上から八番目と九番目。一番出っ張ったところですね」

幸い重傷ではなかったが、場所が場所なだけにギプスができない。現状はバストバンドで固定して、経過を見るほかないだろうということだった。

そんなときになって、初めてルイが口を開いた。

「先生……大晦日の、夜に、唄うことは、可能ですか……」

医師は信じられないという顔でかぶりを振った。

「あなた、自分で分かるでしょう。呼吸さえままならないその状態で、あさっての夜……いや、もう明日の夜だ、そんなに急に唄えるようになんて、なるはずないじゃないですか」

「じゃあ、がんばって唄えるなら、唄っても、いいわけ、ですね」

自分のレントゲン写真を睨むルイ。その目には、何か妖気のようなものすら揺らめいて見えた。


車に戻るなり携帯を開き、梶尾は日付を確認した。

「そうか、もう金曜か……何せ年末だから、やってるかどうかは分かりませんが、朝一番で、私の知ってるカイロプラクティックにいってみましょう。もしかしたら、多少は症状が改善されるかもしれない」

「……すみません。何から、何まで……」

その夜、夏美はルイのマンションに泊まり、祐司は梶尾のところに泊まった。

翌朝九時半。また二人を迎えにいき、車に乗せた。九時には治療院に電話を入れ、運よくキャンセルが出ていて予約もできた。十一時半までに石神井に着けばいい。

一時間強の道中。積極的に喋ろうとする者は一人もいなかった。

ルームミラーの中のルイは、ときおり車の揺れに顔をしかめるが、それ以外は特になんの反応も示さない。夏美は真後ろにいるので表情すら分からない。ただ、ルイの手を握っているのだけは見える。ときおりルイがキュッと強く握ると、夏美はもう一方の手もそこに重ねる。

しばらくして、口を開いたのは助手席の梶尾だった。

「……結局それで、ガクに〝やる〟って、いわせられたのか」

沈黙のあとに、夏美のゆるい溜め息が続いた。

「ダメだった。今朝電話して、ゆうべルイが大怪我しちゃって、それもあって今日は二人とも休むっていったら、ああそう、お大事にって……それでおしまい」

あえて言葉にはしない、井場なりの考えもそこにはありそうだが、今のところ、それを祐司に察することはできない。

だが、今日は十二月三十日、金曜日。『J・POPステーション　大晦日年越しスペシャル』まで、もう丸一日の猶予もない。本番までにバンドメンバーを集めるという計画は失敗だったと、そう結論付けざるを得ない段階にきている。

祐司は一つ、大きく息を吐いてから切り出した。

「……すみません。僕も、池上ゴンタさんと、元ペルソナの、木村さんに、参加してもらえるようアプローチはしたんですが、ゴンタさんには、もしガクさんの参加が決まったら、改めて相談してくれといわれてしまいまして、木村さんの方は、なんか別の仕事に入ってしまったみたいで、ダメでした。他にも当たってはみたんですが、ことごとく断られてしまいました」

今一度、すみませんと、ハンドルに向かって頭を下げると、梶尾が「いや」と、珍しく沈んだ声で話を継いだ。

「俺もな、お前らに、無理いっちまったなって、あとで思ったんだ。実際にあのあと、秋吉がさらなる妨害工作に動いてるって話も耳にした。だがまさか、こんなことになるなんて……」

また後ろで、ルイが漏らすような声で詫《わ》びる。気遣った夏美は、体をシートの中央にずらし、ルイに寄り添った。

その位置から、ルームミラーを見る。祐司と目が合う。

「……でも宮原サン、ちゃんと、ドラムとベースの獲得に、動いてくれてたんだ」

「ああ……まあ、一応」

「ありがとね」

軽いひと言だったが、それで祐司は、妙にドキドキしてしまった。

夏美に礼をいわれたのは、決して初めてではないはずだったが、この「ありがと」は今までと、何か違うような気がしたのだ。

南部《なんぶ》治療院の南部亮介《りようすけ》は、これ以上はないというくらい血色の良い、五十代の先生だった。

緑のカーペット以外はすべてが白。十畳もない治療室。梶尾に続いてルイが自動ドアを入るなり、彼はいった。

「……我慢強い子だね。苦しかったろう。さあ、ここに座って」

まず最初に、普通の診察ベッドに座らされる。右手と左手、それぞれ小指と親指で輪を作るようにいわれ、ルイはその通りにしてみせた。どうもそれが検査の一種であるようだった。

「……はい、じゃこっちに」

次いでその奥にある、ややメカニカルなベッドに導かれる。頭、胸、腹、足と、いくつものパッドが寄せ木のように組み合わさった、実に不思議な形のベッドだ。しかも電動。最初はそれそのものが起きていたのに、ルイが抱きつくように身を預けると、そのまま静かに倒れていく。

梶尾がそのベッドを指差す。

「ああやると、どこにも力が加わらない、ごく自然なうつ伏せになれるわけよ……ですよね、先生」

南部が頷く。

「私がここで施《ほどこ》す治療は、体が本来あるべき状態に戻ろうとする力……いわば自然治癒力の、手助けをすることなんだ。だから、今日きてまた明日きてもらっても、実は、あまりやることはない。自然治癒力というのは、そんなに劇的に働くものではないからね。まあ大体は、一週間経ってまたきてもらうことになるね」

そういう間にも、ルイは手を伸ばさせられたり、膝を曲げさせられたりしている。曲げた状態で、はい力入れて、はい抜いて、とか、こっちに力入れて、はい抜いて、といった具合に。

治療、というよりは、むしろリハビリに近い運動に見えた。こんな方法で、果たして楽になどなるのだろうか――。

そんな祐司の怪訝を、梶尾は察したようだった。

「見ての通り、別にボキボキやるわけじゃないから、痛くはない。薬も特別な器具も、もちろん手術もしない。でも捻挫《ねんざ》、ぎっくり腰なんかは一発で治るし、他にも、何回か通うと喘《ぜん》息《そく》とか、自律神経なんかの病気も治せる……ですよね、先生」

ま、いろいろだよ、といいながらベッドを起こし、南部は引っくり返るようルイに指示した。ルイが背中をつけると、また静かにベッドが水平に倒れていく。

「先生……明日の夜、唄える、ようには……なりませんか」

南部はルイの顔を見下ろし、フッと吹くように笑った。

「そりゃ、鼻歌くらいなら好きに唄えばいいさ。ただ、君がいうのは、プロとしての歌なんだろう？」

仰向けのまま、ルイが頷く。

「それは、君の精神力次第だろうな。なにせ肋骨ってのは、呼吸のたびに膨らむようにできてるからね。歌の途中の息継ぎみたいに、急に吸ったりすると、とんでもない痛みが走ることになる。さらに歌というのは、体全体を楽器として振動させる行為だ。それも少なからず、痛みを誘発するだろうな。それを堪えて、唄いきれるかどうか。そこは君の精神力の問題だ。……さすがに元旦と二日は、ウチも休ませてもらうが、三日の火曜日からはいつも通りやるから。もしそれで悪くしちゃったら、またいらっしゃい」

ひと通り治療を終え、ルイは診察台に戻ってきた。最初にやったのと同じ、指で輪を作る検査をする。

「……どう？」

夏美が心配そうに覗き込むと、ルイは少し笑みを見せ、そっと、深呼吸を試みた。

「……うん、少し、つっかかる感じがなくなったみたい」

つまり、さして良くはなっていない、ということだ。

別れ際、ルイは夏美と示し合わせたように並び、梶尾の方を向いた。

「梶尾専務。このたびは、いろいろとご迷惑をおかけしました」

喋るのはだいぶスムーズになっていた。会釈も、わりと自然にできるようになっている。

「……カジさん」

夏美はいってから、もう一度確かめるように、ルイに目をやった。互いに目で頷き合う。

彼女たちの意思は、すでに固まっているようだった。

「明日、なんだけど。あたしたち、二人でやることにしたから。曲はもう作ってある。『ハッピーエンド』っていう、あたしもルイも気に入ってる曲。編成は……ほんとはルイのピアノと、あたしのギターでいくつもりだったけど、こうなっちゃったら、あたしがピアノ弾いて、ルイには歌に専念してもらうっきゃないと思う。……でも、大丈夫。あたしたち、もう大丈夫だから」

あの日、祐司が心躍らせた、夏美とルイの共演シーン。だがそれが、こんな切羽詰《せっぱつ》まった状況で実現するとは、まるで思ってもみなかった。

第5章

ハリウッド映画とスパニッシュフード
大事件のあとのスポーツニュース
昔の日記　繰り返す過ちは運命か？　人生は続く

今夜　眠りにつくそのときに
一つくらい　いいこと　思い出せるなら
それでハッピーエンド

Lookin' for a happiness　Lookin' for a happiness

愛のない関係　嫌になって
でも　独りになるのも怖くて
「別れましょう」って言い出せず
今日もまた長電話　人生は続く

悲しい場面じゃ　終われないから
みんな探し続ける　それぞれのハッピーエンド
君が今夜　眠りにつくそのときに
一つくらい　いいこと　思い出せるなら
それがハッピーエンド

You keep on lookin' for a happiness.
Everybody's lookin' for a happiness.
You keep on lookin' for a happiness.
I keep on lookin' for a happiness,too.

1

十二月三十一日、土曜日。午後八時四十分。

テレビ太陽地下一階にある、楽屋のドアがノックされる。

「島崎ルイさん、スタンバイお願いします」

「はい……」

今日のルイの衣装は、鮮やかなグリーンのワンピース。ところどころフリルも付いてるけど、ワンショルダーなのでちょいセクシーな印象。万が一に備えて、メイクさんもスタイリストさんも、フェイスプロが用意した。お陰でってわけじゃないだろうけど、ルイ、すごく綺麗。

「夏美……いってくるね」

「うん。あたしここで、うーんって……念送ってるから」

ルイが微笑む。かつてビデオの中で見せた、葉もない小枝みたいな、か弱い女の子の笑みではない。しっかりと太い幹を持つ、女の顔。斧でガツッと、脇腹に一発喰らってるけど、そんなことじゃ折れないくらい、強くて凛々《りり》しい表情。

「じゃ、いきましょうか」

マネージャー役はカジさんが直々に務める。さっきアスカ企画の人がきて、ひと悶着《もんちゃく》あったみたいだけど、テレビ太陽のチーフ・プロデューサーが間に入ってくれて、今日はフェイスさんにお願いするっていってくれて、落ち着いたみたい。

ドア口を出たルイが、あたしを振り返る。

目が合い、ルイは小さく、敬礼をしてみせた。

慌ててあたしも返す。やられた感、いと強し。

いってきます。いってらっしゃい。

両手でドアを閉めた宮原は、深く息を吐き出した。

「いっちゃったね……」

「うん」

「大丈夫かな」

「大丈夫だよ、今のルイなら」

あたしがドレッサーに向き直ってタバコを吸い始めると、宮原はカウンターを片づけながら「ねえ」と呟いた。

「……どうして彼女と、仲良くなれたの？　今みたいに」

仲良く、か。ま、そう見えるのかな。そう見えるか。

「うーん……なんでだろうね。強いていうなら、なんか前は、弱っちい感じが、見ててイライラしたんだろうな。あたし的には。実際、秋吉におんぶに抱っこで、昔のルイはカゴの鳥っつーか、お人形ちゃんだったわけだし。でも、あの娘はそっから抜け出そうとあがいてた。あたしにはそれが分かった。だから……そうなりゃ、あたしだって考え変わるし、気持ちだって変わるよ」

ふーんと、宮原は口を尖らせて頷いた。

さらにいうと、ルイの実力をあなどってた部分も、実はあった。どうせ秋吉の人形だろう、ひと皮剝いたらなんもできないお嬢ちゃんだろうと思ってたんだけど、実際にセッションしてみたら、けっこうやるじゃんって印象に変わった。

いうなれば、秋吉はルイって素材を、自分で好きなように叩いて焼いて、好みのパンにはさんで、秋吉印のハンバーガーにしてた。でも本当のルイは、ちょっと焙《あぶ》るだけで最高のローストビーフになる素材だった。なんかそんなことを、あたしは感じたんだ。

じゃあなんで、もともと才能豊かだったルイが、あんな自己チュー下半身バカのいいなりになってしまったのか。そこんところは、実はあたしも聞いてない。わざわざ訊かないし。でも、大切なことは、ちゃんと分かってる。

今あたしは、彼女を応援したいって思ってるし、そうしようとしている自分が、なんだか気持ちいい。いや、気持ちいいっていうより、熱いんだ——。

九時前のニュースと天気予報が終わり、本番直前の、「ジャンクション」って呼ばれる短い番宣が流れる。今ルイは舞台裏で、どんな思いでいるのだろう。長く立ってるのはつらいっていってた。カジさん、ちゃんと椅子とか用意してあげただろうか。彼女、ちょっとトロいとこあるから、スタッフとかにぶつかられたりしてないだろうか。

本番が始まった。お馴染みのタイトルロゴが画面に現われ、お馴染みの司会者、アナウンサーが登場する。

《今日は三時間半の拡大版、生放送年越しスペシャル。そしてついに、あの方が、テレビ初登場です》

女子アナが台本通りに煽る。あたし自身、ドライ、カメリハ、ランスルーと、全部のリハーサルに参加してみて、番組の流れは大体把握してるつもりだったけど、やっぱこう本番になってテレビで観てみると、印象って違う。あの人がこう動いて、こっちやってる間にこっちを準備してとか、観て知っちゃったもんだから、逆に上手くいくか心配になってたんだけど、どうしてどうして、バッチリ決まってる。なんだかんだ、テレビってすげー。

ほとんどの出演者が出そろい、急に、画面はスタジオからビデオに切り替わった。ルイの過去のプロモ映像だ。

それにかぶせる形で、デビューからの経緯、売り上げ枚数、売り上げ額、様々な数字が示され、だがいまだ「0」のものがある、とナレーションが語る。

それは、テレビ出演。だがそれが今夜「1」になる。

V明け、映像がスタジオに戻る。

《テレビ番組初登場、もちろんポプステにも初出演の、この方。お迎えしましょう、島崎、ルイさんですッ》

シュポァァーッ、とスモーク、紙吹雪《かみふぶき》、ぐるぐるライト。そんなんして足下見えなくなって、転んだらどうすんの。でも、慎重に一段ずつ下りるルイ。なんか、お嬢っぽくていい。プロモと違って、表情も活き活きしてるし。ああ、なんかイケてるかも。

司会者や女子アナはもとより、他の出演者も温かくルイを迎える。番組なんだから当たり前っちゃあ当たり前なんだけど、なんかそんなことが、今のあたしには一々嬉しい。

今の気分とか訊かれて、ルイ、緊張しますね、とか答えたりして。確かに緊張してる顔だけど、悪くはないよ。上手く場にはまってるし、華もある。オーラっつーんですか、決して他の出演者に負けてない。うん、いいと思うよ、あたしは。

《では、またのちほど、島崎さんにはお話を聞かせていただきます》

ふぃぃ、ようやく後ろに引っ込んだ。

なんかあたし、もう、すげー疲れたよ。

番組は順調に進んでいき、十時半になった。

楽屋のドアがノックされる。そろそろってか。

「柏木さん、スタンバイお願いします」

「はい……」

ちなみにあたしは白のワンピね。髪はアップで、メイクも大人っぽくされてる。なんか照れくせー。

タバコを消し、口紅だけちょちょいと自分で直す。メイクさんはもう、ルイの方にいっちゃってるからいないの。

「よっしゃ。いくべ、宮原氏」

廊下に出て、でもあたしは妙な気配を感じて振り返った。

「あっ……」

するとなんと、ガク氏がすぐそこの壁に寄りかかっていた。続いて出てきた宮原も「えっ」と声をあげつつ、挨拶をする。

見れば恰好はいつもと同じ。フリースにジーパン。くたびれたスニーカー。黒いウエストポーチ。

「……どうしたんすか、井場さん。こんなとこで」

「どうしたもこうしたも仕事だ。どうやら俺が今日納めたのは、お前が弾くためのピアノだったようだな」

ああ、あのピアノ、そうだったんだ。グランドピアノは、基本的に北区の倉庫にあるんで、あたしたちは見たことなかったんだよね。

「搬入、一人で大丈夫だったっすか」

「自惚れるな。お前らがいなければ別の人間に頼む。もっと力も経験もある、高い時給を払うべき奴にな」

ちぇ。相変わらず、口の減らねえおっさんだぜ。

でも、その口元に浮かべる独特の苦笑いは、実はそんなに嫌いじゃなかったりする。

「……ありがとう。井場さんみたいには無理だと思うけど、でも、心を込めて、弾いてきます」

ガク氏は、ゆっくりと瞬きをして頷いた。

「ああ」

それからあたしは、ＡＤさんに導かれて、第六スタジオに向かった。

メインの第一スタジオには、みんなが集まって座るひな壇と、オケ流して唄うスペースが二ヶ所ある。でも今回のルイの場合、少なくともピアノだけは生で音拾わなきゃいけないってことで、慎重を期して、別個に小さなスタジオを用意してもらうことになった。それが第六スタジオ。っていっても第一の向かいなんだけどね。ランスルーっていう、擬似本番みたいなリハーサルでは、あたしもここに入って、実際にルイと演ってみた。

「準備よろしければ、座っちゃってください」

でっかいカメラが二台、ハンディが一台。あとは音声さんとか、ディレクターさんとか、何人かスタッフがいったりきたりしている。

ステージっつーんだろか、演奏するコーナーには茶っぽいビロードが、奥の壁からずーっと垂れてそのまま、あたしらの立ち位置まで敷かれている。ライトが当たると、なんかやけに格調高い雰囲気が醸し出される。

「音は、出さないでくださいね」

「はーい」

宮原は端っこの方にいるんだろうけど、暗くてよく見えない。

「はいCM明けます、五、四、三、二……」

急にお馴染みのギターフレーズが鳴り響き、ああ、本番中なんだって感じる。見回すと、カメラの向こうにモニターがあって、司会者と女子アナにはさまれるようにして立つルイが映っている。

《はい、それではお待たせしました。テレビ初登場、番組初出演の、島崎ルイさんです》

すごい歓迎ぶり。第一はにわかルイ・フィーバー。

《よろしくお願いします》

そっからしばらくは、このお正月はどう過ごしますかとか、今後の予定なんかも交えての

トークタイムになった。春頃に、ライブCDとDVDを出す予定です、なんていっちゃって
あんた大丈夫かい。
《で、今回ピアノを弾いてくださるのが、実はギタリストの》
《はい、柏木夏美ちゃんといいまして、あの、スポーツドリンクのCMで、こう、敬礼して
る娘なんです》
おおー、とスタジオに驚きのリアクション。まあ、リハではここ、スッ飛ばしたからな。
ってか、みんな知ってんだ、あのCM。へー。
「はい、ちょっと夏美さん抜きます、顔こっちください」
ちょっとディレクター、なに急に、そんな段取りなかったじゃん。
《柏木さーん》
ヤバ。マジで第一が呼んでる。すぐそこのカメラの上に、赤いランプが灯る。あわわ。と
りあえず、敬礼して笑っとくか。
《はっはっは、なんか慌ててるな。くっくっく……》
おい司会者、あたしをいじるな。
《はい、それでは、島崎さんにはスタンバイをお願いします》
モニターからルイが消え、そっからはルイの大ファンだというアイドル女子が話に加わっ
た。二十秒くらいしてからだろうか。ADに導かれたルイが第六に入ってきた。最初は黒い

シルエットだったルイが、こっちに近づくにつれてライトに照らされ、ビッグスター、島崎ルイ、その人になっていく。

「お疲れ」

あたしたちは軽く拳を合わせた。

「なんか、ここにきたら、ほっとしちゃった」

「なにいってんの」

でも、なんか分かる。

ADからマイクを渡されると、ディレクターが「こっちですよ」的に大きく手を振る。

「準備オッケーですかァ」

あたしはルイに頷いた。ルイはディレクターに頷いてみせた。

すぐにそれが第一の方に伝えられる。

《それでは、何度もしつこいようですが、初出演、今夜初披露となります、新曲を唄っていただきます……》

次のタイトルコールがキューになる。そこはランスルーで何度か練習した。

《島崎ルイさんで……「ハッピーエンド」です》

ゴーッ。

ええい、一発目のコードを弾いてしまえば、あとは野となれ山となれだ。

とにかく、ポジティブなソウル、魂のナンバーなんだから、明るくはっちゃけていこう。
それが、今日のあたしたちのコンセプトだ。
曲のイメージはこのイントロで決まる。あたしは、跳ねる感じを強く意識して弾いた。うん、大丈夫。グルーヴは作れた。八小節終わったら、はい、歌パート。
《ハリウッド映画ァ、とスパニッシュフード……》
ルイの声も、うん。今んとこ、いい感じで出てる。
この歌詞。アイディアは、確かにあたしも出した。でも、単語の一つ一つを最終的に決定したのは、やっぱりルイだ。
《昔の日記、繰り返す、過ちは、運命か……人生は続く》
サビ、いくぞ——。
《今夜、眠りに、つくそのときに……一つくらい、いいこと、思い出せるなら……それでハッピーエンド》
ふう。ワンコーラス、クリア。
ここだけは合いの手的に、あたしも唄う。
《Lookin' for a happiness……》
このあと。「愛のない関係　嫌になって」ってくだり。あたしは、無理にそういうこと唄わなくていいんじゃないの？　っていったんだ。でも、ルイは入れるって言い張った。それは、自分だけじゃなくて、多くの女の子や、実は男の子も、そういうことあると思うから、だそうな。

あたし個人はたぶん、そういうことってないから違うんだけど、でも、多くの人に向かって唄うって、ありだなって思ったから、最終的には賛成した。

そう。アマチュアだったら、好き勝手やって、ダメだったらポイでもいいと思う。でも、プロってやっぱ責任の世界だし、そう考えたら、多くの人のためにって考えるべきなんだって、最近、急に思えるようになった。

それはたぶん、ガク氏に引っ張り回されながら、色んな人たちの顔を見たから。音楽って、やっぱり人を幸せにする力なんだって、肌で感じたから。だったら、ただカッコいいだけじゃなくて、ただ綺麗なんじゃなくて、ただ上手いんじゃなくて、聴いた人が、幸せになれるような音楽を作りたいって、ちょっと、思うようになったんだ。

目の前にはいない、顔も見たことのない、誰かのために——。

その人たちを幸せにする方法を、あたしたちは知ってるし、持ってるし、それを発揮する舞台も、すでに用意されている。だったら、やらなきゃダメでしょう。

《悲しい場面じゃ、終われないから……みんな探し、続ける、それぞれのハッピーエンド》

あ、そこ、ちょっと苦しそう。でもこのサビを乗り切ったら、少しインターバルをあげられる。

《君が今夜、眠りに、つくそのときに……一つくらい、いいこと、思い出せるなら……それがハッピーエンド》

よし、ツーコーラス、クリア。

肩越しに振り返ったら、ルイが、こっち側の頬を少しだけ歪めた。

苦しいよね。でも、がんばって――。

そう思った途端、ルイはよろめいて、あたしの肩をつかんだ。

おっ、とあぶねえ。ミスタッチするとこだった。

でも、うん。いいよ、あたしなら大丈夫。ちゃんと弾けるから、つかまってていいよ。でも、次のサビも、あたしは手伝わないからね。あたしは唄わないから。

そりゃ、元気なあたしが唄えば、この場を取り繕《つくろ》うことはできる。あたしも目立って、いいとこ取りできる。でもそれじゃ意味がない。これはあんたの歌なんだし、視聴者は、あんたの歌を聴きたがってるんだから。

あたしの肩でよかったら、千切れるまでつかみな。

そういう演出なんだって顔、しててあげるから。

だから、唄って。

ルイ。最後まで、あんたの歌を――。

《You keep on……lookin' for a happiness　Everybody's……lookin' for a happiness》

うん、持ち直した。ちゃんと立って、笑顔で唄ってる。

あたしはそこで、バーンと弾いてピアノから手を離した。頭の上で、リズムに合わせて手を叩く。ライブなら、観客と一体になれるパートだ。

《You keep on……lookin' for a happiness　Everybody's……lookin' for a happiness》

ふとモニターに目をやると、あれ？　ひな壇に誰もいない。

なに？　カメラが後ろ向き、出入り口の方を撮ってる。

あ、第一スタジオにいたはずのみんなが、こっちにきて、拍手してくれてる。しかもみんな、一緒に唄って――。

《You keep on……lookin' for a happiness　Everybody's……lookin' for a happiness》

あたしは思わず、みんなに向かって手招きをした。最初は、えっ、て顔されたけど、もう一度やると、ルイファンだっていうあのアイドルが、真っ先に動いてくれた。そしたらもう、みんなきてくれた。

司会者も女子アナも、出演者全員がルイを取り囲む。あたしは自分のマイクを、そこにいた誰かにあげちゃった。

こういうの、テレビ的にアリかナシかはしんないけど、視聴者は絶対喜んでくれる。そこはなんかあたし、自信ある。

《You keep on……lookin' for a happiness　Everybody's……lookin' for a happiness》

みんなで大合唱。そして、エンディング——。

《I keep on……lookin' for a happiness, too》

全員の拍手。段取り通りなら、ここで番組ロゴが画面の右下に出てきているはず。

「……はい、CM入りましたァ」

ワッ、とまた盛り上がった、その瞬間——。

2

ルイはその場に崩れ落ちた。

「あッ」

スタジオの端にいた祐司も、梶尾と共に走り出した。

輪に割って入ると、夏美が、目を閉じたルイを膝に抱いている。梶尾が、向かいに回るようにしゃがみ込む。

「大丈夫かッ」

スタッフも騒然となっていた。ルイの怪我について知っているのはチーフ・プロデューサーの竹本と、プロデューサーの舘山だけだった。出演者がいきなり失神したとあっては、慌てるのも無理はない。

「救急車ッ」

「いや、とりあえず医務室に……」

「バカッ、なにやってんだ、担架《たんか》持ってこい、担架ッ」

だが幸い、すぐに彼女は意識を取り戻した。担架も用意されたが、楽屋へは自力で歩いていった。

激しい痛みを長時間堪えていたのと、極度の緊張から起こった貧血だったようだ。大事になってはいけないので、やはり救急車を呼んだ方がいいのではないかと竹本らはいったが、ルイ自身は、貧血には慣れているので大丈夫だという。結局、本人の意思を尊重する形で、救急車は呼ばないことになった。

「すみません、重ね重ね……」

洋室の楽屋の端に用意された簡易ベッド。局の人間が持ち場に帰っていくと、夏美は自ら椅子を運び、ルイの隣に腰を下ろした。

「がんばったね、ルイ……」

互いの手を握り、微笑み合う。

今までにない、夏美の柔らかな笑みだった。

彼女のことは、この数ヶ月でかなり理解してきたつもりだったが、まだまだ見えていない部分があったということなのか。それとも、今までになかった何かが、彼女の中に芽生えたということなのか。

「……ちょっと、話、してくるわ」

五分ほどすると、梶尾は楽屋を出ていった。あえて相手が誰かをいわなかったということは、つまりそれは、アスカ企画の人間ということなのだろう。状況がどうであれ、ルイの身柄はまだアスカとの契約下にある。梶尾はおそらく、今日のことについての落とし前をつけにいったのだ。

「何か、冷たいものでも買ってきましょうか」

そう祐司が訊くと、夏美はサッと手を上げた。

「あたしコーラ」

ルイもあとから遠慮がちに手を上げる。

「じゃあ、ミネラルウォーターを」

「了解」

祐司は財布を持ち、廊下に出た。するとそこで、また井場に会った。いや、誰か出てくるのを待っていたのか。向かいの壁に寄りかかり、片肘を抱くようにしながら、口元に人差し指を立てる。

祐司は頷き、そっとドアを閉めた。

「井場さん……」

彼は答えず、いこうというように廊下の先を示した。ちょうどいい。自動販売機はそっちにもある。

歩きながら、井場はちらりとこっちに目をくれた。

「……容体は、どうだ」

低く芯のある彼の声には、聞く者の心を落ち着かせる何かがある。

「ええ……やっぱりちょっと、キツかったみたいです。まだ顔も蒼《あお》いんですが、でも本人は、そもそも貧血持ちなんで、慣れている、すぐに治るっていってます」

ガラスで仕切られた喫煙スペースまできた。ぱっと見、中には誰もいない。自動ドアを通り、右手の販売機の方に進む。空調設備がしっかりしているのか、どこも煙ったりはしていないが、やはりなんとなく、空気はヤニっぽい。

井場は歩きながら、例の、青い花のタバコを取り出し、一本銜えた。

「……やればできるじゃないか。あいつら」

百円ライターをこすり、口をすぼめて吸い込む。

祐司には、彼のいわんとするところが分かりかねた。

「井場さん、それって……」

あの、お香に似た香りが、辺りのヤニっぽい空気を中和していく。

「いいから買えよ」

コンコンと、自動販売機のウィンドウを叩く。

「あ、はい……」

祐司がコーラとミネラルウォーターを買う間、井場はふた口、大きく吸っては吐いた。

「……前にあんた、俺に、なぜ表舞台から身を引いたのか、訊いたよな」

「ええ、伺いました」

「そのときの答えを、覚えているか」

「はい、覚えてます」

あのとき井場は、自分には聴衆の期待に応える才能がなかったと語った。

「……俺は別に、自己弁護をしようとは思わない。いまさら善人ぶるつもりもない。ただ、音楽を愛する気持ちだけは、ずっと変わらず、持ち続けてきたつもりだ。その良心に従って、俺は今も行動している。彼女たちのバンドへの参加依頼を断り、またしつこく喰い下がってきた彼女たちに、過酷な労働を強いたのも、すべては音楽のためだ」

井場は隣の販売機に向き直り、ポケットから小銭を出した。

「最初はさ、なんて世間知らずなお嬢ちゃんたちだろうと思ったよ。まるで、あの頃の俺のようだった……」

やはり買うのは缶コーヒーのようだった。

「あの頃……？」

「十年前さ。俺はあの頃、いわれたら北海道でも沖縄でも、どこにでもすぐに飛んでいった。なんとなく、そうするもんだと思っていたんだ。自分が社会という、とんでもない荒波に呑まれていることにも、気づかずにな。……半月、ひと月、家に帰れないなんてのはざらだった。帰っても寝るだけ。起きてそこに女房の姿がなくても、置き手紙もせずに出てくる日々だった。それで、ようやく半年ぶりに休みがとれて帰ってみると……まるで浦島太郎だ」

コクリと、ひと口飲み込む。尖った喉仏が上下する。

「……その半年の間に、女房は妊娠し、流産し、心療内科に通院するようになっていた。俺ががんばってるんだから、自分も一人で乗り切ろうって、彼女はそう思ったらしいんだが……あとの祭りだよ」

あの日、からからと祐司の前で笑ってみせた江利子の顔が、瞼《まぶた》に浮かぶ。

「本当の原因は、それ……」

「いや、そうじゃない。……ま、同じことなのかもしれんが、俺の中では違う。つらい思いをした女房のそばにいてやりたいとか、そういうことではない。むしろ社会とか、世間とか、そういうものが見えていなかった未熟な自分に憤《いきどお》りを感じた。こんな自分が、何万、何十万という聴衆を相手に、愛がどうこうと唄うことは許されない……そう、悟った」

「そんな」

井場はかぶりを振る。

「そういうことなんだよ」

「でも、あなたは現に、素晴らしい才能を……」

「それをいうなら、彼女たちの方が、もっと素晴らしい才能を持っているだろう」

意外なひと言だった。バンドへの加入を断ったと聞いていただけに、井場が二人の才能を認めるような発言をするとは、思ってもいなかった。

だが一つ、辻褄《つじつま》は合った。

「じゃあ、井場さんは、わざと彼女たちに、社会勉強を？」

彼は眉を吊り上げながら、近くのテーブルにあった灰皿に吸殻を押しつけた。

「そんな、社会勉強なんて大層なものじゃないさ。ただ、彼女たちは類稀《たぐいまれ》なる才能を持ちながら、やはり人間としては未熟すぎた。一方は誰かに頼ろうとする甘ちゃんで、もう一方は自立心ばかりが頑丈にできあがった破壊者ときている。まあそれは、君に柏木の生い立《おた》ちを聞いて、納得したものでもあるんだけどな」

夏美の、生い立ち。

あのとき祐司は、井場になんと説明したのだったか。

「……早くに両親と別れて、自活するようになったんだろう？　彼女は。だが、孤児とかそういうのではない。ある程度の年までは両親のもとで幸せに暮らして、それでいて急に二人とも失ってしまった。ああ見えて、根っからの雑草とも違うな、とは思っていたんだ。

つまり、ちゃんと親の愛というものを知りながら、失ってしまった。もう何者も頼れないと自覚してしまった。自立するのは大切なことだが、彼女の場合は、たぶんそれが急すぎたんだ。……ちなみにあの娘には、やけにバンドに、こだわるところがあるんじゃないか？」

ええ、と祐司は、反射的に頷いていた。

「もう一つ訊く。あの『Thanks!』という曲、石野さんは、打ち込みでやろうっていわなかったか？」

「はい、いいました。でもそれを」

「柏木がバンドサウンドにこだわったため、ああいう音になった」

「……その通りです」

井場は深く頷いた。

「だろうな……おそらく、柏木はバンドというものに、擬似家族を見ているんだ。あるいは、自身の孤独を癒《いや》す場として、バンドという共同体の空気を求めている。だが、彼女の才能は極めて破壊的だ。それは強すぎる自立心、誰にも頼るまいとする強烈なアイデンティティの表れでもあるんだろう」

祐司には相槌《あいづち》すら打てなかった。ただ固唾《かたず》を呑み、聞き続けるだけだった。

「俺が彼女を見て最初に思ったのは、この娘はバンドを求めていながら、必ずそれを壊すタイプだな、ってことだ。求めて求めて、自分の周りに砦《とりで》のように築いておきながら、必ず自らの手で、内側からぶち壊す。そして、そのたびに傷つく。放っておいたら、彼女は音楽を続けていく限り、それを延々と繰り返すだろう。音楽でないにしても、別の何かをしたとしても、同じような過ちを犯し続けるはずだ。最悪の場合、その犠牲者は、彼女自身が作り上げる、家庭になるかもしれない」

夏美は、あなたとは違うと、喉元まで出かかった。なぜそこまで言い切れるのか、という疑問もあった。しかし、当たっているようにも思えた。軽はずみな反論はできない。

「よく、お分かりになるんですね……」

口にしてから、嫌味な言い方になってしまったと後悔した。だが、井場に気にするような素振りは見られない。

「いっただろう。音楽を規定しているのは、その作者の思考であり、性格であり、人生観だ。音楽に作者の人格が反映されないのだとしたら、そんなものにはなんの価値もない。彼女は、歌詞の上では『ありがとう』と唄いながら、その実、音では、自立と孤独の板ばさみになっている自分というものを、表現してしまっていたんだ」

背筋の凍る思いだった。

あの曲が、そんなことを表現していたこと自体が驚きだったし、それを読みとれなかった、聴きとれなかった自分に、言い知れない無力さを感じた。

自立と、孤独の、板ばさみ。

祐司の抱く夏美のイメージとは、かけ離れたふた言――。

「……おいおい、そんな顔するなよ」

井場に思いきり肩を叩かれる。天井にこだまするほど大きな音がしたのに、痛みは、まったくといっていいほど感じられなかった。

「でも……」

頷いたような、かぶりを振ったような。ただ井場の表情は、これまでになく穏《おだ》やかだった。

「俺が、わざわざ君にこんな話をしたのは、あいつらが、もう大丈夫だからだ」

「えっ……」

無精ひげの頬が、屈託のない笑みに歪む。

「あの娘たちはもう大丈夫だ。二人の演奏を、歌を聴いただろう。あれは本物だった。彼女たちの思いは、ちゃんと何万、何十万、いや、何百万という人々の心に届いてるし、彼女たちは、その反響を受け止められるだけの器だってことだ。俺とは違うよ」

井場はもう一本タバコを吸い、やがて「搬出の時間がきた」といい、喫煙スペースを出ていった。

祐司の手の中のコーラと、ミネラルウォーターは、ちょっと、ぬるくなりかけていた。

小一時間休み、ルイはだいぶ気分も落ち着いたようだった。顔色もほとんど、もとに戻っている。舘山の、年越しカウントダウンに出ることは可能だろうかという問いにも、大丈夫ですとはっきり答えてみせた。

「……できれば、柏木さんも、ご一緒に」

えっ、と夏美が鼻を指差す。

「あたしっすか」

「ええ。今ちょっと、メールとか局のＢＢＳへの書き込み、ファックスなんかもバンバン入ってきてまして、ルイさんの出演に対する反響はもちろんですが、夏美さんに対する問い合わせも、けっこう多いんですよ。なんかもう、流れとしては出ない方が不自然、みたいな感じになってまして」

やった、と手を叩いたのはルイだった。

「一緒に出れるよ、夏美」

「ああ、そう……じゃあ、まあ……はい、出れます」

舘山は「ヨッシャ」とガッツポーズを見せ、楽屋を出ていった。

かくして再びスタジオ入りし、参加した年越しカウントダウンのいくつかの場面は、翌朝元日版のスポーツ新聞数紙の一面を華々しく飾った。

【テレ太、視聴率戦ひとり勝ち　紅白撃沈】

【ルイ起用ドンピシャ！　紅白に瞬間ダブルスコア】
【ルイ熱唱　テレ太「ハッピーエンド」】
【出てきたルイ　萌えたポプステ】
・カウント・ゼロの瞬間の、手を振り上げているルイ。これを大きく持ってきたのが二紙。ひな壇で他の出演者と笑みを交わすカットにしたのが一紙。エンディングで司会者と挨拶をしているカットが一紙。そしてその傍らには、常に夏美の姿があった。必ず向かって右側にいる。夏美はそうやって、常にルイの脇腹をガードしていた。
中にはわざわざ廊下で夏美とのツーショットをねだり、芸能欄の目玉にした社もあった。

【ねえ、誰？　この娘《こ》】

そこに書かれているのは、あの夜、梶尾が記者団に語った内容、ほとんどそのままだった。

二月にデビューを予定しているフェイスプロ初の音楽系アーティスト。この日はピアノの伴奏でルイをサポートしたが、本来はギタリスト。その姿はすでに「アミノスウェット」のCMでもお馴染み。今回のコラボレーションでも分かる通り、ルイとの関係は極めて良好。近日中には、二人が共演する仰天企画の発表も予定されている――。

元旦のフェイスプロ事務所は、まずこの話題で持ちきりだった。

「すべて専務の思惑《おもわく》通り……ですね」

いつものように春恵がおだてると、梶尾は「いやいや」と、分かりやすく図に乗ってみせた。祐司の目にはこの二人、なかなかいいコンビに見えるのだが、まったくそういう感じに発展しないのはなぜだろう。

「……ま、付け加えるとすればだな、今回の件で、かなりルイに対するアスカの縛りはゆるくなった、ってことだ。なんたってあの秋吉は、こっちの持っていきようによっては、刑事事件の容疑者にだってなりかねない状況だからな。テレ太もそこんとこはウチ寄りのスタンスで対処するといってくれたし、エクセル・レコードも『ハッピーエンド』を正式にリリースしたいといってきた。むろん、予定されていたライブCD、DVDの企画も、ウチの仕切りでOKだそうだ。移籍に関してはまだ具体的にはなっていないが、もしそうなったとしても、少なくともアスカ側は、法的手段に訴えられる立場ではないってわけさ」

おおー、と事務所中から拍手が起こる。

ちなみに番組終了後、ルイは成城の実家に戻ってしばらく静養するといっていた。今日辺りは、あの島崎監督や香川よう子と共に、お節《せち》や雑煮をつついているのではないだろうか。

ひと通り昨夜の顚末《てんまつ》を報告し終え、仕事のない者は帰ってよしとしたあとで、梶尾は夏美の肩を叩いた。

「……ちょっと、こっちこいや」

ぼそりと呟き、そのまま小さい会議室の方に歩いていく。

夏美はきょとんとし、こっちを見上げた。

「なんだろ」

「さあ」

二人でドア口に立つと、梶尾はすでに窓際の席に座っていた。

「祐司、お前はこなくていいぞ」

「え、なんでですか」

すると、夏美は「ああ」と何か察したように手を叩いた。

「あ、でも宮原サンは、いてくれていいよ。一応、あたしのマネージャーなわけだし」

入って、と祐司を引っ張り込み、ドアを閉める。

並んで向かいに座ると、梶尾はどこに用意していたのか、セカンドバッグの中から分厚い封筒を取り出し、テーブルに載せた。

「夏美。今回は、ご苦労だった。正直いって、あそこまでトラブるとは思ってなかったし、こんなに上手くいくとも思ってなかった。すべてはお前の行動力と、判断力と、音楽的才能の賜物《たまもの》だと、俺は評価している。これは約束の金だ。利子はつけない。証書も書かない。完全なる信用貸しだ。持ってけ」

そのまま夏美に向けて押し出す。

だが祐司には、なんのことだか分からない。

「約束……って？」

「あ、うん」

夏美は困ったような顔で事情を説明した。

先日、父親と再会し、やはり借金をしていることが分かった。梶尾がテレビ太陽で今回の企画をぶち上げたあの夜、夏美は実は、四百万の前借りを条件に例の企画を承諾したのだという。

「そう、だったんだ……」

思えば確かにあの夜、夏美は会議室の端に梶尾をいざない、何事か内緒話をしてから、「まかしといて」と返事をした。あのとき、自分はそれを疑問に思いながら、なぜ即座に問いただささなかったのだろう。今となっては記憶も定かでないが、あのときはルイもいたし、その後のことも考えたりして、頭が一杯だったのかもしれない。

ただ、寂しい気持ちはどうしても残った。図らずも夏美は今、祐司のことを「あたしのマネージャー」と呼んでくれた。そうと認めてくれているのなら、せめて父親の苦境に関することくらいは、相談してほしかった。

ふと、膝の辺りにぬくもりを感じた。視線を下ろすと、夏美の手が載っている。

「……ごめん」

夏美は眉根を寄せ、切なげな上目遣いで、祐司を見ていた。

「え、何が……」

「いわなくて、ごめん」

胸の奥を、キュッとつかまれるような感覚。

夏美――。

言葉は、浮かんでこなかった。ただ黙って、その目を見つめてしまう。

「宮原サンには、いっとこうかなって思ったときもあったんだけど、なんか、ルイのこととか、バイトとか、色々ごたごたしちゃったから……ごめん。今度から、こういうことは、ちゃんというよ」

「……うん」

夏美はその目を封筒に戻した。

じっと見ているようでいて、実はそこに焦点は合っていないような、なんとも妙な目つきだ。

「カジさん」

「ん？」

ゆっくりと、夏美が頭を下げる。

「……ありがとう、ございます。でもこれ、もしかしたら、すぐ返すかもしんないです。でも、今日はとりあえず、借りておきます。恩に着ます」

今一度頭を下げ、封筒を手に取る。立ち上がってもなお、その視線の焦点は、遠いどこかに結ばれていた。

3

あたしは迷っていた。

これまで抱いてきた、父親の行いに対する憤りや割り切れなさに、若干の変化が生じていたから。

そもそもあたしがルイ・バンドの企画に関わるようになったのは、父親に借金があったから。好きでもないルイの手助けをする代わりに、あたしは四百万をせしめる。実際、それくらいの大義名分がなきゃ成立しない話だった。当初は。

でも今は、それってどうなの？　って気がしてしょうがない。

あたしがルイを嫌っていた理由って、今となってはほとんど根拠のないものになってるし。ひと言でいえば、前は「弱々しい感じにイラついた」ってことなんだろうけど、あれってなんだったのかなって、今は逆に思う。

そう、なんかこう、恥ずかしいものを見ちゃった感じ、っつーか。たとえば、アレ。子供の裸を見ちゃったときの、こっちが恥ずかしくなっちゃうような、あの感じに似てたかもしんない。子供っていっても、二歳とか三歳じゃなくて、小学校高学年とか中学生くらいの、体が少女から女になる過程の、あの中途半端に生っちろい感じの裸。

最近観た映画にもそんな場面があった。別にエッチなシーンでもなんでもないんだけど、急に中学生くらいの女の子が裸で出てきた。胸の膨らみも、体の線も、なんとも未熟で中途半端な子が。なんかそれ見たら、そういうの人目に晒《さら》すなよって、妙にイラついた。むろん、ああいうのを性的な目で見る男がいる、ってのも胸糞《むなくそ》悪い話ではあるんだけど、でも、それとは別の感覚。

あれって結局、自分がもう通り過ぎた道だから、もっといえば、かつては自分もそういう弱い存在だったから、なんか見るのが嫌だったのかもしんない。未熟だった自分を、無理やり思い出させられるような、っていうか。

むむ。

そういえばガク氏、あたしのこと「傲慢」っていったよな。

自分も前はそうだったのに、そこを通り過ぎちゃったら、すっかりそんなこと忘れちゃって、振り返って見下して、ムカついて、イラついて――。

確かに。それってちょっと、傲慢かも。

でも、ルイの中に感じたその手の「生っちろさ」みたいなのって、実はけっこう、秋吉の手による「色付け」だったんじゃないかって、今は思ってる。何より現在のルイは彼の手を離れて、きっちり自立しようとしてるし。実際それ、あたしは応援してるし。

成り行きですることになった井場楽器でのバイト。あれだって、最初は腹も立ったし、キツいことも多かったけど、終わってみたら、ためになったことの方が多かったし。

さらにポプステへの出演。あたしはルイのサポートをして本当によかったって思ってる。一緒にハードルを跳び越えていくあの感じ、すごいよかった。結果、あたし個人に対する視聴者の評価も上々だったし。いい曲も作れた。

じゃあ、あたしがこの四百万を借りられる理由ってなんなの？　嫌なことなんて何一つなかったのに、まるで汚れ仕事こなしたんだから当たり前、みたいな顔して、あたしはこれを借りていいわけ？

ああ、どうしよう。

とか思ってるうちに着きました。表参道の片隅に、奇跡的にまだ建っている廃墟系木造アパート、昭和荘。スリル満点、朽ち落ちる寸前の階段を上って二階、二〇三号室の前までいく。

とそこで、ちょっとあたしは妙な感覚に囚われた。前回感じた、この建物そのものが醸し出す「死相」のようなものが、今日はなぜだか一層強く感じられる。

なになに、なにさ。

ふと見上げると、電気メーターがぴたりと止まっている。いや、あの親父の場合、電気消費量ゼロなんてのは、不思議でもなんでもないのか。

ノブを握ってみる。普通に開かない。留守か。

「おーい、夏美だけどォ。お父さーん」

返事なし。

はい次、窓。ドアの横にあるガタガタのそれを揺すってみると、木枠が縮んで緩みが出ているのか、端っこに数ミリの隙間ができた。

ええ、覗きますとも。娘として当然の権利です。

むむ。妙に明るい。

あ、窓を塞いでた新聞紙がなくなってる。

あ、前にあった場所にパソコンがない。

あ、そういえば布団もない。

もしかして、これってめっちゃヤバい状況なんじゃないっすか。ついにあの橋本興行に命を狙われる事態に発展して、また行方をくらましたってことなんじゃないっすか。あるいはすでに、東京湾にドボンとか――。

とそのとき、どこかで「あー」という声がした。聞き覚えのある、ひどく間延びした声。

「おおーい、夏美ィーッ」

やっぱお父さんだ。どこ、どこよ。

「こっちこっちーっ」

ぐるりと見回してみて、おやと思って視線を上げると、なんと昭和荘の真向かい、道路を一本隔てたとこに建っているマンションの四、いや五階のベランダで、親父が手を振っている。

「やっほー、夏美ィーッ」

なんだ。全然無事じゃん。チョー笑ってるし。

あたしも、普通に手ぇ振り返したりしてるし。

ファミーユ表参道。決して新しくはない七階建てのマンションだけど、昭和荘と比べたら充分に立派。濡れてふやけたマッチ箱と、手提金庫くらいの差はある。

そこの五〇一号室。ドアを開けて待ってた親父は、まるで新調したようなスーツを着ている。

「おお、夏美、よく分かったな」

その迎え方は変でしょ。あんたが声かけたんだから。

「何やってんの、こんなとこで」

「何って、住んでるんだよ。引っ越したんだ」

あたしさ、ニュース見て知ってるんだ。ヤクザに頼まれて、勝手に他人の物件に居つく裏商売があるってこと。

「……占有屋？」

「人聞きの悪いことをいうもんじゃない。ちゃんと敷金も礼金も払ったよ。まあ、入りなさい」

そのにこやかさが異様に胡散臭《うさんくさ》いんですけど。

中は、玄関辺りは若干暗いけど、部屋に入るとまあまあの日当たりの、２ＬＤＫだった。

リビングダイニングの右手には、八畳くらいの洋室があり、なんとそこには、

「うわっ」

「どうだ。すごいだろう」

五台もパソコンのモニターが並んでいて、プチ警視庁通信指令センターみたいになっていた。しかも、妙にオタクっぽい雰囲気を濃密に醸し出す丸い背中が、部屋の中央にででんと居座っている。

「ど、どちらさん？」

「父さんの、新しいビジネスパートナー、ナカニシくんだ」

突如くるりと椅子が反転。「どーも」と会釈。あたしが返す間もなく、またくるりと反転、元通り。所要時間、約三秒。黒縁眼鏡と、メロンパンみたいな顔しか確認できなかった。

「ナカニシくん、リアルな女性には興味ないんだよね」

そういうこと、あんたの年の大人がさらっと認めるなよ。まああたしも、別にこの人に好

かれたかないけど。

「……さあ、こっちにいらっしゃい」

しかし、前回とは大違いだね。

あたしたちは、応接セットのテーブルをはさんで向かい合う恰好になった。ソファも真新しくて、けっこういい感じ。さっき昭和荘を見下ろしてたベランダの窓には、ちゃんとレースのカーテンも掛かっている。

「こんなもんしかないけど」

来客にいきなり栄養ドリンクの小瓶を出すのもどうかと思うけど、まあ、ないよりはマシか。

それはさて置き。

「……ねえ、ちょっとどうなってんの。事情を説明してよ」

「うん」

親父は昔のように足を組み、まるで雑誌のインタビューに答えるかの如《ごと》く、誇らしげに語り始めた。

「この前夏美に借りたお金、父さんまず、あれを海運業に投じたんだよね」

たった七万ぽっちの投資で、ここまで儲けさせてくれる海運業なんてあるもんか。

「それって、どこら辺にある会社なの」

「平和島。戸田にもあるかな」

ガックシ。素直に競艇っていってよ。

「……いいわ。続けて」

「うん」

でその、つまり競艇にいった日は妙に調子がよかったらしく、大穴も当てて八十万くらいになって、それを元手にまず電話を引いたんだそうです。

「夏美にいわれた通り電話を引いて、本も買って手順通りにやったら、すぐにできたよ。インターネット」

そっからはもう、寝る間を惜しんでネットサーフィンを続ける生活だったらしい。そうやってひと通り回ってみて、ある程度情報も収集して、何日かに一回は平和島に通いつつ、体力を蓄《たくわ》えていったのだという。

そしてついに、憧れのデイ・トレーディングに参入。

「やっぱり父さん、才能あるみたいだね。四日で一千万作れたよ」

「うっそ……」

むろん、その中から四百万を橋本興行に返済。他にも借りてたところがあるんで、ってたぶん練馬の叔父さんのことだと思うんだけど、そこにも返済。それでもまだお金が残ってたんで引っ越すことにしたんだけど、遠いとまた電話関係が面倒なんで、近場で探したら、ここになったと。しかもここなら、あたしがいつ昭和荘を訪ねてきても分かる、と。

「ちなみに、相棒のナカニシくんとはどこで知り合ったの」

「ネットで。彼は優秀だよ。証券会社に勤めてたんだけど、対人関係に嫌気がさして退社したばかりだったんだ。だったら一緒にやろうと、たちまち意気投合さ」

うーん。あたし的には、かなり複雑な心境。

復調のきっかけは、つまりギャンブル。なんかそれだけで、もう相当認めがたい。宝くじだったら許せる気がするんだけど、でもまあ、そこんとこは目をつぶろう。一方で、借金は完済。これはよし。手放しによし。でもネットで出会って、即ビジネスパートナーって軽さはどうよ。まんま現代社会の落とし穴って気がするんだけど、本当に大丈夫なの？

株だの投資だのはさっぱり分かんないあたしからしても、いや、分かんないからこそかもしんないけど、なんとも危なっかしい人生。非の打ち所満載の、不安定な生活。

でも、なんでだろう。あたし、今のお父さん、そんなに嫌いじゃない。見てて不愉快じゃない。これはその、金儲けが上手くいったからいってるんじゃなくて、なんか、悪くない感じがするの。

「……ねえ、お父さん」

「ん？」

ドリンクを飲み干して、甘ったるそうに口をモニョモニョさせてる。そういえばあの頃も、会社の社長室でそういうの飲んで、そういう顔してたよね。

「お父さん、いま幸せ？」

彼は一瞬真顔になり、確かめるように室内を見回した。

「幸せ、ではないな……まだ。父さんにはまだ、やらなきゃいけないことが山ほどある。再びこの世界に打って出たのなら、やはり今度は、東京ミッドタウンに城を構えるくらいにはなりたい。その間にはまた、浮き沈みが何回かあるだろうけど、今回のこともこれ、一つ父さんには勉強でね。また少し、タフになれた気がするんだ。だから、まだまだ。父さんも、まだまだこれからなんだよ」

あたし、なんかちょっと、ハッとなった。

「そう……そっか」

お父さん。あなたはたぶん、自分では気づいてないんだろうけど、今とても、幸せなんだよ。んーん、今だけじゃない。実は昭和荘で縮こまっていた頃も、もしかしたら行方をくらましていた六年の間も、ちっとも、不幸ではなかったのかもしれない。

うん。なんか今、分かった気がする。

他人が見たら、ひやひやするような危なっかしい人生だけど、あなたにはその、浮いたり沈んだりする、その落差こそが、生きてる証《あかし》なんだね、きっと。落ちるからこそ、登る楽しみがある。登ったときの喜びがある。たぶん、そういうことなんだよね。

だってそれって、よく考えたら、あたしも一緒なんだもん。音楽で身を立てますって、それ自分に自信があって、しかもたまたま上手くいってっから胸張っていえるけど、もしそうじゃなかったら、思いっきり無謀な人生設計だもんね。でも、それをやってみようって、それに賭けてみようって思えるのは、それをやってると、自分が幸せを感じられるって、自分で分かってるからなんだよね。

そう、そうなのよ。たぶんこれ、間違ってない。

「……お父さん」

「ん？」

「あの、なんか……ありがと」

「んん？　なんだよ、いきなり……あ」

彼は急に立ち上がり、パソコン部屋とは違う方のドアを開けて入っていった。たぶんそっちは寝室。じゃなきゃ、他に寝るとこないもんね。

戻ってきた彼は、ちょっと厚めの封筒を持っていた。

「これ、すまなかったね。お陰で助かったよ。この前借りたお金、七万二千円あったから、十倍にしといた」

「えっ、じゃあ……」

七十二万円！

「でも、そんな」

「いやいや、本当に感謝してるんだよ。これを貸してくれたことも、電話がなきゃダメだって教えてくれたことも。夏美とあの日に会ってなかったら、今の私はないからね。それに……」

眉尻をぽりぽり。それ、癖なんだよね。言葉を選ぶときの。

「お前の、がんばってる姿っていうか、元気、っていうかさ……そういうの久々に、肌で感じたからこそ、父さんも、やる気出たっていうか、本気出すぞ、みたいに……うん、思えたんだ。だから、本当にありがとう。だからこれだけは、遠慮なく、受け取ってほしい」

はは、なんだ。じゃ、お互い様ってことか。

そういうことなら、って、結局あたしは、そのお金をもらっておくことにした。でも、たぶん使わない。きっとまた、このギャンブル親父がスッカラカンになる日もあるだろうから、そしたらまた、これを出してやろうって、そう思ったんだ。

ファミーユ表参道から出たら、バッグの中で携帯が鳴った。ディスプレイには、すっかり忘れていた名前が表示されている。ごめん、真緒。

『夏美サーンッ』

でっけー声。

「おお、久しぶりィ。どうしたどうした、元気になった」

うえーん、と、真緒は泣き真似をしてみせた。

『お腹、結局いっぱい切られちゃいました。先週抜糸して、一応いまは家なんですけど、でも、とてもじゃないけど外には出られなかったんです。こう、歩くのにも背筋伸ばせなくて……でも、昨日のポプステは観ましたよ。すっごいよかったァ。あのあとすぐ電話したんですけど、でも繋がらなくて、でも今朝はお寝坊してると思って、今にしたんです』

まったく、病《や》み上がりとは思えないテンションだね。

「はは。全然元気そうじゃん。そんでもまだ出れないの」

『はいぃ。なんか電車とか、知らない人の近くにいくの、すごい怖いんですよ。カバンとか当たって、うぎゃ、とかなっちゃうんじゃないかって。だから、よかったら夏美さん、遊びにきてくださいよ。お節とかも用意してますし、両親も昨日のポプステ観て、すっごい喜んでたんですよ』

ちなみに何回か遊びにいってるから知ってるんだけど、真緒のご両親は、彼女に負けず劣らずハイテンションな人たちです。

「あー、お節は魅力的っすね。今年まだ食べてないし」

『よかったァ。ぜひぜひ、いらしてください』

とまあ、そんな感じで、あたしにも新しい年がきたのでした。

終章

ルイが一ヶ月の静養に入っている間、祐司は梶尾と共に、彼女の契約を整理するため、都内各所を走り回った。

結果、今後の島崎ルイは、個人事務所「R（アール）」を母体として活動するという形に落ち着いた。そしてフェイスプロは、この個人事務所から業務委託を受ける恰好で、ルイの、芸能面のマネージメントのみを担当することになった。

とはいえ「R」自体は、専属の弁護士と税理士と会計士の集まりという、極めて法的な事務処理機関の色合いが強いため、ルイの普段の居場所にはなり得ない。仕事の足場とするのはやはりここ、フェイスプロなのである。

「おはようございまーす」

二月二日、木曜日。今日はルイ・バンドの、記念すべき初リハーサルの日である。

「うい、おはようっす」

祐司の机で、朝食のサンドイッチを頬張っていた夏美が片手を上げる。小さく敬礼で応じるルイ。どうも最近は、彼女の方がこれを多用している向きがある。

「宮原さん、春恵さん、おはようございます」

「あ、おはようございます」

「おはよう、ルイ」

彼女を担当することになったのは、谷口春恵だ。

この配置転換が発表された当初、それまで春恵が担当していた中沢壱子は、「私は春恵さんじゃなきゃイヤッ」と拒否反応を示したが、後任が他社から引き抜かれてきたイケメン男性になると分かった途端、その態度を一変させた。まてまた、梶尾の手腕が光った場面であった。

「……うっし。そいじゃあ出発しようか」

夏美が、机に散らかした包み紙などをぐしゃぐしゃと丸め始める。

「あっ、その書類、ゴミじゃないってッ」

「ああ、ワリい」

「こんなシワシワに……ちょっともう、勘弁してよ」

もう、夏美は全然聞いていない。祐司に背を向け、ルイに昨日買ったばかりだという携帯マスコットを見せて自慢している。

しょうがないな、と心の内で呟きながら、祐司は机の上のパン屑をゴミ箱に落とし、夏美のシザーバッグを手にとった。

港区内のリハーサルスタジオ。

「おっす、夏美ちゃん」

「おおー、ゴンタさーん」

休憩スペースで待っていると、池上ゴンタは例のローディー少年を帯同して現われた。ちなみに今日も、革ジャンの下はアロハシャツ、色は紫だ。

ルイは立ち上がり、深々とお辞儀をした。

「ゴンタさん。また、よろしくお願いします」

「ルイ、久しぶりだな。すっかりイイ女になっちまって……どうしたんだよ、おい」

ゴンタはルイのデビューアルバムに参加している。意外にも二人は、この中では最も古い付き合いということになる。

いや、そうでもないか――。

スタジオ入り口の自動ドアが左右に開く。そこを、あの男が、ゆっくりと通ってくる。

夏美もルイも、興奮を隠しきれないというように、小鼻を膨らませて笑みを浮かべた。その男は、三人が輪になっているところまできて、照れ臭そうに、咳払いをしてみせた。

「……とうとう、引っ張り出されちまったよ」

井場岳彦。ルイ・バンドのキーボードを担当するのは、他でもない、彼だ。

「なんだよ、カワイ娘ちゃん二人がそろってっから、喜んで出てきたんじゃねえのかよ」

「あんたと一緒にするな。……それより池上さん、あんた、ウチにツケ溜めてるの、忘れてるんじゃないだろうな。ドラムの修理代、レンタル代、管理に運送費、締めて二十七万二千円。即刻、支払ってもらいたい」

途端、ゴンタは気まずそうに頬を歪めた。

「……おい、その修理代ってのは、もう、二年も前の話だろう。時効にしろよ」

「いや、こういう所有とか請求の権利ってのは、ほっといても三年は無条件に存続するもんだ。いま俺がいったから、また三年は請求できることになった。証人もいる。時効はまだまだ先だ」

ゴンタが「チエッ」と大きく舌打ちする。

「……誰だよ、こんな奴メンバーに入れたの」

みんなが一斉にゴンタを指差す。

なかなか、見事なチームワークである。

ルイ・バンドは来週、ベーシストのオーディションを予定している。だから今の段階では、まだベーシストはいない。今日は暫定的にルイが弾いている。が――。

「ルイ。お前、夏美よりベース上手いな」

ゴンタがスティックで彼女を指す。

「そうですか？」

確かに、彼女は祐司も驚くほどベースが上手かった。何より背が高いので、ベースという楽器自体がよく似合う。

「んなことない。ぜってーあたしの方が上手い」

夏美が地団太《じだんだ》を踏む。

「いや、夏美はやっぱギタータイプだよ。お前のベースはうるさいし、忙しない」

「あんだよ。この前とずいぶん言い草が違うじゃんか」

井場が呆れたように両手を広げる。

「……下らない言い合いをしてるなら、時間の無駄だ。俺は帰るぞ。こっちはわざわざ、店を閉めてきてるんだからな」

と、そんなときだ。どすんと、防音ドアに何か当たったような音がした。近くにいたゴンタのローディーが、ドアの小窓を覗く。が、彼は怪訝な顔をするばかりで黙っている。

焦《じ》れたゴンタがドラムセットの中で立ち上がる。

「なんだよ。どうしたんだよ」

「いや……あの、誰かが、喧嘩してるみたいっすね」

「なにィ？」

喧嘩と聞くと血が騒ぐタイプか、ゴンタは肩を怒らせてドア口まで出てきた。ローディーの彼をどけ、自ら丸い小窓を覗く。

「……喧嘩、じゃ、ねえのかもしれねえが、揉め事は、確かに起こってるようだな」

どれどれ、と夏美やルイも寄っていく。いかないのは井場と春恵だけ。祐司もあとからその輪に加わった。

「あッ」

そう叫んだのは夏美だったが、その理由は、祐司にもすぐ分かった。

あれは、ひょっとして、木村では――？

夏美が慌ててドアのレバーを引き上げる。一枚ドアが開くと、間違いない、彼の怒声が漏れ聞こえてきた。もう一枚開けると、叫んでいる内容が明らかになった。

「俺は、秋吉ケンジと約束したんだ。したんだしたんだしたんだッ」

夏美と一緒に外に出る。

「ジン、あんた、こんなとこでなにやってんの」

「あっ、夏美に、宮田くん」

「宮原です」

木村と諍《いさか》いをしていたのはスタジオのスタッフだった。

「あっ……こちら、お知り合い、でしたか」

なんとなく、祐司が代表して答えるような恰好になった。

「ええ、一応。……あの、彼が何か？」

スタッフは気まずそうに、木村とこっちのメンバーを何度も見比べた。

「はあ。あの……こちらの方がいきなり、ルイ・バンドのリハーサルをやってるのは、ここだろうって、入ってこられて。手当たり次第に、ドアを開けるもんですから、それで、やめてくださいと私がいったら、なんか、こんなことに……」

応接セットのソファに座らされた木村は、暴れて逮捕され、意気消沈する酔っ払いのようだった。

ルイが、夏美の顔を覗き込む。

「どういう、ご関係？」

「ああ、前にいたバンドのベーシスト。楽器がないとただの変態。それ以上でも以下でもなし」

どういうことですかと祐司が訊くと、木村は泣きそうな顔で語り始めた。

「……ちょっと前に、秋吉と知り合いになって、飲みにいったら、けっこう、意気投合して……で、ちょうどルイが、ライブとかやりたいっていってるから、じゃあ、なんかユニット作ろうかって、話になったんだ……ちょっと、ｇｌｏｂｅみたいな感じでよ、ルイと、秋吉と俺、三人でやろうって、すっげー盛り上がったんだよ……でもなんか、あっちも色々、ゴタゴタし始めたみたいだったからよ、今こっちから連絡しちゃワリーかな、とか遠慮してたら……なんだよ、ルイ・バンドのベーシストオーディションって。それは、俺に決まってた話だろうが」

笑い転げる夏美。呆気《あっけ》にとられるルイ、ゴンタ、井場。

どうやら、スカイの大代がいっていた「木村の仕事」とは、つまり、そういうことのようだった。

木村は必死な顔つきで夏美の手を握った。

「夏美、大晦日のあれ、観た。お前はギターに決まってるんだよな。な？　だったら、俺を推薦してくれよ。なあ夏美、頼むよ。お前、俺のベースの腕だけは買ってくれてたじゃないか。なあ、頼む、頼みますよ、夏美さん」

「えー……どうしよっかなあ」

この期《ご》に及んでそれはないだろう。

さすがに祐司は、木村が気の毒になった。

意外にも、そこに助け舟を出したのはゴンタだった。

「でもなんだ、一応あの秋吉が、認めたベーシストでは、あるわけだよな」

木村がにわかに表情を明るくする。

「そ、そうなんですそうなんです。あ、ゴンタさん、あの、初めまして……あ、ですから、私は、あの秋吉さまがですね、お認めになった、ベーシストでいらっしゃるわけです」

どうもツボにはまってしまったらしく、珍しくあの井場が、身を屈めて笑っている。さっきまで怒っていたスタジオスタッフも、今は必死で笑いを堪えている。

ゴンタが、苦笑いで木村の肩を叩く。

「まあ……頭はイカレてそうだが、あの秋吉のお気に入りってこたァ、俺は、腕は悪くないと踏んだんだが、どうなんだ、夏美」

と訊かれて答えられる状態ではない。夏美は涙を拭きながら、反対の手で「オッケー」と示した。

「それとも、あれかい。ルイ的には、元カレの息のかかった男をメンバーに入れるのは、気味が悪いかい」

「あ、いえ」

ルイが慌てた様子でかぶりを振る。

「別に、そんなことはないですよ。とりあえず、セッションでもしてみ……」

ざぼっ、とルイを振り返った木村は、まるで花粉症で泣き顔になった山猿のようだった。

ひっ、と漏らすルイ。だがそんなことで引く木村ではない。

「ありがとうございます、ルイさまッ」

彼女の足下にひざまずき、強引に手をとって頬ずりする。

「ああ……ルイさま」

「こら、よせってば変態」

もうそうなったら、夏美が引っ張ったくらいでは離れない。だがゴンタも井場も、引きつった笑みを浮かべるだけで何もしようとはしない。ルイはといえば顔を蒼くし、また貧血を起こしそうになっている。

結局、祐司がなだめて引き剥がすことになる。

おそらくちゃんとセッションをしたら、木村は正式に採用されるだろう。しかし同時にそれは、こういうドタバタが日常茶飯事になることを意味してもいる。

なんとも、先の思いやられるリハーサル初日であった。

*

すり鉢状のホール。

天井は、宇宙。

色とりどりの太陽が、何百個も浮かんでいる。

その暗闇から降り注ぐ歓声を、両手を広げて、全身に浴びる。まるで真夜中のスコールに打たれてるみたい。気持ちいい。

《こんばんはアーッ、会えて嬉しいよオーッ》

ルイは、初ステージとは思えないくらい堂々としている。ここ、日本武道館の空気を、思うがままに操っている。スターだな。素直に、そう思う。

次の曲は「スウィート・ライズ」。ルイの出したシングルの中では中ヒットくらいの位置付けだけど、あたしはこれが一番好き。なんたって、スパニッシュっぽいアコースティックギターのカッティングで始まるのがいい。イントロが印象的だと、客の喰いつきもいい。

あたし一人にスポットライトが当たる。夏美ィーッ、て声をいっぱいもらった。そんな、大観衆に受け入れられている自分が、不思議なほど心地好い。

これって、あたしがルイを好きになれたことと、決して無関係じゃないと思う。嫌いは、閉じてる。好きは、開いてる。開いたら、その分何かを受け入れられるし、外と繋がることもできる。そういう感覚を、今のあたしは楽しむことができる。

約一ヶ月続いたリハーサルの間に、あたしのデビューシングル「Thanks!」は発売になり、テレビ出演も七回ほどこなした。あたし一人でいくときもあったし、ゴンタさん、ガク氏、ジンと一緒に出たときもあった。そのうち一回はルイもきてくれて、アコースティックギターを持って、横で一緒に唄ってくれた。そんな活動のすべてが、今ここに繋がってるんだなって、感じられる。そして未来にも、続いていくんだなって。

ルイもあたしも、もうあのポプステの夜とは違う。だから、あたしも今夜は思いきり唄う。あたしが一緒に唄ったって、それがルイを喰うことにはならない。ちゃんと溶け合って、極上のハーモニーになるって分かってる。うん。なんか、そういう自信、今はあるんだ。

《じゃあ、次……聴いてください》

「スウィート・ライズ」以外の曲は、このバンド用にアレンジし直すと、けっこうエモーショナルな感じになるのが多かった。タイトルをいわないで始めると、みんなイントロを聴いても「?」って顔しかしない。でもルイが唄い始めると「あっ、あの曲だ」みたいになる。そのギャップも、見ていて楽しい。

これは「Rule your love」って曲。もともとルイのレパートリーの中ではロック寄りのナンバーだったけど、今回はさらに、アグレッシブでハードな曲にバージョン・アップしてる。

《抱かれたら楽になれる……》

ルイもリハーサルを重ねるうちに、「シンガー」から「ボーカリスト」に成長したように思う。厳密にどう違うのかは分かんないけど、なんかそんな感じがする。バンドの一員っていうか、ある種の一体感と、躍動感を併せ持つ存在っていうか。

《それもまた一つの　愛の形だけど》

表情もいい。プロモビデオのルイって、どうしても写真集ちっくな顔をしがちだったんだけど、今は感情剝き出しっていうか、そこまで含めての表現になってる。ああ、そう。秋吉が襲ってきたあの夜の、あの色っぽい表情が全面に出てる感じかな。

《I never want to rule your love……》

そしてその後ろには、世界、とは断言できないけど、間違いなく日本では最強の、ドリーム・チームが控えている。

ルイが、曲のエンディングを使ってメンバーを紹介する。

《オン、ドラムス……》

池上〝ゴンタ〟淳一。長年のスタジオセッションで培《つちか》った老練なプレイは、まさにこのバンドのエンジンそのもの。ハードな曲では、猛スピードで突進してくる戦車の如く、静かなバラードでは、海辺を奔《はし》る高級セダンの如く、みんなの演奏を引っ張っていく。そして彼のプレイは、変幻自在でありながら、同時に頑固なまでのポリシーに貫かれている。

それは、テンポキープ。一説によると、彼のテンポキープ力は電子メトロノームにも匹敵するという。何をやっても乱れることのない正確なテンポ。実に単純で当たり前のことだけど、それが彼のドラミングに、神がかり的な安定感を与えている。

《オン、ベース……ジン》

それに絡んで、リズムに独特の〝うねり〟を作り出しているのが、ジンのベースだ。もともと上手いのは知ってたけど、まさかゴンタさんが認めるほどとは思ってなかった。いやいや、さすがです。

《オン、キーボーズ……井場、岳彦》

そして忘れてならないのが、ガク氏。

あたしは彼の、和音の使い方がとにかく好き。たとえば「ドミソ」って普通に鳴らす場合でも、「ド」と「ミ」と「ソ」の、どの音を一番強く弾くかで、和音の聴こえ方って全然違ってくる。

ここでの「ド」はルート。土台部分だから、これが大きければ安定感が増す。「ミ」は明暗を表現する三度の音だから、ここが強ければ楽しい感じが、短調のときは悲しい感じが強調される。五度の「ソ」は、「ド」と「ミ」の関係を決定する要素。これ自体に色や個性はないから、これが強いとある意味、淡白な感じに聴こえる。

むろんこれは基礎中の基礎で、和音にはこの先にセブンス、ナインス、イレブンス、サーティーンス、サスフォー、アッドナインスとか、ほんと色々ある。ガク氏はそれらを弾くとき、どうもメロディや他の楽器とのバランスを考慮して、何度の音を強く弾くかを変えているようなのだ。そして、それを決定するセンスとコントロールするテクが、また絶妙で——。

ガク氏って、十年前からこんなプレイをしてたんだろか。あたしにはなんか、江利子さんのサポートをしてるうちに、包み込もう、やんわり受け止めよう、そういう意識が、こういうプレイを生み出させたんじゃないかって思える。うん。たぶんそう。

ほんでもって、最後が——。

《オン、ギター……》

ルイがこっちを指差し、あたしに再びスポットライトが当たる。

逆にあたしの周囲は暗転し、自分以外は何も見えなくなる。

あたしは右手で、高く「天辺」を指差す。

いくよ——。そう観客に、メンバーのみんなに、伝える。

ドラム以外の楽器はやみ、「パンパンパドパド」っていう、スネアの頭打ちのリズムだけが会場に響き渡る。

《マイ、ベスト、フレンド……》

ホゥーッて、冷やかすような声が湧き上がる。

《柏木夏美ッ。みんなも一緒に唄ってッ、「Thanks!」》

喰って入るゴンタさんのドラム。追いかけるあたしのギター。背中を押すのはジンのベース。そこに、ジャジーなガク氏のピアノが絡んでくる。

この一曲だけ、あたしは真ん中に出て、スタンドマイクで唄う。

むろん、隣にはルイがいる。タンバリンを叩きながら、一緒に唄ってくれる。

《ずっと　そばにいたのに　気づかないフリをしてた》

ああ、すごい。会場が、真っ白になっていく。

《もっと素直に　ありがとうっていえたら》

灼熱のゲレンデみたく。

あたしの魂も、みんなの魂も、真っ白に、輝き始める。

《きっと少し　大人になれるの……かも》

最近、あたしは思う。

もしかしたら自分で書いておきながら、あたしは今まで、この曲を、ちゃんと分かってなかったのかも、って。ありがとうって、心からみんなに、いえてなかったのかも、って。

でも、今ならいえる。

メンバーにも、聴いてくれてるお客さんにも、あのダメ親父にも、もちろん、舞台袖でこっちをじーっと見てる、宮原氏にも。

ありがとう。おかげさまで、夏美は今日も、元気です。

解説

大崎《おおさき》 梢《こずえ》
（作　家）

シリーズ第一作『疾風ガール』の冒頭部分、まさに一行目にこうある。

夏美《なつみ》は、初めからその場所にいた。選ばれた者だけが立つべき、舞台という場所に。

なんて潔《いさぎよ》い。最初から主人公は選ばれし人間、ふつうとはちがう特別な存在だと言い切ってしまっている。

音楽小説にしろスポーツ小説にしろ、よくあるパターンとしてはそれなりの才能を有した主人公が努力を重ね、紆余曲折《うよきょくせつ》の末、やっとこさっとこ栄光を勝ち取るか、あるいは挫折しつつも別の希望を見出すか。れっきとした王道がある。飛び抜けた才能の持ち主より、少なくともスタート時にはほどほどくらいが読み手の共感を得やすい。ドラマも作りやすい。落としどころに収まりやすい。

でも、このシリーズはのっけから恵まれた人間と位置づけ、首尾一貫、なんの揺らぎも迷いも、まして言い訳やすり寄りもなく、タフで元気のいい女の子が突っ走る。内容はけっして軽くない。重くて渋い。なのに、いついかなるときもクリアな風が豪快に吹き抜けるのだ。大変な力業《ちからわざ》だと思う。奇《く》しくも本作の中で主人公が口にする。

たとえば、詞の表現している感情が「哀」だから、声でもそれを表現したい、とする。でもそこで必要とされるのって、結局は「技術」でしかない。

(中略) 感情で「感情表現」ができるほど音楽は甘くない。

音楽を小説と置き換えても意味は通じるはずだ。わかりやすい王道路線に背を向け、たしかな技術と魂の強さ（これも夏美曰く）でもって、冒頭のキッパリを違《たが》えることなく読ませてくれたのが、まず第一作の『疾風ガール』。

天才ギタリストである夏美、十九歳と、彼女のメジャーデビューを自分の手でかなえようと奔走する芸能事務所の人間、宮原祐司《みやはらゆうじ》、二十九歳。交互の語りでもって物語は進む。ロックミュージシャンを夢見たものの芽が出ず、諦めて裏方へとまわったという宮原は、真面目でやさしく人がいい。社会的良識を持ち合わせているところから、シリーズ全般を通じて大事な役目を担《にな》うことになる。

なにしろ夏美は気まぐれで毒舌、意地っ張り。無鉄砲。愛嬌のある性格が幸いして気心知れたバンド仲間と共にライブ活動に精を出す。ステージで生き生きと輝くも、持って生まれた才能が「ささやかな幸福」には収まりきらない。

じわじわとはみ出し、まわりを浸食し、やがて悲劇が訪れる。バンド仲間の死、それも夏美がもっとも敬愛していたボーカル・薫《かおる》の身に起きる。

自身を失うほど動転し心を閉ざす夏美に、宮原は根気よく付き合い、謎に満ちた薫の半生をたどる。この件《くだり》は圧巻だ。未読の方はぜひご一読を。音楽に魅せられた人々の生き様は、ほんのワンシーンしか登場しない人でも、強く惹きつけられて忘れがたいものがある。

そして待望の続編にあたるのが本作、『ガール・ミーツ・ガール』。ついに夏美のメジャーデビューが具体化する。彼女の出現に世の中がどう反応するのか。早く見たくてたまらないのに、物事はすんなり進まず、始動の第一歩からして不協和音が鳴り響く。

知り得た人間がこぞって認める彼女の作る音楽と、それを奏《かな》でて歌う本人がうまく噛み合わない。まわりの大人たちが立てたプランは、この場合けっして利益優先のやっつけ仕事ではなく、彼女を華々しくデビューさせるために精一杯考えたものなのに、だ。

夏美にしてもいたずらにわがままが言いたいわけじゃない。譲れるところは譲って合わせようとしている。でもどうしようもない違和感に苛《さいな》まれているそのとき、もうひとりの天才ミュージシャン、島崎《しまざき》ルイが現れる。

父親は世界的に有名な映画監督、母親は今なお現役の大女優という、ぴかぴかのお嬢さまにして、歌にも作曲にも楽器演奏にもとびぬけた才能を持つ若きカリスマ。十七歳でデビューして以来、国民的アーティストの地位を築いている。

対する夏美は中学一年生のときに母親が亡くなり、父親は事業に失敗して失踪。さらにその父親からしょぼい電話がかかってきて、侘《わ》びしいことこの上ない。七年ぶりの再会が実現するも、十円の電話代にも事欠《ことか》く有様。なのに、アルマーニのスーツをなぜか着ているパパ。どんなにかっこをつけても、腹の虫の音は激しく、案の定、多額の借金を背負っているパパ。

境遇はちがいすぎるが、順風満帆に見えたルイも、音楽のパートナーでもあった恋人との破局からトラブル勃発。再出発のために、夏美のギターを切望していた。降ってわいたコラボレーションの企画に夏美は反発するが、例のパパ、娘に奢《おご》られた中華丼を美味しそうにたいらげる父親の借金を思うと、突っぱねられない。

かくして、まったく異なる思いを胸にふたりはぎごちなく歩み寄り、デビューと再出発に向けて、師走《しわす》の街に飛び出してゆく。痛快な展開を期待したいところだが、そこに待ち受けるのはなんて意地の悪い「伝説の」ピアニスト！　二人を散々イビる彼の真意は摑めず、読んでる方まで緊張。夏美の元気は空回りするし、お嬢さま育ちのルイはすぐにへたばるし。

でもこのルイ、へんなところでやたらかわいい。実家から送られてきた「カニしゃぶセット」を食べようと、夏美を自宅に招き、「鍋物にはコタツでなきゃ」なんて、超豪華マンションには不似合いのコタツを用意しているのだから。

　水と油に見えたふたりが互いに成長し、どんなコラボレーションを見せてくれるのか。未読の方はぜひ本編で、存分に楽しんで（聴き取って？）ほしい。


　トラブルだの事情だのは、どれもが彼女たちの手足に絡みつく蜘蛛の糸のようなものだろう。容易に切り離せず、払いのけられない。きれいさっぱり清算できればらくだけど、そもそも世の中とはややこしいしがらみだらけ。絡まれない人間はいない。彼女たちも例外にはなれないだけのこと。

　そう考えれば、才能豊かなミュージシャンである前に、彼女たちが喜怒哀楽を持つひとりの人間だとよくわかる。厄介ごとに疲弊《ひへい》し、傷つきもするしくたくたにもなるが、心の部分は普通の女の子。才能だけを切り取って、環境の整った地面に植えて花を咲かせることはできない。

　誰もが面倒くさい糸に絡まれ、コントロールしきれない自分の感情に振り回され、ある者は奏で、ある者は耳を傾ける。音楽に感動するということは、生身の人間同士のコラボが成立している奇遇、良縁をいうのかもしれない。

　その上で、やっぱり希有《けう》な存在なのだから、粘つく糸に取り込まれず、ときにすっぱり断ち切って毅然《きぜん》と輝きを放ってほしい。強い旋律でまっ白に魅了してほしい。そんな思いもあるのだ。

とびぬけた才能だけが見せてくれる光景がきっとある。誰もが眺めてみたいと思うその場所へ——夏美がいう「天辺《てっぺん》」まで、この小説は連れて行ってくれる。そして大きな翼を動かすだけの力は、他者からの助けが不可欠でもある。助けや支援といえば甘く聞こえがちだが、自分ひとりですべてまかなえるほど世界は小さくできていない。

陰になり日向になり支えてくれる人、思いを込めて応援してくれる人、それらに気づいたところから得られる力は大きい。意地悪なピアニストが奏でる包みこむような和音にも、そこにたどり着くまでの過程があったことを、本作はやわらかな音色《ねいろ》で教えてくれる。

誉田さんの近著に『レイジ』という作品がある。こちらにも音楽的才能に恵まれた人間が出てくるが、こちらは男。糸の絡み具合、ハンパないです。夏美たちはまだまだ幸せなのかも。ということは、誉田さんもさすがに女の子にはちょっぴり甘かったりして？　うがった見方をしてしまいスミマセン。いやでももしかし、本シリーズも『レイジ』も、じたばた足掻《あが》く人間だからこその音楽がガンガン流れています。お楽しみください。

ああそうか、私は小説で「灼熱のゲレンデ」を体験させてもらったのですね。

さらなる天辺からの眺めを待ちわびて、ガーリーな甘めも期待しつつ、まねして決めポーズの敬礼を！

二〇〇九年四月　光文社刊

光文社文庫

ガール・ミーツ・ガール

著者　誉《ほん》田《だ》哲《てつ》也《や》

2011年12月20日　初版1刷発行

発行者　駒井　稔
印刷　慶昌堂印刷
製本　ナショナル製本

発行所　株式会社 光文社
〒112-8011　東京都文京区音羽1-16-6
電話 (03)5395-8149 編集部
8113 書籍販売部
8125 業務部

ISBN978-4-334-76335-0　Printed in Japan

組版　萩原印刷

お願い　光文社文庫をお読みになって、いかがでございましたか。「読後の感想」を編集部あてに、ぜひお送りください。

このほか光文社文庫では、どんな本をお読みになりましたか。これから、どういう本をご希望ですか。

どの本も、誤植がないようつとめていますが、もしお気づきの点がございましたら、お教えください。ご職業、ご年齢などもお書きそえいただければ幸いです。当社の規定により本来の目的以外に使用せず、大切に扱わせていただきます。

光文社文庫編集部